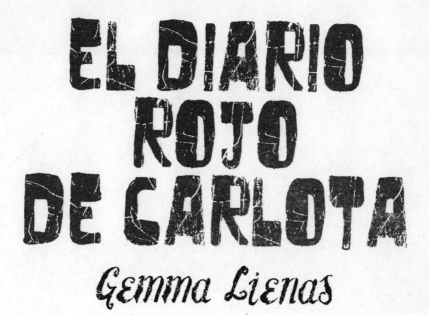

EL DIARIO ROJO DE CARLOTA

Gemma Lienas

EL DIARIO ROJO DE CARLOTA

Gemma Lienas

DESTINO

Obra editada en colaboración con Editorial Planeta – España

Diseño de portada: Ramón Navarro

© 2004, Gemma Lienas

© 2004, Editorial Planeta S. A. – Barcelona, España

Derechos reservados

© 2011, Editorial Planeta Mexicana, S.A. de C.V.
Bajo el sello editorial DESTINO M.R.
Avenida Presidente Masarik núm. 111, 2o. piso
Colonia Chapultepec Morales
C.P. 11570 México, D.F.
www.editorialplaneta.com.mx

Primera edición impresa en España: abril de 2004
ISBN: 978-84-08-05276-0

Primera edición impresa en México: enero de 2011
ISBN: 978-607-07-0604-2

Impreso en los talleres de Litográfica Ingramex, S.A. de C.V.
Centeno núm. 162, colonia Granjas Esmeralda, México, D.F.
Impreso en México - *Printed in Mexico*

Índice

Para mis chicas:
Lara, Anabel, Itziar, Mariona e Isolda

Las ideas que transmitimos acerca del amor van a determinar el amor futuro. Es terrible que la experiencia que está recibiendo la gente joven es la del fracaso de sus padres. Hay un monopolio de historias de la decepción y el desencanto. No creo que la realidad sea tan monolítica, y deberíamos estimular una narrativa de la felicidad. Hemos de convencernos de nuevo de que otra persona puede ser fuente de estímulo, placer y plenitud, y no sólo de conflicto, desilusión y aburrimiento. No podemos dejar que desde su tumba Sartre continúe convenciéndonos de que «el infierno son los otros». Los otros pueden ser sin duda el infierno, pero también el paraíso, el purgatorio y hasta el limbo.

JOSÉ ANTONIO MARINA, *El rompecabezas de la sexualidad*

INTRODUCCIÓN

El *Diario rojo de Carlota* era una deuda que tenía con las chicas y, de paso, con los chicos.

En el pasado, muchas generaciones de mujeres fueron estafadas y tuvieron que descubrir la sexualidad solas, sin ayuda, con muchas dificultades, con sentimientos de culpabilidad y con angustia.

A las mujeres que nacieron a mitad del siglo xx, nadie les contó que tenían una vulva, una vagina y, menos aún, un clítoris. Eran mujeres asexuadas: a su sexo lo llamaban «culito» o «pipí», y solamente servía, por supuesto, para orinar o parir; nadie hablaba de la masturbación femenina porque se suponía que no existía, cosa que producía una neurosis de «anormalidad» en las que la habían descubierto; la sexualidad femenina se obviaba porque el paradigma femenino era el de la Virgen María, madre —objetivo esencial en la vida de una mujer— sin pasar por la sexualidad... Las mujeres eran, por lo tanto, como los ángeles: no tenían sexo.

Actualmente, la situación ha cambiado: el sexo está en

todas partes, desde los anuncios hasta las películas, pasando por las revistas o las páginas web... Por desgracia, sin embargo, hay muchos contenidos sexuales y poca información sexual, incluso, en algunos casos —por ejemplo, en lo que respecta a la pornografía—, podríamos hablar de «desinformación» sexual. Además, aún en la actualidad, las chicas tienen pocas posibilidades de ver un sexo masculino en erección hasta que se encuentran con él en la vida real, ya que casi todas las imágenes sexuales corresponden a mujeres desnudas y raramente a hombres desnudos. Y también siguen siendo las chicas las que asumen la contracepción; de momento, los chicos no se sienten implicados en ella.

Si a todo esto le sumamos las estadísticas:

• Cada 12 segundos un/a adolescente se infecta con el virus del sida en el mundo.

• En 2009, en México, se diagnosticaron 42,850 casos nuevos de sida entre los y las jóvenes de 15 a 29 años (CONASIDA).

• Cada año, en el mundo, 15 millones de adolescentes dan a luz un bebé.

• Durante 2009, en México, 18,000 chicas estaban en situación de riesgo de quedarse embarazadas.

• En México, se reporta que la tasa de embarazo en adolescentes de entre 12 a 19 años es de 79 por cada mil mujeres.

... estaremos de acuerdo en que la gente joven aún necesita mucha información sexual. Por eso he escrito este libro. Por eso y porque me gustaría que las generaciones futuras tuvieran una vida sexual afortunada.

Capítulo 1
UNA SORPRESA SALIDA DEL METRO

Di unos empujoncitos laterales para evitar ser aplastada por la masa que me rodeaba en aquel vagón de metro en hora pico. Mientras intentaba sobrevivir, procuraba sacarme de la cabeza a Koert el impresentable, Koert el idiota, Koert el hijodesumadre... Koert el adorable, mi amor. Tenía que olvidarlo. Hacía días que no respondía a mis mensajes de correo electrónico. Parecía que él ya me había olvidado y todo por una pelea de esas tan estúpidas. Tenía que hacerlo desaparecer de mi corazón y de mi cabeza.

Por encima del hombro de un niño contemplé mi reflejo en el cristal de la ventana de atrás del vagón. Sacudí la cabeza y ese movimiento despidió a Koert por la ventanilla; lo vi empequeñecer, empequeñecer, hasta que se lo tragó la oscuridad.

Bueno, a otra cosa, pensé, y me concentré en la discusión que se había organizado un rato antes durante la hora de tutoría. Luci, nuestra tutora, nos había hecho preguntas sobre sexualidad, pero no las que acostumbran a hacernos los profesores, sino preguntas distintas, como por ejem-

15

plo: «¿Se puede quedar embarazada una chica si tiene relaciones de pie?».

—Nooooo —había dicho mucha gente de mi curso.

—Síííííí —había contraatacado ella, abriendo mucho los ojos. Y había añadido—: ¡Son unos ignorantes!

Luego nos había pedido que le definiéramos qué era una relación sexual.

—¡Coger!

—¿Alguna definición más?

—Meterla hasta el fondo.

—O sea que, para ustedes, chicos, una relación sexual se limita al acto de introducir el pene en la vagina, ¿no?

«Psé», pareció que decían algunos.

—Y ustedes, chicas, ¿qué opinan?

Nos miramos. Yo no supe qué decir. No tenía ninguna respuesta adecuada, porque estaba claro que «relaciones sexuales» tenía que significar algo más, pero no tenía ni idea.

Miriam, que es bastante descarada, contestó sin problemas.

—Mujeeeer, ya sabemos que hay otras cosas. ¿Crees que no hemos entrado nunca en una página porno?

Aquí se soltó un barullo considerable.

—Silencio, por favor. No estoy dispuesta a aguantar este alboroto ni un minuto más. Tienen que aprender a controlarse, incluso cuando hablamos de algo que los enciende, como la sexualidad, porque quiero usar algunas horas de tutoría para aclararles las ideas. Pero, para eso, necesito que estén tranquilos. Por ejemplo, quiero hacerles entender que la sexualidad no tiene nada que ver con la pornografía. Las imágenes pornográficas sirven para excitar a la gente, pero no son representativas de lo que son las relaciones sexuales.

—Así que, si tu novio te propone hacer algo que vio en una página web...

—Te puedes negar tranquilamente, si no te agrada.

La idea me llegó como un relámpago mientras mis manos luchaban por conseguir unos centímetros de barra cromada: yo también investigaría la sexualidad. Haría como cuando escribí el diario sobre las situaciones de discriminación de género que aún existen en nuestra sociedad.[1] Esta vez, sin embargo, escribiría un diario sobre sexo. El diario... ¿Qué color quedaría? ¿El rosa, que es el del amor? No, demasiado cursi. ¿El rojo, que es el de la pasión? Sí, eso es.

Decidí que, al salir del metro, antes que nada, iría a comprarme una libreta roja para escribir en ella *El diario rojo*, sobre sexo y sentimientos.

Satisfecha con mi idea maravillosa, me colgué la mochila a la espalda y me dispuse a hacer presión para que el bloque de personas que se aglomeraban entre la puerta y yo me dejasen pasar.

Lo conseguí. Con grandes dificultades recorrí el andén hasta la escalera eléctrica. Estábamos llegando a unos extremos preocupantes de superpoblación.

—Circulen, circulen —nos apremiaba un trabajador del metro.

El hombre sólo cumplía aquel cometido: obligar a los que bajaban del vagón a andar con celeridad y servir de cordón de protección para la gente que esperaba en el andén. Casi como en el metro de Japón...

---

1. Véase *El diario violeta de Carlota*, Alba Editorial.

Puse los pies en el primer peldaño de la escalera eléctrica. Delante tenía a un hombre con el pelo muy rizado y oscuro, que llevaba un overol negro y amarillo. Sólo tuve tiempo de pensar que no parecía del país, porque en seguida se me fue la cabeza a mi diario. Pensaba quién más, aparte de Luci, podría ayudarme a encontrar las informaciones que requería: no parecía una empresa fácil.

Y, ¡pataplaf!, tropecé con el hombre moreno que tenía delante.

No tuve tiempo de darme cuenta de nada. Por suerte me sostuvieron unos brazos porque, si no, habría ido a dar contra la boca voraz de la escalera eléctrica, donde los dientes pueden triturar tranquilamente los zapatos, con pies incluidos.

—Perdón —dijo el hombre moreno, mientras me jalaba de la mano para sacarme de allí.

—¡Qué va! —dije, agradecida de verdad de que me hubiera salvado de ser triturada por los dientes de hierro—. No ha sido culpa suya.

El tipo me sonrió y nos separamos.

Me arreglé la mochila, que se había desplazado ligeramente, pasé por delante de dos guardias de seguridad acompañados de una pareja de perros lobo con unas lenguas larguísimas y húmedas, y traspasé las puertas automáticas, después de que se abrieran ellas solitas, una hacia cada lado. Y me interné en el pasillo que llevaba a la escalera de salida. Un grito me paró.

—Racista. Tú eres un racista.

Me volví para ver quién merecía tal insulto.

De pie, unos pasos más allá de donde estaba yo, había un chico más o menos de mi edad. Estaba parado y observaba a un muchacho delgaducho con pinta de marroquí, que justo en aquel instante se echaba a correr.

Al pasar por mi lado, el marroquí gritó:

—¡Racista! Me golpeó.

Y subió de tres en tres los escalones de la escalera de salida a la calle.

En un santiamén lo perdí de vista.

Me di la vuelta para ver otra vez al imbécil que había provocado el incidente. Era, efectivamente, un chico de mi edad. Llevaba pants, iba despeinado y bastante desaliñado. Parecía salido de una novela de Marsé.

Lo fulminé con una de mis miradas asesinas. Se lo merecía, por racista. Qué asco. Me volví con un gesto muy evidente, como diciéndole «Vete al diablo», y empecé a subir la escalera. Entonces noté unos pasos detrás de mí. Volví la cabeza disimuladamente para ver si era aquel tipo el que me seguía. Sí, era él.

Subí los tres últimos peldaños al galope. No quería tratos con un xenófobo. Y detrás de mí él también aceleró el paso.

Oí que gritaba:

—¡Eh, tú!

No sabía si me lo decía a mí, pero no tenía ni la más mínima intención de descubrirlo. Casi me eché a correr. El tipo del pants despertó en mí unas vibraciones que no me gustaron.

—Oye, te robaron esto.

¿Iba por mí? ¿Qué me habían robado? ¿Y quién?

—El monedero...

Me paré y vi al del pants de pie en la boca del metro, aún en el penúltimo peldaño, con mi monedero en la mano. ¡Caramba! Si allí llevaba la mitad de mi capital: el dinero que había ganado haciendo de niñera durante las tres últimas semanas...

—Pero ¿cómo es posible...? —empecé a decir, como si lo dijera para mí misma.

Y, entretanto, revisé el cierre de mi mochila, que alguien se había entretenido en desatar con mucha habilidad. Tanta, que ni siquiera me había dado cuenta de que la habían abierto, habían metido la mano y habían sacado el monedero.

—Aquel muchacho te había robado esto. Es tuyo, ¿no?

Me acerqué, bajé un peldaño, me puse a su altura y lo tomé. Aunque estaba agradecida porque me devolvía el monedero, aún no confiaba mucho. ¿Quería decir que el marroquí me había quitado el monedero?

—Es mío, sí. Muchas gracias —le dije al tomarlo. Obligado seguramente por mi expresión de duda, el chico se explicó—: Te lo robó allí, en la escalera eléctrica. Cuando el que estaba delante de ti tropezó y chocaste con él.

Visualicé al hombre de la sonrisa cálida.

—¡Ah, sí!

—Entonces, el otro, el muchacho que acaba de irse corriendo, aprovechó para meter la mano en la mochila. Es un truco muy común.

De repente, se hizo la luz en mi cerebro. O sea que el «racista» no era tal «racista». Lo miré con simpatía.

—¿Y le estabas reclamando que me lo devolviera?

El chico puso una cara divertidísima. Me dieron ganas de reír, pero lo escuché con seriedad.

—Sí —respondió—. Pero esperé a que no estuviéramos cerca de los guardias, para que no lo... Ya me entiendes, para que no lo detuvieran.

No sé cómo había podido pensar ni por un instante que podía ser un racista, si estaba claro que era un chico decente... Además, estaba bastante bien. Tenía cara de simpático, un poco pinta, pero buen tío. Me gustaba su pelo alborotado: tenía aspecto de fuerte, de bien arraigado al cráneo; daba ganas de pasarle las manos por encima para alisárselo. Los ojos, de color oscuro, brillaban, como si estuvieran a punto de echarse a reír. Me encantan los chicos que ríen y te hacen reír. No aguanto a los depresivos.

Le sonreí para hacerme perdonar.

—¡Vaya, lo siento! Creía que... no sé. Que le estabas...

—Sí, ya lo sé —dijo él. Y, entonces, empezó a hablar con una voz nueva, como si imitara al muchacho fugitivo—: «Racista, me golpeó».

Ahora sí se me escapó la risa. Él hizo una mueca muy simpática, como diciendo: «Sí, la vida es muy dura para estos tipos».

—¿Vas... vas para fuera? —me dijo.

Era para morirse de risa.

—Claro, hombre, ¿adónde voy a ir, si no?

Y salimos juntos a la calle.

—Me llamo Juan —dijo.

—Y yo, Carlota.

Los dos nos quedamos parados un momento. No sabía si Juan pensaba que tenía que estrecharle la mano, pero consideré que no era lo adecuado. Más bien parecía que tenía que darle un beso. Por haberme devuelto el monedero. Y por no ser nada racista. Y por ser tan simpático. Pero, finalmente, no hice nada, como una tonta.

—¿Y qué haces? —me preguntó.

Y por un momento me pregunté si era capaz de leerme el pensamiento, de saber que dudaba entre distintas cosas: darle la mano, darle un beso... Y entonces me di cuenta de que no, de que era tonta, de que me estaba preguntando qué estudiaba.

—Primero de bachillerato.

—Yo, segundo. Bueno, y también hago pequeñas investigaciones privadas.

—¿Investigaciones privadas? —me dejó paralizada.

—A pequeña escala —dijo—. Bueno, y a veces a gran escala, porque me he visto metido en unos líos... De hecho, mis amigos, los que me conocen, me llaman Flanagan.

—¿Flanagan? ¿En serio?

Estaba boquiabierta.

—Sí. Es que me gustan mucho las novelas y las películas policíacas...

—A mí sobre todo me gusta leer.

—¡Ah!

Por la exclamación no parecía que leer formara parte de sus intereses más inmediatos. No me dio tiempo a decir nada; en seguida me preguntó:

—¿Has visto *Fargo*?

—No.

¡Rayos! En aquel momento habría dado cualquier cosa por poder hacer que el mundo diera marcha atrás y meterme en un cine a ver la peli. Me sentía como una boba.

—¿Y has visto *El juramento*? —dijo, sin dejarse intimidar por mi ignorancia.

—¿La de Jack Nicholson? —dije, con esperanza. Si se refería a esa peli, entrábamos en terreno conocido.

—Efectivamente.

—Sí. Sí la he visto. Es la adaptación de una antigua novela de Dürrenmatt, *El juez y su verdugo*. La leí en una edición antigua que tiene mi madre, que por algo es bibliotecaria. Era un libro buenísimo. Bueno, como todos los suyos. Es un gran autor.

Me callé, avergonzada. Me iba a tomar por una pedante insoportable.

Entonces disparó él:

—Y Nicholson es un gran actor, aunque a veces sobreactúa, haciendo demasiados gestos. ¿Sabes cuál me gustó mucho? *Shiner*, con Michael Caine, ¿la conoces? Caramba, Michael Caine interpreta a un viejo mafioso que tiene un hijo y se le mete en la cabeza que su hijo sea boxeador, y en seguida se ve que el hijo es un pobre desgraciado, que no da ni media bofetada y que nunca llegará a ninguna parte como boxeador, pero el padre se juega todo lo que tiene, todo, porque él también es un desgraciado, arruinado y no tan importante como parecía al principio... Es buenísima.

Me dije a mí misma que después de aquel discurso resultaría inverosímil que me considerara una pedante...

Vi con el rabillo del ojo un escaparate repleto de mochilas escolares y carpetas de plástico y me detuve delante de aquella papelería.

—¿Adónde vas? —me preguntó.

—Aquí —respondí, muy explícitamente.

—¿Aquí?

Parecía que estuviera en Babia y que una papelería le resultara más rara que si me hubiera parado delante de la puerta de una funeraria.

—Sí. Voy a comprar una libreta.

Pensé que quizá había llegado el momento en que se despediría de mí.

Flanagan dudó unos segundos. Lo noté, pero en seguida se recuperó.

—¡Ah! Pues entro contigo. Yo también tengo que comprar un marcador.

Era una papelería pequeña, de barrio. De las que tienen caretas de cartón para carnaval y lápices de colores de marcas del año del caldo, y periódicos y algunos libros...

Detrás del mostrador había una señora más bien gordita, con unas gafas pequeñas apoyadas en la punta de la nariz, sujetas con una cadena metálica roja. Por lo que se veía, había llegado a esa edad en la que, según mi madre, ya no ves lo suficiente para leer ni recuerdas dónde has dejado las gafas. Parecía amable.

—¿Qué se les ofrece, jóvenes? —nos dijo.

Un poco más amable de la cuenta. Hasta algo empalagosa.

Me volví hacia Flanagan y le hice un gesto que quería decir «tú primero». Ya se sabe, yo soy muy educada.

—No, no —dijo él—. Pide tú.

—Quiero una libreta con las tapas rojas, cuadriculada y de espiral.

La señora se fue hacia una de las estanterías y, cuando volvió a mirarme, llevaba en la mano una libreta de espiral, pero con las tapas azules.

—No, no, señora. No la quiero azul, la quiero roja. ¿No tiene?

—Ay, sí. Qué cabeza tengo —dijo ella, volviéndose hacia la estantería.

—La necesito roja porque la quiero para escribir un diario sobre sexo: *El diario rojo de Carlota*.

Me pareció que Flanagan y la señora se quedaban paralizados. Tengo que decir que más la señora que Flanagan.

—Escribiré todo lo que descubra sobre el sexo y todo lo que se me ocurra —insistí, sin hacerme la apretada.

—Ah, buena idea —dijo Flanagan, con un tono que parecía más adecuado para dar el pésame.

La señora aún rebuscaba entre las libretas. A ver si resultaba que no le quedaba ninguna de color rojo.

—Y escribiré lo que he aprendido hasta ahora, lo que pueda aprender en el futuro, lo que pienso, lo que hago...

—Tus experiencias —dijo Flanagan, que parecía más recuperado.

—Mis experiencias —admití, aunque no estaba segura de hasta dónde me podían llevar, porque, de momento, mis experiencias eran más bien pocas.

—Oye —respondió Flanagan—, si se trata de escribir lo que pienso, lo que imagino, lo que me gustaría, necesitaría diez o doce libretas como ésta: una enciclopedia.

Lo miré, interesada. Prosiguió.

—Pero si tuviera que escribir mis experiencias, con media hoja tendría más que suficiente.

¡Empatados!, pensé.

Como si nos hubiéramos dado una señal, miramos los dos a la señora, que nos contemplaba con expresión atónita por encima de las gafas y de unas cuantas libretas con las tapas rojas en las manos.

Flanagan saltó:

—¿Y a usted qué le parece, señora?

Pensé que aquella mujer tan mayor —podía tener unos cincuenta años— haría mucho tiempo que había dejado atrás las experiencias sexuales. A lo mejor le daba un manazo, o a lo mejor le diría con aire de dignidad ofendida: «Niño, respeto, yo no lo practico». Pero me dejó con la boca abierta cuando dijo:

—¿Que qué opino? Que me han dado una idea fantástica: me quedaré una libreta de éstas —y separó una— para mí, para escribir mis memorias sexuales.

Ahora éramos Flanagan y yo los que la mirábamos atónitos.

—¿Es que aún se acuerda? —dijo Flanagan.

—¿Cómo que si me acuerdo? Seguro crees que ya no lo practico.

—Pues...

—Francamente —dije yo—, a mí me parecía que las personas mayores y el sexo no hacían buenas migas.

La mujer se arregló las gafas y me respondió, mientras dejaba encima del mostrador y delante de mí una libreta roja:

—Sí, claro, bonita, por eso nos apuntamos a cursillos de macramé y de punto de cruz, para tener algo en lo que ocuparnos —dijo la mujer, con ironía.

—Perdone, no quería... —dije.

—De eso sólo se jubila el que quiere —dijo la señora, con una sonrisa—. Ya lo verás con el tiempo.

—Sí... ¿Cuánto le debo por la libreta?

La mujer dijo un precio que a Flanagan debió parecerle razonable, porque saltó:

—Por ese precio, deme una a mí también. Roja, idéntica. Una libreta para escribir relatos eróticos. Me parece que yo también escribiré mi diario... este... rojo.[2]

—Muy bien —dijo la mujer, despidiéndonos—. ¡Nos espera mucho trabajo!

Salimos de la papelería con las libretas en las manos.

—¿Crees que te podría llamar si tengo alguna duda o si no se me ocurre nada que escribir? —me preguntó.

—Bueno, sí... Claro.

—¡Ah! ¿Tienes una pluma o un marcador?

Me paré en seco. ¿No había entrado conmigo a comprar uno? Se lo recordé.

—Ah, sí, sí, ahora voy, bueno, no, da lo mismo, déjame el tuyo, o sea, espera...

Saqué un marcador de la mochila y se lo ofrecí.

—Toma, toma.

Él abrió la libreta y destapó el marcador.

—¿Cómo te llamas? Carlota ¿qué más?

—Carlota Terrades.

Y le di mi número de teléfono.

Flanagan lo apuntó y, después, siguió apuntando sus coordenadas.

—Y yo... Juan Anguera.

—Será mejor que apuntes Flanagan.

—Ah, sí, Flanagan. Je, je.

Lo apuntó todo y me devolvió el rotulador.

—O sea que se trata de llenar esto de sexo, ¿eh? Bueno... Espero que no lo lean mis padres. Bueno...

—Pues yo espero que sí lo lean. Quizá así sabrán qué me preocupa y nos entenderemos mejor —contesté.

2. Véase *El diario rojo de Flanagan*, Ediciones Destino.

Nos despedimos con gestos dubitativos. No sabíamos muy bien cómo hacerlo. Y yo volví a quedarme con las ganas de darle un beso.

Cuando llegué a casa, al entrar en mi habitación y ver la foto de Koert dentro del cajón de la ropa interior, el holandés se me incrustó en el cerebro otra vez. ¡Qué asco!

Me dije a mí misma que podía —quería— darle una oportunidad: la última. Si no la aprovechaba, lo dejaba.

Marcos aún no había llegado, papá tampoco. Asalté el teléfono, contraviniendo todas las órdenes paternas de ahorro: estaba decidida a llamar a Koert. Ya me las arreglaría luego para justificar la llamada ante papá.

La mano que marcaba el número no temblaba, pero tampoco tenía la consistencia habitual. Estaba floja, intimidada. Respondió una voz femenina en una lengua ininteligible. En inglés, le pregunté si podía hablar con Koert.

—*Hold on, please* —dijo. Y, acto seguido, gritó—: ¡Koert!

Me dio la impresión de oír su voz como si viniera de muy lejos. A lo mejor solamente me lo estaba imaginando.

La persona del teléfono dejó el aparato y se alejó.

Esperé unos segundos que duraron horas.

—*He's not at home* —dijo la voz femenina.

¿Que no estaba en casa? ¿Seguro? ¿O a lo mejor no quería contestar porque le habían dicho que preguntaba por él una extranjera?

—*Thanks* —respondí. Y colgué el teléfono colgando también, definitivamente, mi historia con Koert.

Más tarde, me sentía como ese postre que se compone de un helado de nata con chocolate caliente por encima: aliviada por haber tomado una decisión y hecha polvo por haber cortado con Koert. ¿Cómo era posible sentir a la vez dos emociones contrarias?

Llamé a Mireya para comentarle las últimas noticias y mi estado de ánimo.

—Al fin y al cabo, nadie había dicho que tuviera que durar eternamente, ¿no? —dijo ella.

Tengo que admitir que tenía razón.

Y, como el tiempo todo lo cura, unos días más tarde ya no me sentía tan dividida en dos sentimientos contradictorios. Había recuperado mi energía, las ganas de escribir el diario rojo y, con ellas, el recuerdo de Flanagan.

Capítulo 2
LA PUBERTAD

3 de febrero

Por fin, estreno la libreta roja para escribir mi diario rojo. El diario de amor y de sexo. Escrito así, en una libreta de espiral, da un poco de risa y no impresiona mucho, pero cuando lo hablo con los demás —sobre todo con los mayores—, me hace sonrojar. Tendré que hacer un esfuerzo para sobreponerme a la vergüenza porque, si no, no sacaré nada en claro de este lío que es la sexualidad.

No sé si Flanagan se habrá puesto manos a la obra o no. A lo mejor ha mandado el proyecto por un tubo y ya no se acuerda de nada. O a lo mejor sí que escribe el diario rojo. Y, de ser así, ¿qué estará pensando en estos momentos? ¿Quizá lo mismo que yo? Quién sabe...

Tengo tantas dudas, tantas lagunas por rellenar, que creo que, si lo consigo, una sola libreta me resultará insuficiente; necesitaré unas cuantas docenas.

Declaro:

1. Que escribiré las respuestas a todas las dudas que tenga yo... y también mis amigas, cosa que me obligará a

leer libros o —mejor que mejor— a preguntar a personas más entendidas que nosotras.

2. Que escribiré mis experiencias y las de otras personas.

—Eso será si te damos permiso nosotras —respinga Mireya cuando lee el segundo punto.

—¿Y no me lo dan?

Mireya, Elisenda y Berta se miran, levantan las cejas y resoplan. No parece que lo tengan muy claro.

Si sólo voy a poder poner lo que me pase a mí... Pues voy bien, porque no se puede decir que mi vida sexual sea muy animada, extensa y bien documentada...

Mis amigas han terminado el conciliábulo y me miran con los ojos entreabiertos.

—Estamos de acuerdo. —Me perdona la vida Mireya, y añade, con sorna—: Tienes nuestra bendición.

—¿Por dónde vas a empezar? —pregunta Berta.

—Por la regla —contesto yo, con seguridad.

—¡Oye! —dice Mireya—. Antes de la regla, tendrías que hablar de los cambios que notas en el cuerpo.

—¡Oye, sí! Empiezas a crecer a lo ancho.

—Y se te pone el culo como el Palacio de Hierro...

—¿Como qué?

—En plan gran superficie.

Nos reímos todas con el chiste.

—¡Y te salen pelos por el cuerpo!

—Sí, pero menos que a los chicos, ¿eh? Sólo en los brazos, en las piernas, en las axilas y... —Berta se calla sin saber cómo llamar al espacio que hay entre las piernas.

—En el sexo —digo yo, muy puesta en materia.

Las demás saltan, no tan técnicas:

31

—En la papaya...

—En la conchita...

Y nos partimos de risa al oírnos.

—Y te empiezan a crecer los pechos —dice Berta, entre carcajadas.

—Como melones —dice Mireya, que opina que los suyos son demasiado grandes.

—¡No empecemos! —protesto.

No quiero ni volver a pensar en la época en la que Mireya entró en la pubertad y su cuerpo empezó a cambiar a toda velocidad y con una cierta exageración: desarrollo de los pechos, de las caderas, de las nalgas... Y Mireya empezó a coger manías. Se veía gorda, comía poco y sus amigas teníamos miedo de que terminara anoréxica. Afortunadamente, la tutora del curso se dio cuenta y nos dio una charla explicándonos por qué, a las chicas y a las mujeres, se nos acumula la grasa en los pechos, las caderas y las piernas. Sin esos almacenes de grasa, la humanidad no habría subsistido: con la primera hambruna, ninguna mujer habría podido sacar adelante un embarazo. Al final, las explicaciones de la tutora y la vitalidad y las ganas de reír de Mireya pudieron más que la talla de la ropa, y volvió a comer con normalidad.

—O como mandarinas —se ríe Mireya, señalando los míos.

¡Es verdad! Siempre he creído que mis pechos se han quedado demasiado pequeños.

—Unas tanto y otras tan poco. Eso sí, grandes o pequeños, si te los aprietan fuerte, duele.

—Tendría que haber una camiseta con el lema «¡Territorio delicado!».

Todas nos meamos de risa, menos Elisenda, que nos mira y hace un gesto triste, muy teatral.

—No sé de qué se quejan... Aquí la única que tiene derecho a lamentarse soy yo. ¡Mírenme!

La miramos, pero no hace falta; ya sabemos lo que vamos a ver. Una chica con cuerpo de niña pequeña. Es muy, muy delgada. Bajita, aún no ha dado el estirón. Ni tiene pecho, ni tiene caderas. Conserva la cintura recta. Parece una niña y nosotras, a su lado, casi parecemos sus hermanas mayores... aunque sólo nos llevamos un año.

—¿Cuándo, quieren decírmelo? ¿Cuándo me llegará a mí la pubertad?

—Ya lo sabes, según Badia, la pubertad puede empezar entre los ocho y los catorce años, y termina hacia los diecinueve o veinte.

—Pues para mí, ya va siendo hora, ¿no? A veces me parece que no voy a crecer nunca —se sulfura Elisenda.

—Mujer, tiene sus ventajas —dice Berta.

—¿Ah, sí? ¿Cuáles?

—No te salen granos —suspira la otra, que, en estos momentos, tiene una concentración de granos rojos y saltones en la barbilla.

—¡Ni puntos negros! —exclamo yo, que de vez en cuando me encuentro alguno en la punta de la nariz y me lo quito... y a veces, de tanto apretármelos, me dejo la nariz como una alcachofa.

—Y eso sin contar que parece que vayas en una montaña rusa —dice Mireya, dándole un puntapié a una corcholata de cerveza.

¿Montaña rusa? Las demás la miramos sin saber a qué se refería.

—Vaya, chicas, no me digan que no lo notan. Un día te despiertas muy bien. De buen humor, con ganas de hacer cosas, te miras al espejo y crees que no estás nada mal, te ríes por cualquier cosa y hasta tus hermanos te parecen simpáticos y ocurrentes...

—¡Es cierto! Y otros días estás en un pozo sin fondo, la vida es un asco, el espejo te dice que eres la más fea del mundo, te echarías en la cama y no harías más que escuchar música y, como mucho, te levantarías solamente para estrangular al imbécil de tu hermano pequeño... con el mayor no te atreves —añade Berta.

—Sin contar que hace tiempo que tus padres han caído del pedestal donde los tenías. Ahora les ves todos los defectos... y ninguna virtud.

¿Y todo eso es culpa de la pubertad?, nos preguntamos, boquiabiertas.

—Se lo preguntaremos a Badia. Él, como profesor de ciencias, seguro que nos lo sabrá explicar.

Badia está dispuesto a responder a nuestras preguntas.

—Todo eso se debe a la pubertad, es decir, a la maduración de sus cuerpos. Están pasando de ser niñas a adultas.

—Algunas... —interrumpe Elisenda, de mal humor.

—Ya te llegará el momento, Elisenda, ya te llegará. Pues sí, todo, desde los bajones que las hacen llorar durante horas hasta los granos, pasando por todo lo demás, es consecuencia de los cambios hormonales de su cuerpo. Sus ovarios han empezado a producir estrógenos, que son las hormonas femeninas...

—¿Hay hormonas masculinas?

—Sí, la testosterona. Y las chicas también tienen un

poco de testosterona. Esa hormona es la responsable del vello en las piernas, en los brazos...

Ajá, me digo; ésa es la que Flanagan tendrá en cantidades industriales.

—Se la podrían quedar solamente los chicos y ahorrárnosla nosotras, ¿no?

—No creas, cada hormona tiene su función y, por lo tanto, su importancia. No les conviene renunciar a la pequeña dosis de hormonas masculinas que les corresponden. Además, es la precursora de los estrógenos...

—¿Qué significa «precursora»?

—Significa que prepara la llegada de los estrógenos y por ello también es necesaria en el cuerpo femenino.

—¡Háblanos de las hormonas femeninas, Badia!

—¡Bueno! Los estrógenos viajan por la sangre y son responsables de los cambios que experimentan, incluso de los que tienen lugar en el interior de su cuerpo y que, por lo tanto, no ven.

—¿Por ejemplo?

—El crecimiento mamario, el desarrollo de los genitales externos e internos, el crecimiento de los huesos largos, la maduración de las células que hay en los ovarios desde el nacimiento, es decir, los folículos...

—¿Los tenemos en los ovarios desde que nacemos? ¿O sea que yo también los tengo? —pregunta Elisenda.

—Claro, como todas las niñas. Bueno, pues desde que la pubertad está avanzada, cada veintiocho días más o menos, uno de los ovarios libera un óvulo que va a parar al útero.

—¿Y así toda la vida?

—No, toda la vida no. Más o menos hacia los cincuenta

años, los ovarios dejan de producir estrógenos y de liberar óvulos. Si el momento en que empieza el proceso de liberar óvulos se llama pubertad, el momento en que se detiene su producción se llama...

—... menopausia.

—Mi madre dice que ya la tiene —explica Berta.

—¿Hay más cambios producidos por los estrógenos? —pregunto. Me interesa cambiar de tema; no quiero que nos pongamos a hablar de la menopausia. Ahora mismo no tengo mucho interés por algo que pasará dentro de un montón de años.

—Sí. Los estrógenos son los responsables de que las glándulas de la vagina segreguen una sustancia blanca y gelatinosa que sirve como protección y lubricación.

—¿Algo más?

—Hummm... Sí. La piel expele una grasa producida por las glándulas sebáceas. Por eso durante la pubertad notan el pelo más graso y les salen más granos.

—¡Qué asco! —dice Mireya, examinándose una mecha de pelo que tiende a pegajoso, hay que reconocerlo.

Luci, nuestra tutora, que pasa por nuestro lado y nos ha oído, interviene en la conversación.

—Eso tiene solución: lavarse el pelo más a menudo y con un champú especial.

—¿Y los granos, qué? ¿Tú crees que tienen solución?

—No tocarlos con las manos sucias. O, mejor aún, tocarlos más bien poco y lavarse la cara con agua y un jabón poco alcalino o algún producto de farmacia especial para los granos.

La miramos con cierto escepticismo. Ella no hace caso de la poca confianza que demostramos y sigue:

—También es importante comer equilibradamente, evitando los alimentos muy grasos y consumiendo más fruta y verdura.

—¡Qué aburrido!

—De todos modos, tampoco hace falta que se obsesionen demasiado: cuando hayan llegado al final de la pubertad, todas esas preocupaciones desaparecerán.

—¡Vaya! ¡Qué peso me quitas de encima! —dice Berta, que está bastante orgullosa de su pelo.

—Lo que nunca podrás dejar de lado es la higiene, ya sea del pelo o del cuerpo, especialmente del sexo —dice Luci.

—Y todavía con más motivo si tienes la regla —añado.

—Lo que no entiendo es cómo sabe nuestro cuerpo que tiene que empezar la pubertad.

—Le avisa el hipotálamo, una especie de reloj situado en el cerebro, encargado de poner en marcha la producción de hormonas.

—¡Qué listo!

—Efectivamente.

Más tarde volvemos a sacar el tema a solas.

—¿Entendieron todo lo que explicó Badia?

—Yo no entendí lo de la gelatina blanca que segrega la vagina —dice Elisenda.

Las demás nos reímos.

—Se llama flujo —explico.

—La primera vez que te lo encuentres en las bragas, no te asustes; significa que pronto te vendrá la regla.

—Yo no he entendido qué significa que sirva de lubricación.

—Ni yo.

—Mi hermano lubrica el motor de su moto.

—¿Y para qué lo hace?

—Le pone grasa para que ruede suavemente y las piezas no se estropeen.

—Caramba, pues no entiendo qué tiene que ver todo eso con nuestra vagina.

—Como si fuera un motor. ¡Ja, ja!

—Yo me encargaré de descubrirlo —digo.

INFORME 1

Efectivamente, hablar de sexo no resulta fácil. Todas hemos podido hablar sin tapujos de los cambios físicos de nuestro cuerpo e incluso hemos podido confesar los cambios bruscos de humor que desesperan a amigos y desconocidos, pero ninguna de nosotras ha mencionado las sensaciones que experimenta el cuerpo. Yo, por lo menos, las tengo —no puedo negarlo— y creo que todo esto está relacionado con la pubertad. Algunas de las sensaciones que tengo:

A. Me interesan los chicos muchísimo más que cuando tenía diez años, por decir algo.

B. Cuando un chico me gusta mucho, el corazón me late más de prisa, me confundo un poco cuando le hablo, a veces me pongo colorada y me parece que me tiemblan las piernas.

C. Cuando un chico me gusta un montón, tengo ganas de tocarlo, de que me toque, de darnos un beso... de los que te lo pegan todo, como dice Marcos, o sea, un beso con lengua.

D. Si finalmente pasa y el chico y yo nos abrazamos o, aunque no pase, sólo con que esté viendo una película en la que los protagonistas se dan un beso de tornillo o, todavía más bestia, sin que pase nada, sin ver nada, solamente con que me imagine una caricia o un beso de un chico que me gusta, noto que se me endurecen los pezones, siento unas cosquillas agradables en el sexo y noto que las bragas se me humedecen. O sea que esto del sexo es genial, porque te puedes excitar si te tocan, si ves a alguien que se toca —y esto ya es lo más— o si te lo imaginas. Así que el sexo no sólo está entre las piernas, sino también en el cerebro.

E. ¿Es posible que la humedad de las bragas tenga algo que ver con la lubricación?

Capítulo 3
LOS GENITALES

5 de febrero

Aprovecho que tengo la tarde libre para dos cosas. La primera, esencial para mi tranquilidad espiritual, es desterrar del cajón de la ropa interior la foto de Koert. Cada vez que abro el cajón y le veo mirándome con sus ojos azules, me provoca en el pecho un terremoto de magnitud ocho. Si he decidido cortar con Koert, tengo que protegerme de tanto movimiento sísmico y la solución es desterrar la fotografía. Mi primera idea es romperla, pero me da un poco de pena. Decido concederle la amnistía y, simplemente, encerrarla en una caja de zapatos llena de bolas de Navidad que hay encima del armario. ¡Ya no volveré a verlo! Espero que, con el tiempo, hasta consiga olvidar que está ahí.

Lo segundo que hago es darle un empujoncito a mi diario rojo. Hoy haré un estudio monográfico de los genitales. Aparentemente es un tema que nos han enseñado más de una vez, siempre que nos dan un cursillo de educación sexual. Pero no es cierto: sólo nos dan educación reproductiva, nos hablan de nuestros órganos internos —ovarios, útero...—, de la menstruación y del embarazo. ¿Por qué parece que la sexualidad vaya unida únicamente a la reproducción? Ésa es otra pregunta que tendré que plantear.

ESTUDIO MONOGRÁFICO 1: GENITALES

Nuestro genitales, a diferencia de los de los chicos, están algo escondidos. Como están escondidos, ¿es que son misteriosos? A mí me parece que no, pero tendré que preguntarlo. De momento, creo que tiene ventajas:

A. Porque no debe de ser muy cómodo llevar algo colgando entre las piernas como los chicos, es decir, tener pene.

B. Tiene que ser todavía más incómodo que esa cosa que tienen entre las piernas se ponga tensa cuando se excitan, es decir, cuando tienen una erección y los deja en evidencia.

C. Porque tener en el exterior las dos bolitas donde se acumulan los espermatozoides, llamadas testículos, es un punto débil evidente: si se dan —o les dan— un golpe, los chicos ven las estrellas.

En cambio, las chicas tenemos los genitales recogidos, cosa que los hace más cómodos de llevar y menos vulnerables.

¿Desventajas? Hummm... Sí, alguna.

A. Los chicos los tienen tan a mano que, ya desde pequeños, saben que son chicos. A las chicas nadie nos dice qué tenemos entre las piernas y, como no es fácil de ver, tardamos mucho en descubrirlo.

B. Los chicos pueden entender más rápidamente y mejor la relación entre sus sentimientos sexuales y su respuesta genital. Si tienen una erección, les es fácil relacionar su pene erecto con lo que piensan o lo que sienten en ese momento. A las chicas nos cuesta mucho más, porque las modificaciones no están a la vista.

¿Me atreveré a preguntarle a Flanagan si es una lata o no eso de llevar los genitales colgando? Claro que a lo mejor no se lo ha planteado nunca. Los chicos parecen tan satisfechos de ese pedacito de carne que tienen entre las piernas...

He encontrado un dibujo, que copio aquí:

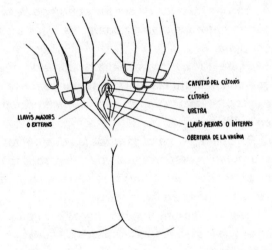

Luego cojo un espejo y me examino los genitales para ver si tengo todo lo que, según el dibujo, hay que tener.

Por la tarde viene a casa mi prima Mercedes. Cuando le cuento que hoy por primera vez me he visto los genitales, se horroriza.

—¡No es posible! —grita.

—Claro que es posible —le digo. Por la cara de alterada que pone, a lo mejor se cree que me he vuelto una contorsionista de circo. Se lo explico—: Me senté con las piernas abiertas y los miré con un espejo de mano.

Mercedes abre tanto los ojos que se le pone cara de huevo frito.

—¡Eres una marrana! ¡Eres una puerca!

Ahora sí que me quedo hecha polvo.

—Una marrana, ¿por qué?

No entiendo por qué tiene que estar mal mirarse una parte del cuerpo y conocerla. Estoy segurísima de que no puede ser cierto. Al contrario, me apuesto el dedo meñique a que es bueno tener conciencia del propio cuerpo.

—Niña, ¿no te lo ha dicho nunca tu madre? El culito delantero ni se mira ni se toca —responde Mercedes.

—¿El culito delantero? El culo sólo lo tenemos por detrás; delante tenemos el sexo.

—Eso no se dice.

—Pero ¿por qué no?

No llegamos a ponernos de acuerdo. En su casa nadie habla nunca de sexo y está prohibido mirárselo o tocárselo. Cuando tienen que referirse a él, lo llaman «el culete delantero». ¡Qué cosas más raras!

En mi casa, en cambio, ni mi madre ni mi abuela son tan remilgadas, aunque tampoco hablan del tema muy a menudo.

6 de febrero

—En mi casa hacen como si no existiera —nos cuenta Berta—. La máxima instrucción sexual que he recibido por parte de mi madre fue: «Berta, ¿sabes cómo se hacen los niños?». Y yo respondí: «Sí». Y mi madre contestó: «Pues muy bien». Y aquí se terminó la conversación.

43

—¡Muy profunda!

—Sí, sobre todo muy informativa.

—A mí, mi madre solamente me avisó de que me vendría la regla y que tenía que ponerme toallas femeninas.

—¡Genial!

—Déjanos ver tu estudio monográfico sobre los genitales. A lo mejor aprendemos algo.

—Primera cuestión, muy importante: todas tenemos la nariz distinta, el pelo distinto, las piernas distintas...

—Y el sexo distinto —acaba Mireya, que ya ve por dónde voy.

—Exacto. Al parecer, hay mujeres con unos labios menores tan pequeños que ni se ven y otras que, al contrario, los tienen muy grandes. Los colores también cambian mucho: marrón o rosa o rojo o violeta...

—O sea que no vale lo de pensar: «Ay, soy diferente de todas las demás; seguro que soy anormal».

—Más o menos. Me parece que lo que hay que decir es: «Soy distinta de las otras porque cada persona tiene sus propias características que la diferencian de las demás personas».

—¡Y menos mal! ¿Se imaginan que fuéramos todas hechas en serie?

—¿Te refieres, por ejemplo, todas hechas con el molde de Barbie?

—¡Qué asco! —gritamos todas—. Esa anoréxica, estúpida y presumida.

—Es mucho mejor que todos seamos distintos. Es más divertido y más interesante.

—Bueno, pasemos a la segunda cuestión —se impacienta Elisenda.

—El conjunto de nuestros genitales exteriores se llama vulva.

—¡Eso ya lo sabíamos! —dice Elisenda.

—Muy bien, lista, pues si quieres me callo.

—¡Noooo! Sigue, por favor.

Hago una mueca y sigo hablando.

—Primero están los labios mayores, que son como una especie de repliegue que se cierra. Los labios mayores tapan nuestro sexo.

—O sea, como una boca, pero en vez de ser horizontal es vertical, ¿no? —observa Elisenda.

—¡Vaya! Tienes razón —admito.

—No había caído hasta ahora —dice Mireya.

—Bueno, pues si con los dedos retiran un poco esos labios externos, llegan a los labios internos o menores, que, por la parte de arriba, se unen en el clítoris. Y el clítoris, que es un órgano sexual muy sensible, está recubierto por una especie de caperucita...

—¿Roja? —dice Mireya, en broma.

—O violeta, o marrón, o rosa... —digo yo.

—Por debajo del clítoris está la uretra, que sirve para mear. Y un poco más abajo está la entrada de la vagina, que sirve para tener relaciones sexuales y para que salga el bebé en el momento del parto.

—¡Caramba! ¿Les parece muy normal que por ese agujero tan pequeño tenga que pasar la cabeza de un niño?

Todas nos miramos consternadas.

—Francamente, a mí me parece que la vagina tiene un tamaño más relacionado con el pene que con un niño.

—Creo que tiene una gran capacidad de dilatación, o sea que se puede estirar mucho.

—Será eso...

—¿Y el himen? ¿Saben qué es?

—No —admito—; eso no lo he encontrado.

Mireya tiene información.

—El himen es una membrana pequeñita que, en algunas chicas, tapa la entrada de la vagina.

—¿La tapa completamente? —pregunta Elisenda.

—¿Cómo la va a tapar completamente? Entonces no podría salir la sangre de la regla.

—Sí, es verdad —dice Elisenda. Y se queda un rato callada, como si estuviera pensando. Al final, pregunta—: Y el clítoris, ¿para qué sirve?

Berta, Mireya y yo nos miramos sonriendo con sorna.

Elisenda se enoja.

—¿Me lo vas a decir o no?

Decidimos, sin palabras, andarnos por las ramas.

—Eres demasiado pequeña.

—¡Imbéciles! —grita. Y se va corriendo, amenazándonos—: Lo buscaré en el diccionario.

La dejamos que se vaya.

Unos minutos más tarde reaparece con el diccionario entre las manos y con cara de no entender nada.

—La verdad, es imposible entenderlo con lo que ponen aquí.

—Lee, lee —le pedimos.

—«Órgano eréctil femenino...» —Se detiene para preguntar—: ¿Qué significa *eréctil*?

—Viene de «erección».

—¿Nosotras también tenemos erecciones?

Todas nos miramos. Me encojo de hombros.

—¡Yo qué sé! ¿Creen que nací sabiendo?

—Pues apúntalo y lo investigas. La que está escribiendo el diario rojo eres tú.

—Hecho. Venga, sigue leyendo.

—«Clítoris —vuelve a empezar Elisenda—: Órgano eréctil femenino situado en el ángulo anterior de la vulva.»

—¿Y ya está? —pregunto.

Elisenda asiente con la cabeza.

—O sea, dice qué es y dónde está, pero no para qué sirve —digo yo, atónita.

—¡Eh! Busca pene, a ver qué pone.

—«Pene: órgano masculino eréctil que sirve para la cópula...» ¿La qué? —pregunta Elisenda.

—Para la relación sexual.

—«... y para la micción», que tampoco sé qué significa.

—Para mear —le aclaramos.

—Vaya —concluye Elisenda—, nos dicen para qué sirve el pene, pero no para qué sirve el clítoris. ¡Discriminación!

Meneo la cabeza y le digo que no. Que no se trata de una discriminación de las mujeres.

—¿Ah, no?

—No. Es una discriminación del placer. Tanto el pene como el clítoris sirven para proporcionar placer. Y eso no lo explican ni en el caso del pene ni en el del clítoris.

—¿Y para qué más sirve el clítoris? —pregunta Elisenda.

—¿Cómo que para qué más?

—Me refiero a que, si el pene sirve para mear y...

—Pues el clítoris no sirve para nada más. Una maravilla, ¿no?, ¡tener un botoncito que sirve únicamente para el placer!

—A lo mejor los que han escrito el diccionario no lo saben.

—¿Cómo crees que lo van a ignorar? A lo mejor es que quieren esconderlo; que nosotras no lo sepamos...

—Apunta, Carlota, también tienes que descubrirlo.

Por la noche le mando un mensaje electrónico con mis dudas a tía Octavia. Seguro que ella me las resuelve.

7 de febrero

La respuesta de Octavia ha desembarcado en mi buzón electrónico. La leo hacia las diez de la mañana; como es sábado me he levantado más tarde. Como es sábado, no tengo obligaciones que me ocupen todo el día. Como es sábado, a lo mejor podría intentar conectar con Flanagan...

Asunto: *dudas sexuales*
Texto: *Querida Carlota:*
Antes de ponerme a trabajar en una novela que estoy escribiendo, intentaré resolver tus dudas.
Sí, el clítoris es un órgano eréctil, es decir, que tiene erecciones. O, expresado de otro modo, es un pedacito pequeñito de carne muy importante para su función. Cuando una chica está sexualmente excitada, la sangre se acumula en el clítoris, que aumenta de volumen y se endurece, como pasa con el pene. El clítoris es el origen del placer sexual femenino, aunque también la vagina, los pechos y todo el cuerpo participan de este placer.
La lubricación, por la que también te interesas, es una manifestación más de excitación por parte de la chica. La vagina segrega un flujo que la humedece y facilita

la cópula, es decir, que el pene entre suavemente en la vagina.

Pero ojo, porque para que la relación sexual sea satisfactoria, no es suficiente con la lubricación, el clítoris tiene que haber aumentado de volumen considerablemente. Y eso a menudo requiere más tiempo que la erección de los chicos jóvenes, que es casi instantánea. Pero el tiempo no es un inconveniente; al revés, es una ventaja, porque permite prolongar el contacto con el otro. El único inconveniente suele ser la prisa de los chicos. Hay que enseñarles a ir despacio.

Los órganos sexuales femeninos están muy bien protegidos, como bien dices, pero eso no tiene nada de misterioso. Lo que pasa es que todo lo que tiene que ver con la sexualidad femenina, desde la regla hasta el parto, pasando por esos órganos replegados en el interior, siempre ha sido una fuente de sorpresa para el hombre que, en la prehistoria, siendo incapaz de interpretar correctamente estos hechos, les atribuía significados mágicos generalmente negativos.

Me preguntas por qué se asocia sexualidad con reproducción sexual. Comentas que a menudo en las clases de educación sexual les hablan del embarazo o que en el diccionario se omite la función del clítoris. Todo tiene el mismo origen. Una forma de pensar, afortunadamente ya relegada por mucha gente, que considera el sexo algo sucio, indecente, impuro... Hace tiempo —y aún hay quien lo considera así— la Iglesia católica solamente aceptaba la relación sexual si se daba dentro del matrimonio y si tenía el objetivo de procrear, es decir, de tener hijos. Actualmente, cada vez hay más gente que piensa que el sexo es sano, bueno e interesante siempre que se practique entre personas adultas que lo consientan libremente. Eso no quita que, a menudo, la gente se sienta incómoda cuando tiene que hablar *de la sexualidad y prefiera centrarse en el aspecto que le resulta más fácil de abordar: el de la reproducción, que no tiene las mismas connotaciones morales negativas. Por eso el diccionario da dos de las funciones del pene pero no dice que también sirve para el placer. Y explica dónde está y cómo es el clítoris pero no dice nada de su única función.*

Y, por último, el himen. Como bien dices, es una membrana que en general, pero no siempre, se encuentra a la entrada de la vagina. Tiene un agujero o más de uno por donde sale la sangre de la regla y por donde, normalmente, puede entrar un tampón higiénico. Esta membrana, muy fina, puede romperse al hacer deporte o con las caricias. Cuando se rompe, sangra un poco. Otras veces, sin embargo, esa membrana es inexistente, o existe, pero es tan flexible que no llega a romperse.

Nada más. Espero haber conseguido aclarar tus dudas.

Un beso,

Octavia

Imprimo el mensaje electrónico para poder enseñárselo a mis amigas. A mí me ha quedado todo muy claro, espero que a ellas también.

Capítulo 4
LECCIONES EN UN PARQUE

Pegué el mensaje de Octavia en mi libreta roja y lo releí. Al terminar, me quedé clavada. Podría decir que clavada en el diario, pero no sería cierto. Me quedé clavada en una reflexión: ¿qué estaría haciendo Flanagan? ¿Estaría escribiendo el diario o no? De hecho, no había tenido el valor para contarles a mis amigas que había un chico escribiendo el diario rojo desde su punto de vista, o sea, desde el de los chicos. Y no me había atrevido quizá por miedo a hacer el ridículo y explicarles algo que terminaría por no ser verdad. Porque no estaba segura de que Flanagan siguiera con la intención de hacerlo. No me parecía un chico con demasiada tendencia a escribir sus experiencias...; creía que seguramente era un poco como todos, poco dado a la interiorización, poco dado a las reflexiones sobre las relaciones personales. A lo mejor se lo había propuesto como fruto de la exaltación del momento —que hay que reconocer que había sido divertido— pero quizá luego, al llegar a casa, se había desanimado.

Y me daba rabia sólo pensar en esa posibilidad. Porque

tenía que confesar que quería volver a verlo y el diario era una excusa fantástica. Y tenía que admitir, también, que el deseo de saber algo de él se había intensificado a partir del momento en que había «castigado» a la foto de Koert.

No podía estar tan clavada. Tenía que salir de dudas. Estaba dispuesta a llamarle. Le llamaría. Le llamé.

¡Ocupado! ¡Qué rabia!

Decidí esperar unos minutos para darle tiempo a terminar de hablar, pero mi entusiasmo irreprimible me llevó a intentarlo treinta segundos más tarde. Y, casualmente, ya no estaba ocupado.

Fingí una voz rara. No quería que me reconociera.

—¿Flanagan?

—El mismo. Diga.

—Verá, tengo un problema y necesito un detective.

—¿Cómo se llama?

—Tengo un loro que hasta hace poco era muy educado, pero de repente ha empezado a decir guarradas y me hace pasar malos ratos, porque todos mis hermanos y hermanas son curas o monjas. Le quiero contratar para que averigüe quién es el sinvergüenza que le ha enseñado esas cosas al loro.

—¿Cómo? ¿Dice que es «un loro»?

¡Ay! No me había reconocido. Recuperé mi voz normal para decirle:

—Juan, no te enojes, soy Carlota.

—Caramba.

—¿Te enojaste?

—No, no... Lo que pasa es que precisamente te estaba llamando.

¡Qué bien! Eso sí que era una buena noticia.

—¿En serio? ¡Qué coincidencia!

—¿Para qué me llamabas? ¿Sólo para gastarme una broma?

—No, no. Es que... He pensado que, si quieres podríamos vernos. El otro día estaba agobiada y casi ni te agradecí lo del monedero. Llevaba el dinero que había ganado con el sudor de mi frente a base de encargarme de niños llorones e insoportables algunas tardes. Aún no me lo había gastado toda.

—¿Me estás invitando?

—Sí.

—¿A qué? ¿A comer langosta? ¿Caviar?

Ese chico era para morirse de risa. Me hacía sentir muy bien reírme con él.

—Una cerveza y di que te fue bien. Si quieres, luego vamos a una pescadería y la langosta y el caviar los vemos en el escaparate.

Esperaba que dijera algo, pero me dejó seguir a mí. Y dije:

—¿Cómo le hacemos? ¿Vienes o voy?

¡Uf! ¿Cómo le habría sonado esa frase? ¿Le habría parecido descarada?

Respondió volando, como si le hubieran dado un pinchazo en el culo:

—Voy.

—¿Te suena un bar que se llama Qué-sueño-tan-dulce?

—No, pero si me das la dirección lo encontraré. Si puedo pescar a un corruptor de loros, también puedo encontrar un bar si sé su nombre y la dirección.

Le di los datos y quedamos en una hora aquella misma tarde, que por algo era sábado y teníamos nuestro tiempo.

¡Rayos! ¿Qué me pongo?, me pregunté. Fui a la habitación, abrí el armario y me probé sucesivamente los pantalones de cintura superbaja que me permiten enseñar la tanga, la falda supercorta y superestrecha, la falda larguísima negra de tela arrugada, unos vaqueros viejos y agujereados, un top dos metros por encima del ombligo, una camiseta de mangas anchas por las muñecas, una camisa blanca de algodón...

Aún iba en pantaleta y sostén sin decidirme por nada cuando entró Marcos en mi habitación. Miró el montón de ropa de encima de mi cama y soltó un silbido de admiración.

—¡Novio a la vista!

—Calla, imbécil —le dije, persiguiéndolo por el pasillo para que me devolviera el top mini, justo el que había decidido ponerme, finalmente y tras tantas dudas. Y mientras lo perseguía, por el camino me di cuenta de que Marcos tenía razón en una cuestión fundamental: Flanagan me interesaba. Si no, no habría dedicado tanto rato de mi vida a elegir la ropa. Eso sólo lo hacía cuando tenía una cita con un chico atractivo.

Marcos me devolvió el top sin dejar de tomarme el pelo con la historia del novio. Tendría que hacer todo lo posible para que él y Flanagan no se conocieran. ¡Tener hermanos para eso...!

Flanagan había llegado al Qué-sueño-tan-dulce antes que yo. El bar tenía una pinta muy distinta a la que suele tener entre semana, al salir de clase. Estaba repleto de viejos y viejas de cuarenta o cincuenta años, vestidos con tejanos, tomando gin-tonic y charlando sin parar. Las mesas de mármol estaban llenas de novelas, folios escritos y portavasos con garabatos de los marcadores inquietos de todos aquellos charlatanes. El único elemento invariable del escenario era la neblina blanca que provoca el humo de tantos cigarros encendidos. Era un local de fumadores, incluso a veces olía a algo más que tabaco: a marihuana; de ahí le venía el nombre.

La mirada de Flanagan cuando me quité la chamarra y me senté a su lado me hizo pensar que la elección del top había sido acertada.

—Vaya, qué guapa estás —me dijo.

¡Guau! El corazón se me aceleró. Para disimular le conté el incidente que había tenido al pasar por delante de unas obras.

—Hace diez minutos me lo han dicho de un modo mucho menos agradable.

—¿Qué te han dicho?

—Que si mi culo fuera un barco, se harían marineros...

Flanagan se echó a reír.

Hummm. ¿Le daba risa esa idiotez? Se notaba que no era él el que tenía que aguantar la mirada de un tipo diciéndote eso mientras se pasa la lengua por los labios y te mira con los ojos como máquinas de rayos equis para adivinar el color del sostén. Hice como que me ponía seria y, con voz de señorita Rottenmeyer, le dije:

—La mayor parte de esos «piropos» son agresivos y lo único que hacen es reflejar la idea de que las chicas no somos más que objetos sexuales. No es para tomárselo a risa.

A Flanagan se le pasaron las ganas de reírse volando. Tan volando que se atragantó con la cerveza y terminó escupiéndola encima de la mesa.

—Podría haber muerto —se justificó, con cara de mosquita muerta.

Entre la salida de líquido por la boca, como si fuera una manguera furiosa, y sus explicaciones, no podía aguantar las ganas de reírme. Las carcajadas eran cada vez más estruendosas. Me animé tanto que moví las manos descontroladamente y, ¡zas!, sin querer volqué mi vaso. Más ruido, más líquidos ensuciando la mesa y el suelo del bar.

El dueño del local nos lanzó una mirada de odio tan profundo como el Gran Cañón del Colorado. Pensé que nunca más volvería a dejarme entrar... y voy allí a menudo con la gente de mi clase. Había llegado el momento de irnos.

—¿Y si nos largamos?

—Sí, será mejor, antes de que nos amarren al tubo de vapor de la cafetera.

—¡Qué siniestro eres! Vamos, aquí al lado hay un parque.

A aquellas horas el parque estaba lleno de niños y abuelos y skaters y ciclistas. Con evidente peligro para nuestras vidas, nos pusimos a pasear por la zona pavimentada: en un momento esquivábamos una pelota con trayectoria directa al occipital de Flanagan, después el trayecto vertiginoso de un *skater* decidido a pasar por encima de mi pie derecho, luego a un ciclista temerario que se creía Eddy Merckx. Entretanto, íbamos hablando de las clases, de nuestros profesores, de los estudios... Lo más divertido eran las anécdotas de los profesores.

—¿El Aspersor? —preguntó Flanagan.

—Sí, le llamamos el aspersor porque cuando habla distribuye perdigones a su alrededor.

Flanagan, entre risas, me dijo:

—Podrías alquilárselo al ayuntamiento para que lo paseara por los parques y jardines y los fuera regando.

Flanagan pateó una piedra y me contó que en su clase tenían uno al que habían bautizado como el Sádico, porque siempre que tenía que hacer preguntas difíciles escogía a las chicas más guapas de la clase, como si se divirtiera haciéndolas sufrir.

—Un día le había hecho una pregunta sobre el asesinato de Julio César a la loca de María Gual y ella contestó que no hablaría si no era en presencia de su abogado cuando...

La trayectoria de un balón rabioso cortó sus explicaciones. Esta vez parecía dirigido a mi occipital. Me volví hacia los bestias que jugaban al futbol.

—¡A ver si se fijan! —grité.

—Vámonos de aquí —dijo Flanagan—. Esto es un campo de minas.

Le señalé un punto elevado del parque, lejos de todos aquellos deportistas temerarios.

—¿Vamos allí arriba? Hay césped.

Flanagan me tiró del brazo.

—Subamos por aquí. Llegaremos antes.

Y me cogió de la mano para ayudarme a trepar al margen y ahorrarnos todo el caminito, que daba mucha vuelta. ¡Guau! Mi mano dentro de la suya llegó a una temperatura muy elevada, próxima a la ignición, diría yo. Ojalá no me soltara en una hora, en todo el día, en un año...

Me soltó. ¡Rayos!

La zona de césped era tranquila. El único deporte que allí se practicaba, sin que tampoco fuera nada del otro mundo, eran los besos de tornillo. Unas cuantas parejas tumbadas en el césped se estaban entrenando. Otra pareja

—él con bigote y ella con el pelo largo, rubia teñida— llegaban a la vez que nosotros, pero por el caminito.

—¿Te parece bien aquí? —pregunté.

—Perfecto.

Y nos sentamos, muy formalitos, uno al lado del otro. A un palmo de distancia entre él y yo. Me hubiera gustado mover el culo para acercarme más, pero me había quedado paralizada, como si no pudiera moverme. A lo mejor se acercaría él... Pues no, no se acercó.

El del bigote y la rubia de bote se sentaron un poco más allá de nosotros y, como el terreno hacía pendiente, los teníamos a los pies, como si nosotros estuviéramos en platea y ellos en el escenario. Se habían situado cerca de unos arbustos muy oportunos, que los hacían invisibles a las demás parejas del césped.

—¿Qué me decías de tu profe aquel? ¿Que siempre le pregunta a una amiga tuya? —empecé, retomando la otra conversación, porque me sentía un poco incómoda y no sabía cómo rellenar el silencio.

—Sí. Ah, sí, a María Gual.

—Claro, como a ti te gusta, la defiendes del ogro —dije, para ver si esa carga de profundidad me aclaraba si Flanagan estaba solo o no.

—¡Qué va! María sabe defenderse solita.

—Pero ¿sales con ella?

—No, no, con ella no.

¿Con ella no?, me dije. ¿O sea, con otra sí?

Esperé un poco a ver si seguía. Y siguió.

—La chica con la que salgo no va a mi insti...

Ay, estaba claro que tenía que salir con alguien...

—¿Cómo se llama? —pregunté.

—Nines. Es... bueno, da lo mismo. Últimamente, la cosa está algo fría...

Perfecto, pensé.

—A mí me pasa lo mismo —dije.

—Ah, ¿tú también sales con alguien?

—No lo sé exactamente. Koert es holandés. Nos conocimos este verano en Londres, donde yo iba a unos cursos de inglés y él participaba en unos campeonatos de natación. Fue una relación intensa. Luego, a partir de volver cada uno a su país, chateábamos bastante y usábamos el correo electrónico muchísimo; pero por Navidad estuvimos un tiempo sin escribirnos y ahora —aquí dudé unos instantes: no sabía si contarle la pelea que nos había llevado a un callejón sin salida. Una pelea por culpa de mi carácter explosivo y del suyo... poco tolerante. Al final pensé que no quería entrar en detalles—, ahora tengo la sensación de que la relación ha decaído.

Habíamos estado hablando sin mirarnos, más interesados en contemplar nuestras propias manos arrancando brotes de césped. Me parece que levantamos la mirada los dos a la vez y hacia el frente, y vimos que la pareja del escenario se había puesto a besarse con ganas.

Tragué saliva. Seguro que Flanagan también lo había visto, pero no dijo nada. Me esforcé en hablarle mirando hacia otra parte, pero, no sé por qué, mis ojos volvían hacia aquella pareja de amantes una y otra vez.

—El caso es que los dos tenemos a alguien —dije.

—Bueno, ahora que nos conocemos, nuestras parejas respectivas tendrán que sufrir en silencio.

Lo había dicho en broma, claro, pero a pesar de todo el corazón me dio un vuelco.

—Ja, ja. Tú has visto muchas pelis de detectives duros.

—Era una broma, pero lo que quiero decir es que, aunque tengas pareja, y más a nuestra edad, puedes encontrar a otras personas con las que te sientas a gusto, ¿no?

—Sí.

Me habría gustado añadir: como me pasa a mí contigo. Pero no me atreví. En vez de eso, dije:

—Pero tampoco hay tantísima gente que te atraiga, ¿no?

—No, no, claro que no.

La pareja del escenario iba a lo suyo. Se besaban como si de ello dependiera su vida. Él había metido la mano por debajo de la camiseta de ella y le manoseaba los pechos. La mano de la rubia había desaparecido dentro del pantalón de él. Desde la platea el espectáculo era... interesante. Resultaba inevitable hacer algún comentario.

—¡Caramba! —dijo Flanagan en voz muy baja, para no molestar a los actores.

Me acerqué a él para oírle mejor.

—Sí... Caramba. Vaya, vaya —dije también en voz muy baja, cosa que provocó que Flanagan se acercase.

—¿Qué se hace en una situación como ésta? ¿Irse para no molestar?

—No... Ellos se han instalado después de nosotros. Si nos vamos, a lo mejor se creen que nos han ofendido.

Flanagan calló durante unos segundos y, finalmente, dijo:

—Entonces, ¿nos quedamos y tomamos nota? Para el libro rojo, ya sabes...

Decidí seguirle la corriente. Bajé aún más el tono de voz y acerqué más la cara a la de Flanagan:

—Sí, hombre, y hacemos dibujos y nos acercamos y les pedimos por favor que vayan más despacio porque, si no, no nos da tiempo de hacer bien el croquis.

Los dos nos echamos a reír.

Estábamos tan cerca...

Nuestras miradas se cruzaron un instante.

En el fondo de los ojos de Flanagan se veía brillar un destello. ¿Era deseo? ¿Sentía lo mismo que yo? ¿Le apetecía un beso de tornillo de esos que cortan la respiración? ¿Algo más?

¿Y si todo eran imaginaciones mías? Al fin y al cabo estaba la tal Nines...

Eso. Eso, Nines, me dije a mí misma, como excusa para no dar el primer paso. Él tampoco dio ninguno; se levantó.

—Vámonos, van a creer que nos estamos riendo de ellos.

—Tienes razón.

Salí del parque sin ganas y, en cambio, muerta de ganas de... de algo con Flanagan.

Y pasamos el resto de la tarde en un bar chafa delante de una cerveza contándonos historias personales. Como si quisiéramos meter en una lata los hechos más relevantes de nuestras vidas para que el otro se los tragara de golpe y se recortara la distancia entre los dos. Porque, francamente, qué lástima de beso de tornillo desperdiciado en el césped...

Por la noche me llamó Mireya.

—¿Se puede saber dónde te habías metido? Llevo toda la tarde intentando localizarte y nadie sabía dónde estabas ni con quién. ¿Qué es tanto misterio? ¿No me dirás que

Koert ha volado desde Holanda para verte y por eso has desaparecido sin dejar rastro?

Me fue de maravilla que se le hubiera disparado la conversación, porque así no tuve que contarle nada. Despisté. De momento no quería hablarle de Flanagan... ni siquiera a ella, mi mejor amiga.

—¿Sabes qué? —me soltó al final de la conversación—. Que me parece que estás muy rara: o has hablado con Koert o has conocido a uno nuevo.

No dije ni que sí ni que no, ya tenía suficiente trabajo manteniéndome con los pies en el suelo porque, de hecho, sentía la piel de mi cuerpo frenética cada vez que pensaba en Flanagan. Me sentía... como una aspirina efervescente.

¡Qué lástima no haber dado el primer paso en aquel césped!

Y justo entonces me di cuenta de que ni siquiera le había preguntado si estaba escribiendo el diario rojo. A no ser que pudiera interpretar el comentario que había hecho sobre tomar apuntes y hacer esquemas de la rubia teñida y el del bigote en plena faena como confesión de estar escribiéndolo... Para despejar el interrogante me vería obligada a llamarle y preguntárselo.

Capítulo 5
LA REGLA

9 de febrero

Decido que la regla es un tema cómodo para hablar con mi madre. Le disparo la pregunta cuando la veo sentada en el sofá leyendo un libro.

—Mamá, ¿podemos hablar de la regla?

Levanta la vista del libro y me mira como si me me faltara un tornillo.

—¿La regla? ¿A estas alturas? Si ya hace tiempo que la tienes...

Me siento a su lado.

—Sí, claro. Lo que me gustaría es una explicación... ¿Cómo lo diría...? Científica. Eso es.

—¿Y qué te ha dado ahora con la regla? ¿O es un trabajo para la clase de ciencias?

No tengo tiempo de contestar porque nos ha interrumpido el timbre de la puerta. Voy a abrir. Es la abuela Ana. ¡Fantástico!, ella también puede ayudarnos.

—¿Tú aún tienes la regla? —le pregunto, mientras vamos hacia el salón.

La abuela se ríe.

—No, hija, no. Hace siglos que llegué a la menopausia.

—¡Qué suerte! Ni dolores de barriga, ni toallas femeninas, ni tampones... —protesto yo.

—Desde ese punto de vista, tienes razón. Pero todas las épocas, todas las edades, tienen sus aspectos positivos y sus aspectos negativos.

La abuela y yo entramos en el salón.

—¿Qué pasa? —le pregunta la abuela a mamá—. ¿Te ha empezado a faltar la regla?

—No —dice mamá, sorprendida—. ¿Por qué lo dices?

—Porque Carlota quiere saber si yo todavía la tengo.

Mamá le cuenta que precisamente cuando llamó a la puerta estaba a punto de escuchar de dónde salía mi interés repentino por ese tema.

—Estoy escribiendo un diario rojo.

Las dos me miran como si viniera de Marte.

—¿Ya no recuerdan el violeta, o qué?

—Claro que sí —responden a la vez.

Y la abuela añade:

—Un diario donde recogías la situación de la mujer en el mundo actual y las discriminaciones que aún existen...

—Pues éste, el rojo, es un diario sobre cuestiones sexuales y sentimentales.

Mamá y la abuela se miran un instante y sonríen.

—¡Excelente! —dice la abuela—. Es una gran, gran idea.

—Bueno, pues ayúdenme a escribir el capítulo de la regla. A ver, empecemos por el nombre. ¿Por qué se llama así?

—Se llama así porque se da con una cierta regularidad. Es un nombre que proviene del latín: *regula*, una barra de madera o metal.

—¿Regularidad? ¿Cada veintiocho días, como dice en los libros?

—No siempre —dice mamá—. Yo, ahora, por ejemplo, la tengo cada veinticinco días. ¿Y tú, Carlota?

—A veces tarda treinta días, a veces treinta y dos y otras veces veintisiete.

—O sea, no se puede decir que siempre pase el mismo número de días de una regla a otra, ¿eh?, pero sí podemos decir que hay una por cada ciclo menstrual —aclara la abuela.

—¿Y qué es el ciclo menstrual?

—El ciclo menstrual es el tiempo durante el cual el cuerpo de la mujer se prepara para acoger un óvulo fecundado. Empieza el primer día de la regla y termina el día antes de que empiece la siguiente.

—Se termina y vuelve a empezar —suspiro.

—Exacto —dice mamá—. Como un círculo, de esa palabra griega proviene la palabra «ciclo».

—Y todo ciclo gira alrededor de uno de los muchos óvulos pequeños que tenemos en los ovarios. El óvulo en cuestión madura durante la primera parte del ciclo. Mientras tanto, la mucosa del útero se prepara (el revestimiento interior se vuelve más grueso) para servir como nido en el caso de que el óvulo llegue a ser fecundado. Al cabo de unos catorce días, el óvulo maduro es expulsado a través de la trompa...

—¿La trompa? —pregunto, sin saber si la abuela me toma el pelo o es en serio que tenemos una trompa en el cuerpo.

—Las trompas de Falopio —aclara ella.

Humm, pienso, ahora que lo menciona... Las recuerdo

vagamente. Quizá he empezado por el final; quizá debería haber hecho un estudio de nuestro aparato reproductor.

—Tenemos una en el lado izquierdo y otra en el lado derecho, conectada con el ovario de esta parte.

—Perfecto: el óvulo es expulsado a través de la trompa. ¿Y?

—Y entonces se produce la ovulación: el óvulo recorre toda la trompa...

»... Un largo camino que dura entre cuatro y seis días hasta llegar al útero, esperando a ser fecundado por un espermatozoide —dice mamá, levantando las cejas, como para subrayarlo más aún—. Ése es el momento en el que una mujer es más fértil. O sea, durante esos días, si existe un contacto sexual, la mujer tiene más posibilidades de quedar embarazada.

—Pero en cambio, cuando tienes la regla no te puedes quedar, ¿verdad?

—Es mucho más difícil, pero no es imposible. El embarazo se produce siempre que un espermatozoide se topa con un óvulo...

—Puede suceder que los espermatozoides que han entrado en un momento en el que no hay ningún óvulo se mantengan vivos más días de lo normal y terminen por fecundar el óvulo...

—Y a veces en un mismo ciclo pueden producirse dos ovulaciones...

¡Gulp!, pienso, qué fácil es quedarse embarazada; hay que tomar precauciones, evidentemente.

—Y hasta la primera vez que una chica tiene relaciones sexuales puede quedarse embarazada —añade mamá—. Y lo digo porque existe el mito de que la primera vez no se queda nadie. No es verdad, ahora ya lo sabes.

La abuela toma la palabra.

—Pero si el óvulo no es fecundado, unos catorce días más tarde, se funde con la mucosa del útero y juntos se evacuan por el cuello de éste hasta la vagina, al tiempo que se activa nuevamente la secreción de hormonas reiniciando todo el proceso.

—Es decir que la regla es el óvulo no fecundado mezclado con la mucosa del útero, ¿no?

—Sí. Y esa hemorragia es muy variable de una chica a otra, no sólo por los días que dura, sino también por la cantidad de sangre que se pierde.

—Y el ciclo menstrual lo controlan las hormonas que ha puesto en marcha el hipotálamo.

—¡Ah, sí! Una especie de reloj de nuestro cerebro.

—Más o menos. La progesterona, la testosterona y la más importante, los estrógenos, encargados de desarrollar los pechos...

—Pues mis estrógenos no parecen estar muy atentos —me quejo, una vez más, de mis «mandarinas».

—... del despertar de la sexualidad, de hacer que tengas la primera regla...

—De convertirte en mujer, como diría la abuela Isabel —digo, con un poco de sorna.

La abuela Ana salta como un gato.

—¡Qué va! Tener la primera regla es un momento importante, pero no te convierte en una mujer automáticamente. Hay que vivir y crecer y tener experiencias para convertirse en una mujer. Del mismo modo que, por el hecho de no volver a tener la regla, de haber llegado a la menopausia, no dejas de serlo. Con menopausia incluida, sigues siendo una mujer de pies a cabeza, lo único que pasa es que ya no puedes quedarte embarazada.

—Los prejuicios... —suspira mamá—. Ese prejuicio deriva de la idea de que el único objetivo en la vida de una mujer es tener hijos.

La abuela se echa a reír.

—Siempre ha habido un montón de prejuicios y tabúes unidos a la regla. Aún más cuando yo era joven; ahora ya no hay tantos.

—¿Cuáles, por ejemplo? —pregunto.

Mientras mamá se levanta y va hacia la computadora, la abuela me lo cuenta.

—La mayoría de tabúes y prejuicios provienen, como pasa siempre, de la ignorancia. La humanidad siempre ha temido la sangre. Que la mujer perdiera sangre una vez al mes resultaba un hecho inexplicable y mágico para nuestros antepasados. Por eso consideraban a las mujeres seres impuros mientras duraba la regla e incluso unos días más tarde.

—Escucha —dice mamá, que, por lo que se ve, ha estado investigando en internet—. Es un fragmento del Antiguo Testamento, concretamente del Levítico. Dice así: «Y cuando una mujer tenga flujo de sangre, y su flujo esté en su carne, siete días estará apartada, y cualquiera que la toque será impuro».

—Es decir, que durante los siete días de la menstruación, las mujeres tenían que mantenerse apartadas porque eran impuras —dice la abuela—. Aún hay quien piensa que cuando se tiene la regla no pueden tenerse relaciones sexuales.

—¿Y no es verdad? —pregunto.

—No. No pasa nada si las tienes. No es un acto sucio, ni desagradable. Además no impide sentir placer.

—Ni hay peligro, por ejemplo, de infecciones; la medicina ya ha demostrado que la sangre menstrual es estéril, o sea, sin impureza alguna —aclara la abuela.

—Otra cosa distinta es que no tengas ganas —añade mamá, mientras acompaña la frase con un gesto que indica claramente que ya va siendo hora de cenar.

10 de febrero

Le propongo a Mireya y compañía que hagamos una encuesta para recopilar tabúes sobre la regla.

—¿Por qué no preguntamos también a qué edad les vino? —dice Elisenda, que está muy preocupada por lo que ella considera su retraso.

Estamos todas de acuerdo. A ver qué nos dicen.

11 de febrero

Aprovecho la tarde libre de este miércoles para buscar algún libro que tenga un esquema del aparato reproductor para estudiarlo. Está tan escondido que, aunque quisiera, no me lo podría ver con un espejo.

Estudio monográfico 2: el aparato reproductor

Éste es el dibujo del aparato reproductor que encontré en un libro de sexualidad que me dio.

Ya veo qué son los ovarios, pero he tenido que buscar de qué tamaño son, porque no me hago una idea concreta. Son más o menos como una almendra. ¡Vaya! ¡Qué pequeños! Y mira que en ellos caben un montón de óvulos...

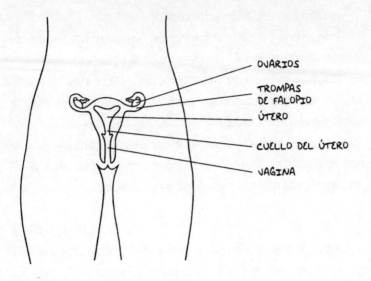

OVARIOS
TROMPAS DE FALOPIO
ÚTERO
CUELLO DEL ÚTERO
VAGINA

También veo cómo son las trompas por las que viajan los óvulos. Ese viaje —la ovulación— lo noto muchos meses; noto como un pinchazo en uno de los lados, y ahora sé que es porque el óvulo maduro se desprende, recorre las trompas y acaba en el útero.

He leído que, a lo largo de su vida, una mujer tiene entre trescientos y quinientos ciclos. ¡No está mal! Toallas femeninas, tampones... Qué montón de celulosa utilizamos mes tras mes.

Viendo el dibujo, me pregunto cómo es posible que el óvulo fecundado no se caiga por el cuello del útero si, en cambio, por ahí es por donde sale la sangre. Leyendo el texto lo entiendo: el cuello del útero es un agujerito muy pequeño por el que solamente puede salir líquido, o sea, la regla. En cambio, en el momento del parto, el cuello del útero se dilata, esto es, se ensancha, para que pueda salir el bebé.

Realmente, el cuerpo humano es una máquina muy ingeniosa.

Subo a casa de Laura a buscar más información. Hasta ahora siempre he usado toallas femeninas, pero he decidido que, en adelante, quiero probar los tampones. Me parece que son más prácticos. Estoy segura de que ella, que me lleva años de ventaja —¡tiene más de veinte!—, podrá ayudarme.

—Y, para mí, son más higiénicos —dice Laura cuando entro en su habitación.

—¿Por qué más higiénicos?

Laura se encoge de hombros.

—No sé, me da esa impresión, pero hay gente que opina lo contrario. A mí me gustan más que las toallas femeninas porque hacen que te sientas seca todo el rato. Además, son más cómodos porque no se mueven y no se notan si llevas pantalones.

—¿Algún inconveniente?

Laura se lo piensa.

—Uno, pero sólo las primeras veces: hay que aprender a ponérselos.

—¿Me enseñas?

Laura y yo vamos al cuarto de baño.

—Antes hay que lavarse las manos —dice.

Luego coge una caja de tampones, saca uno y lo desenvuelve del papel que lo protege. El tampón queda a la vista.

—Éste es de los que llevan aplicador —dice, señalando los dos cilindros de cartón de distintos diámetros.

—¿No lo llevan todos?

—No. Hay algunos que tienen que empujarse con el

dedo. También están bien y, además, tienen la ventaja de ocupar muy poco espacio. Pero yo prefiero éstos porque son más fáciles de poner.

—¿Y cómo lo haces?

—Es fácil, pero tienes que estar muy relajada porque, si no, contraes los músculos y el tampón no entra. Por eso cuesta un poco las primeras veces. Por eso y porque no conoces tu anatomía. Así que respira hondo, saca todo el aire y relaja el cuerpo.

—Está bien.

—Separa un poco las piernas y las flexionas, como si te agacharas para hacer pis. O, si no, levanta un poco una pierna, por ejemplo poniendo el pie en el borde de la tina o sobre la taza de baño.

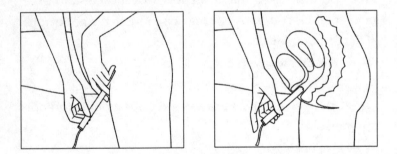

Laura hace el gesto para enseñármelo y luego vuelve a incorporarse.

—Ahora separas los labios mayores con los dedos y colocas el cilindro más grande, donde está el tampón, en la entrada de la vagina. El cordón cuelga por dentro y se ve por el otro lado. Empujas el cilindro pequeño.

Laura va empujando el cilindro delante de mis narices, hasta que todo el tampón queda descubierto.

—¿Ves el tampón? Si nos lo hubiéramos puesto, esto es lo que quedaría en el interior de la vagina.

Lo observo. No es muy grande.

—¿Seguro que esto puede contener la hemorragia?

—Claro: va absorbiendo la sangre y se va hinchando. Pero tienes que cambiártelo tan a menudo como te cambiarías una toalla femenina.

—¿Podría olvidármelo dentro?

—Es posible y resultaría peligroso porque, si se quedara dentro muchos días, terminaría originando una infección. Pero no es probable que te lo olvides, porque la cuerdecita entre las piernas te lo recuerda.

Mientras salimos del baño y vamos a la cocina a tomar un té, Laura me explica que es muy importante la dirección en la que empujo el tampón.

—La vagina está un poco inclinada, pero sólo un poco. Lo más importante, por lo tanto, es que lo dirijas hacia la espalda, y no hacia el ombligo. ¿Lo has entendido?

—Creo que sí. Ya te lo diré cuando lo intente.

12 de febrero

Hoy, por fin, una llamada breve de Flanagan —me dijo que tenía que ayudar a sus padres, pero no me ha dicho a qué— me aclaró que sí, que está escribiendo su diario rojo.

Luego me dediqué a pasar al mío los testimonios que hemos encontrado en relación con la regla.

Testimonios 1

MARÍA P. (3º de secundaria): Aún no me ha venido. ¡Snif! Mi abuela no la llama la regla, sino «estar malita» o «estar indispuesta».

GLORIA E. (1º de bachillerato): Me vino a los trece años. Mi abuela lo llama «tener el mes». Y mi madre, que la ha visitado «la tía María».

PILAR J. (6º de primaria): ¡Ya la tengo! Mi abuela está convencida de que cuando tienes la regla no puedes hacer mayonesa porque se corta.

MARTA C. (2º de bachillerato): Me vino a los doce años. En mi casa nadie tiene manías con eso de la regla.

BERTA A. (2º de secundaria): Me vino a los once. Mi abuela dice que, cuando tienes la regla, no te puedes bañar, porque se te puede retirar; mi madre me ha contado que eso es una tontería.

TERESA E. (4ºde secundaria): Me vino a los trece años. Mi madre dice que cuando tienes la regla no tiene que enterarse nadie.

ASUNCIÓN C. (1º de bachillerato): Me vino a los catorce años. Mi abuela dice que no tendría que llevar pantalones cuando tengo la regla, y yo le contesto que con los tampones no se nota nada. Ella está en contra de los tampones.

ROSA M. (2º de secundaria): Me vino a los once años. La primera vez que la tuve mi madre me dio una nota para que no tuviera que hacer deporte. El profe de gimnasia me dijo que eso eran tonterías, y me preguntó si alguna vez había visto que suspendieran un torneo de Roland Garros porque una tenista tenía la regla. Tuve que admitir que tenía razón.

INMA P. (2º de secundaria): Aún no la tengo. Mi abuela dice que cuando una mujer tiene la regla no puede hacer pasteles, porque no suben, pero yo he visto a mi madre haciéndolos —aunque la tenga— y sí que suben.

74

GEMA B. (4° de secundaria): Me vino a los diez años, o sea, un siglo antes que a todas mis amigas, pero ¡qué le vamos a hacer! Mi madre me dijo que intentara vivirlo del mejor modo posible, que no es una enfermedad sino un hecho natural en la vida de las mujeres.

PATRICIA C. (en secundaria): Me vino a los doce años y no me molesta, pero... ¡¿sería mucho pedir que hubiera papel higiénico en los baños del instituto?!

Conclusiones:

1. Cada chica tiene la regla a una edad distinta, entre más o menos los diez y los dieciséis años.

2. Ha habido muchos prejuicios, tabúes y tonterías sobre la regla, y todavía quedan algunos. Tenían razón mamá y la abuela.

3. Aunque no lo habíamos preguntado, ni lo hemos apuntado, hemos constatado que la mayoría de chicas consideran la regla una lata, pero no una desgracia terrible. Además, todas dicen que unos días antes o justamente durante los primeros días, les duelen los riñones o la tripa y se sienten más irritables o tristes. Tendremos que preguntar a qué se debe eso.

Capítulo 6
UN ERROR EN EL CINE

—Hola, foca asmática.

—Cómprate un bosque y piérdete, microbio.

Mi querido hermano, que es más pesado que una vaca en brazos, había abierto la puerta de mi habitación y se había colado dentro.

—Además, escuincle, últimamente de asmática no tengo casi nada...

—Claro, ¡si eres adicta al inhalador!

—Ja, ja, ja. ¡Qué gracioso!

Bajé la cabeza para seguir escribiendo.

—¿Estás escribiendo tu diario sobre sexo?

Me quedé de a seis. ¿Qué sabía ése sobre mi diario? ¿Había estado hurgando en mis cosas?

—¿Has metido las narices en mis cajones? —dije, dispuesta a saltarle directa a la yugular en el momento en que confirmara mis sospechas.

—Hummmm —dijo él, sin aclarar si sí o si no.

Me controlé unos segundos más.

Marcos hizo un gesto divertido y, con voz de pillo, me dijo:

—Lo descubrí por casualidad. Estaba buscando la engrapadora... Como siempre te lo quedas todo en tus cajones... ¡Eres una acaparadora!

Ah, entonces fue mi culpa, pensé.

—Y al abrir un cajón de tu estudio descubrí la libreta roja...

—Claro —le interrumpí, con sorna—, y la libreta dijo: «Léeme, léeme». ¿Verdad?

Marcos se echó a reír.

—No. Pero no pude resistirme a la tentación. Espera, no te enfades... Antes déjame que te diga que me pareció una idea magnífica. Yo, de eso del sexo no tengo ni idea. Y cuando le pregunto a mamá, me dice que a mí me lo tiene que contar papá, que ella ya te lo cuenta a ti. Pero cuando le pido ayuda a papá dice que aún soy muy pequeño para hablarlo... A lo mejor quiere darme cuatro pistas cuando cumpla los treinta.

No podía atacarlo porque me moría de risa con él. Y a mí, la gente que me hace reír, me roba el corazón. Como Flanagan, ay...

—Así que he pensado —prosiguió Marcos— que, igual que me ayudaste a mejorar mi *sex appeal*,[3] ahora podrías involucrarte en mi educación sexual, que no me iría nada mal.

Si el pobre supiera que ya tenía bastante con la mía.

Lo pensé un ratito.

—Bueno —le dije—, pero con una condición.

—¿Cuál?

—Que no vuelvas a husmear en mi diario. Dejaré que lo leas cuando lo haya terminado.

---

3. Véase *¡Eres galáctica, Carlota!*, Edicions SM.

Pensé que, si era necesario, se lo daría con las escenas personales recortadas.

—Hecho —dijo él—. Muchas gracias, hermana galáctica.

—De nada. Y ahora vete y déjame trabajar.

Hummm. Qué peligro representaba mi hermano. ¿Podía confiar en su palabra? Porque, pongamos que escribía en el diario una escena sexual propia —¿por qué no? Algún día tenía que llegar, ¿no?— y él la leía... No me gustaría nada. Ni tampoco que supiera gran cosa de la existencia de Flanagan... Tenía que cambiar de sistema. Las libretas de espiral no eran seguras. Tendríamos que pasar a escribir en la computadora en un documento de Word protegido con contraseña.

¡Qué fantástica excusa para ponerme en contacto con Flanagan!

Le mandé un mensaje electrónico.

Asunto: *De Mata-Viva a Flanagan*
Texto: *Hola, Flanagan:*
¿Todos los detectives se llaman Flanagan? Pues a lo mejor todas las espías se llaman Mata-Viva. De hecho, hubo una muy famosa —y bastante estúpida, por cierto— que se llamaba Mata-Hari. Yo me permití cambiarle un poco el nombre y adoptarlo.
Tras una experiencia desagradable, he tenido una idea brillante... De vez en cuando me ocurre eso de tener grandes ideas. Je, je. Pero, antes de contártela, necesito que me digas si tu correo electrónico es privado o lo usan tu madre, tu padre, Pili (¿verdad que tu hermana se llama Pili?) y pongamos que hasta tu abuela. Sólo te contaré por escrito lo que he pensado si es exclusivamente tuyo.
Para tu tranquilidad, dado el tema que llevamos entre

manos en la libreta roja: la computadora de casa es de uso colectivo, pero tengo una cuenta de correo que solamente abro yo.
Respóndeme rápido, por favor.

Dudé: ¿un beso?, ¿besos?, ¿un abrazo?

Al final le escribí lo que me pareció más acorde con mi estado de ánimo:

Una megatonelada de besos,
Mata-Viva

Antes de mandarlo, fui al menú del correo electrónico para activar la opción que pide que, cuando el destinatario lo reciba y lo abra, mande una confirmación automática.

Cada rato iba a revisar mi cuenta de correo electrónico. Nada. Flanagan no daba señales de vida. Me mordía las uñas.

¡Ya no podía más! Decidí llamar a Mireya y confesar.

—¡Ah! Así que yo tenía razón —gritó triunfalmente, tanto que no me habría sorprendido que hasta Marcos y papá estuvieran ya al corriente de mi historia con Flanagan.

—¡Shhh! No grites —dije, volviéndome, para ver si Marcos estaba escuchando. ¡No había escuincles en la costa!

—¿Quién me va a oír? Estoy sola en casa... Y ahora, canta, canta: ¿es guapo? ¿Simpático?

—Hummm. Guapo... no sé qué decirte, pero simpático, el más simpático que he conocido en mi vida. Además, trabaja de detective.

Me di la vuelta porque me pareció oír a Marcos. Pero no lo vi. ¡Falsa alarma!

—¿De detective?

Se lo expliqué, pero no parecía muy interesada. Lo estaba mucho más en otras cuestiones.

—¿Se besaron? ¿Se...?

Típica reacción Mireya. Cree que todas somos la rápida de Kentucky... Bueno, vaya, normalmente yo lo soy, pero no en aquel momento o a lo mejor no para todo. Le conté, por lo tanto, en qué punto de las aproximaciones nos encontrábamos.

—Oh —dijo, un poco decepcionada. Seguro que esperaba que le contara que me lo había comido con papas.

Le conté mis neuras respecto a la no respuesta de mi mensaje.

—Pero ¿cuánto hace que se lo mandaste?

Revisé el reloj.

—Unos veinte minutos.

Gritó, indignada.

—¿Veinte minutos? ¡Ni que fuera un siglo! No tienes que hacer nada más que esperar. Ya te contestará.

Me tranquilicé.

La tranquilidad me duró unos minutos. Luego me impacienté. ¿Y si el mensaje se había perdido en el limbo informático? A veces sucede que aparentemente has mandado el texto pero el receptor no llega a recibirlo nunca. O a lo mejor Flanagan tenía activada la opción de aviso en caso de que el emisor pida confirmación y había seleccionado la opción «no quiero avisar al emisor». Eso demostraría mala voluntad por su parte. O demostraría que ya no quería saber nada de mí. O demostraría que quería hacerme sufrir. ¡Yo qué sé!

Cuando estaba a punto de jalarme los pelos de desesperación, ¡tang!, entró en la bandeja de correo un mensaje. Era de Flanagan.

> **Asunto**: *de Flanagan a Mata-Viva*
> **Texto**: *en mi PC no hay ningún espía, aparte de ti. Puedes confiarme tus secretos, Mata-Viva. Soy una tumba y mi correo —que es mío y solamente mío— también. Por cierto, yo sé por qué me hice detective, pero tú ¿por qué te hiciste espía?*
> *25 megatoneladas de besos.*
> *Flanagan*

Me volví loca: me ganaba por veinticuatro megatoneladas. ¡Bien!

Le mandé un mensaje electrónico con el asunto: el diario secreto de Mata-Viva, donde le contaba el problema fraterno y el peligro de escribir las experiencias sexuales en una libreta que podía ver cualquiera, y le proponía el cambio de soporte. De paso le contaba que me había convertido en espía de forma simbólica y transitoria para conseguir informaciones sobre el sexo.

Aproveché para mandarle también veinticinco megatoneladas de besos y un montón de cosquillas en las axilas y el cuello.

La respuesta de Flanagan no se hizo esperar. Estaba de acuerdo en pasar los textos a un documento de Word y quería transformar la destrucción de las libretas en un ritual entre los dos. Y me proponía una cita además de mandarme veinticinco megatoneladas de besos y un mordisquito en la oreja.

¡Gxsmsrbrsx! Tuve la sensación de que realmente me estaba mordisqueando la oreja. Se me erizó la piel de los brazos y se me endurecieron los pezones sólo de pensarlo. ¡Aluciné! ¡Qué poder tenía la mente! Sólo con imaginármelo ya lo sentía en mi propio cuerpo. A lo mejor podría comprobarlo en mi propia piel en la cita que me proponía. Le mandé rápidamente una contrapropuesta para el ritual de quemar libretas y acepté la cita para el día siguiente, que era sábado. Como habíamos quedado justo después de comer, teníamos un montón de horas por delante. ¡Bien! Y, al final del mensaje, añadí una lamidita en la punta de la nariz. Aunque no estaba segura del efecto que podía tener una lamidita. ¿Le gustaría a Flanagan o no?

Me pasé la tarde del viernes en un estado próximo al aislamiento autista. Ni Marcos ni sus tonterías conseguían arrastrarme fuera de mí. Sólo tenía neuronas para lo que pasaba dentro de mi cuerpo y mi cabeza. O, más bien, mi cabeza iba por delante de mi cuerpo: cuanto más pensaba en Flanagan, en sus manos, en sus ojos, en su voz, en su forma de hacerme reír, más ganas tenía mi cuerpo de tenerlo cerca, ¡muy cerca! Y más pensaba que a lo mejor Flanagan no estaba en la misma onda que yo, y más nerviosa me ponía y más intenciones tenía de mandar a Marcos por un tubo. Porque Marcos seguramente se olía algo —a lo mejor mis visitas tan frecuentes a la computadora lo habían puesto sobre aviso— y no dejaba de meter las narices en mi cuarto.

—¿Te quieres largar? —le dije la enésima vez que me molestaba.

—¿Y qué le digo a Mireya? ¿Que cuelgue, que no quieres contestar?

—No, menso. Ya voy.

Claro. Tendría que haber imaginado que la curiosidad de Mireya estaba al rojo vivo.

—¿Qué? ¿Te ha contestado? ¿En qué quedaron?

Ahora no podía echarme para atrás. Tenía que mantenerla informada de lo que pasara con Flanagan. Ése era el pacto que teníamos desde hacía tiempo.

Intenté cortar la conversación lo antes posible, porque prefería estar a solas con mi cabeza.

Parecía imposible, pero llegó la tarde del sábado. Cogí mi libreta roja y me dirigí a «nuestro parque» dispuesta a pasar de las lamiditas y los mordisquitos digitales a las lamiditas y los mordisquitos en tres dimensiones.

Cuando llegué él ya estaba allí; me esperaba en «nuestro» trozo de césped con el diario rojo en las manos. Esta vez lo tenía clarísimo: le daría un beso. Un beso de amiga, claro, pero no me conformaría con un «hola», ni con un apretón de manos.

Me acerqué decidida, con una sonrisa en los labios y la cabeza ya un poco inclinada para entrarle por la mejilla derecha.

No sé qué pasó porque fue en un abrir y cerrar de ojos —o, más bien, de labios—, el caso es que él también inclinó la cabeza, pero, en vez de hacerlo en sentido contrario, lo hizo hacia el mismo lado, de forma que no nos dimos un beso en la mejilla sino que, sin querer, nuestros labios se encontraron y se rozaron muy levemente. Fue un contacto breve y suave pero me dejó electrificada. Fue como si una corriente de tres mil voltios saliera de sus labios y llegara a los míos. Me quedé tan impactada que me imaginé que él lo notaría.

Lo miré. Ponía cara de no haberse dado cuenta de nada:

ni de mi estado electrificado ni del beso involuntario. Por eso no me sorprendió que fuera al grano.

—¿Traes la libreta? —dijo.

Hice un esfuerzo por contestar con normalidad, como si, para mí, la libreta fuera lo único importante del mundo.

—Sólo las páginas que tenía escritas; las he arrancado —expliqué mientras abría la mochila y le enseñaba unas cuantas hojas con la espiral hecha trizas.

—Yo hice lo mismo —dijo, mientras me enseñaba las suyas. Sólo dos. Se notaba que tenía mucho menos rollo que yo.

Abandonamos el césped para situarnos al lado de un bote de basura e hicimos pedazos las páginas y lanzamos dentro los trocitos.

Yo no podía dejar de mirarlo. Era como si sus ojos, su boca, sus cejas, su piel, me hubieran magnetizado. Me sentía un poco burra, pero me lo comía con los ojos. Él también me miraba. ¿Por qué? ¿Le pasaba lo mismo que a mí? ¿O simplemente se preguntaba si me había idiotizado?

—¿Y esto es todo el ritual? —dije, haciendo un esfuerzo de superación.

—Bueno...

No parecía muy inspirado. A lo mejor quien no le inspiraba era yo.

—¡Ya lo tengo! —dije, para ver si rompía lo que me parecía un maleficio—. Podemos invocar a dos seres míticos, Venus y Apolo...

—¿Por qué?

—Hombre... Esos dos sabían bastante de cuestiones sexuales.

—¿Ah, sí? ¿Y tú crees que nos servirá de algo invocarlos? —preguntó, con una sonrisa traviesa.

¡Uf! Ya era hora...

—Quién sabe... —decidí tirarme a la piscina—, a lo mejor nos inspiran.

—¿El diario rojo o la tarde? —preguntó él, aún más pillo que antes.

¡Gulp! Casi me atraganto con mi propia saliva, pero no dejé escapar la ocasión.

—Mejor la tarde.

La sonrisa de Flanagan me calentó el corazón, aunque había empezado a soplar un viento helado. No pude contener un escalofrío.

—¿Tienes frío?

—Sí, muchísimo.

Exageré un poco. A lo mejor me abrazaría para quitármelo y así yo saldría de dudas y sabría en qué punto estaba él. Pero en vez de eso, Flanagan dijo:

—¿Quieres que vayamos a un sitio cerrado?

—¿Por qué no vamos al cine?

—Muy buena idea. Ya te dije que me gusta mucho. ¿Quieres ir a ver *Un oso rojo*? Es una policiaca buenísima.

—Sí. ¿Dónde la pasan?

—En los multicines. No están muy lejos de aquí.

Por el camino, el viento siguió soplando furioso y, encima, se puso a llover.

Tenía tanto frío que me decidí.

—¿Puedo meter la mano en el bolsillo de tu impermeable? Olvidé mis guantes y las tengo heladas.

—Por supuesto —dijo Flanagan, como si tener mi mano

en su bolsillo fuera lo más normal del mundo. Con todo, noté que su nuez subía y bajaba con fuerza. Hummm.

La metí en el bolsillo. Moví los dedos. No había nada, excepto unas cuantas... ¿migas?

—Te diría que metieras la otra mano en el otro bolsillo, pero andarías un poco incómoda.

Reí imaginándome la pinta que tendríamos.

—Pero puedo hacer algo más para calentarte ésta.

Y con un movimiento rápido metió la suya.

¡Ah! Notaba su piel contra la mía. Extrañamente caliente. No me moví ni un milímetro. Él tampoco. Nos ignoramos las manos respectivas —como si no fueran nuestras— y caminamos mientras hablábamos de la película. Flanagan me contaba quién era el director y por qué era tan buena.

Mientras tanto, nuestras manos empezaron también un diálogo. La mía acarició la suya. Su dedo índice se disparó y, muy tieso, me hizo una caricia en la palma, trazando un círculo con el dedo.

Me di cuenta de que ya no escuchaba sus explicaciones, sino que sólo tenía oídos para lo que se decía nuestra piel. Cerré la mano en el dedo de Flanagan y se lo apreté muy fuerte.

Llegados a este punto, también Flanagan perdió el hilo de lo que estaba diciendo.

—Es un... un...

—¿Eh...?

De repente, chocamos de frente con la realidad en forma de cola para comprar las entradas. Nos formamos en la cola con la precaución de seguir con las manos enlazadas dentro del bolsillo. Intenté sacar el dinero de dentro de la mochila con una sola mano. Flanagan hizo lo mismo. ¡Imposible! Necesitábamos ambas manos para hacerlo, así que, a regañadientes, las sacamos al exterior.

Yo tenía la mano sudada. Su mano estaría igual.

Comprobamos en qué sala daban la película que nos interesaba.

—Dos entradas para la ocho —pidió Flanagan.

Nos dirigimos a la sala.

—Este... —dijo Flanagan—, si quieres, puedes seguir calentándote la mano.

No tuvo que decírmelo dos veces. Volví a meter la mano en el bolsillo y, en seguida, él metió la suya, que envolvió la mía.

Otra vez estaba en las nubes. Íbamos por el pasillo, de camino hacia la sala ocho, sin saber siquiera por dónde pisábamos; pendientes solamente de la piel que nos tocábamos y del calor del otro. Subimos la escalera como zombies. Y, justo antes de dejarnos absorber por la oscuridad de la sala, nos miramos el uno en los ojos del otro. Me pareció que Flanagan quería decirme algo... pero no. No dijo nada. Entramos en la sala, donde, sorprendentemente, la película ya había empezado.

—Creí que llegaríamos a tiempo —dije, muy bajito.

Me respondió en el mismo tono de voz.

—Yo también.

—¡Shhh! —se oyó desde alguna de las butacas.

Miramos hacia el lugar de donde procedía el aviso.

—¡Vaya! La sala está casi vacía —dijo Flanagan con una voz casi imperceptible.

—¿Será tan buena como decías?

—Ya veremos.

Pero no lo vimos. En realidad, no vimos nada, porque seguimos pendientes de nuestras manos, que se acariciaban con más y más fuerza, con más y más ganas. Ahora ya no tenía ninguna duda de que Flanagan sentía algo parecido a lo que sentía yo misma y que no habría podido explicar. Bueno, en resumen, que estaba en el paraíso con la mano de Flanagan envolviendo la mía.

Durante unos minutos no nos movimos. Hasta que Flanagan, con voz apenada, me dijo:

—Lo siento por tu mano, pero tengo que quitarme la chaqueta, hace demasiado calor.

—Yo también lo siento.

Durante un rato estuvimos callados mirando la pantalla. Lo confieso, la miraba sin ver ni oír nada. Tenía dentro de mí un trastorno tan enorme que no podía asumir nada más. Mis neuronas iban a cien por hora, como si mi cabeza fuera una licuadora. Y tenía el corazón desbocado: toc-toc, toc-toc... Y las piernas como si fueran de azúcar. Y las mejillas, ardiendo como si tuviera la fiebre del siglo...

Pero de repente empecé a tener conciencia de lo que salía por la pantalla. ¿Aquélla era la peli que me había propuesto Flanagan? Me parecía que no, sinceramente.

—¿Estás seguro de que ésta es la peli de detectives?

—No, estoy seguro de que no lo es —dijo Flanagan—. Parece...

—Parece una de mutantes, ¿no?

—¡Oh, no! La hemos cagado. Es *X-Men II*. Nos habremos equivocado de sala.

—No me gustan mucho este tipo de pelis.

—¿Quieres que salgamos?

Me lo pensé un momento. Humm. El cine estaba casi

vacío. Las butacas eran muy cómodas. La sala, calientita. La oscuridad, protectora. Y Flanagan estaba tan cerquita...

—No. No quiero irme. A lo mejor la peli será soportable.

Flanagan se apuntó rápidamente.

—¡Shhh! —volvió a quejarse alguien.

Ya sin necesidad de excusas ni de hablar, nos buscamos las manos.

No sabría decir si a partir de aquel momento pasaron unos minutos o una hora y media, sólo sé que los besos de tornillo de Flanagan eran de los mejores que me habían dado.

De repente, se encendieron las luces de la sala y aterricé en la realidad.

Capítulo 7
LA RESPUESTA SEXUAL

17 de febrero

Hoy, al salir de clase, Mireya, Berta, Elisenda y yo vamos al Qué-sueño-tan-dulce. Yo tengo una lista de palabras para las que quiero encontrar una definición que nos convenza a todas. Quiero que sea una definición hecha por nosotras y no buscada en el diccionario. Nos sentamos alrededor de una mesa.

—Hablemos bajito, ¿eh? —pide Berta, siempre tan fina, ella, que seguro que ya se imagina que hablaremos a grito pelado de la regla o del clítoris. Quizá no está tan perdida.

—A ver —digo, con una voz apenas audible—, ¿qué es el deseo?

—Las ganas de hacerlo con alguien —responde Mireya, siempre tan lanzada.

—¿Hacerlo? —pregunta Berta—. Exactamente, ¿a qué te refieres?

—A coger —responde Mireya, acompañando la expresión con una mirada que dice: «¿A qué otra cosa me podría referir?». Y me mira levantando mucho las cejas, como

90

queriendo decir que yo ya sé qué es el deseo. Y se refiere a Flanagan, claro.

Hago como que no me doy cuenta de sus miraditas de complicidad. No tengo ganas de tener que hablar de Flanagan delante de todo el mundo y, además, tampoco sé si quiero «hacerlo» con él; sólo sé que me gusta. ¡Y mucho!

—Pues no. Creo que te equivocas —salto, segura de lo que me digo—. Te equivocas. Yo he sentido deseo muchas veces y, sin embargo, como ya sabes, nunca lo he hecho con nadie. Y no por falta de oportunidades, sino porque, de momento, aún no quiero.

—A mí me parece que sientes deseo cuando estás enamorada de alguien... —interviene Elisenda, muy dubitativamente.

—¡Nooooo! No hay que estar enamorada...

—Pues cuando quieres a alguien... —rectifica Elisenda.

—Sí, como a tu madre o a tu padre —se mofa Berta.

—No —protesta la otra—. Ya sabes que no me refiero a querer de esa forma, sino de otra.

—Ya te entendí, mujer.

—El deseo —digo yo, inspirada de golpe— es cuando sientes cosquillas en la vagina.

—¡Shhh! —dice Berta—. Van a oírnos todos.

Seguimos discutiendo un rato más, pero no llegamos a nada.

—No han conseguido aclarar nada de nada —dice Elisenda con desánimo.

—Esto no funciona —digo—. Me parece que necesitamos a alguien que nos lo explique.

—Sí —está de acuerdo Berta—, pero ¿quién?

De repente, lo veo claro.

—Octavia.

Todas me miran con una sonrisa de oreja a oreja.

—Vamos. Vamos a casa y nos conectamos para chatear un rato con ella.

—A ver si tiene tiempo...

En el despacho de casa no hay nadie. ¡Bien! Todo nuestro. Marcos estará entrenando. Papá, por supuesto, aún no ha vuelto de la agencia de viajes. Traemos sillas del comedor y las colocamos delante de la mesa del estudio. Entre tanto, prendo la computadora y las bocinas y doy click en el icono del chat. Escribo mi contraseña y se abre la sesión.

—¡Está conectada! —dice Elisenda, señalando el icono de Octavia iluminado en verde.

Espero un momento. A lo mejor, si ve que me he conectado, me mandará un mensaje y eso querrá decir que tiene un ratito para mí. Acabo de pensarlo y me aparece en la pantalla el aviso de mensaje.

—¡Mira! —grita Mireya, muy excitada.

Y todas se ponen a hablar a la vez mientras yo le respondo a Octavia, y nos conectamos las dos y conectamos las webcams y nos damos permiso para invadir la intimidad de la otra.

—¿Qué las tiene tan alteradas? —pregunta ella, en respuesta a nuestros saludos a través del micrófono.

—Queremos saber... —empieza Elisenda, antes de que Octavia haya tenido tiempo de terminar de hablar. Y, claro, no se oye nada.

—A ver, Elisenda, esto funciona como un walky talkie, y no como un teléfono. Es decir, primero habla ella y, cuando se ha callado, podemos hablar nosotras.

—Queremos saber qué es el deseo —dice Elisenda.

—Y qué va primero, ¿la excitación o el deseo? —dice Mireya.

—O si es lo mismo —dice Berta.

—O sea que si nos puedes explicar un poco todo eso del sexo.

Se oye la risa de Octavia. Es una risa amable; no es que se ría de nosotras.

—Lo que me preguntan se refiere a la respuesta sexual humana.

—¿Respuesta sexual? —pregunta Mireya, que, como todas, no acaba de entender a qué se refiere.

—Me refiero a que los humanos somos seres sexuados y, por lo tanto, respondemos a los estímulos sexuales.

—¿Quieres decir cuando le dices a alguien que sí o que no?

—No, no me refiero a eso, sino a los cambios que se producen en nosotros cuando nos sentimos sexualmente motivados.

—¿A todo el mundo le suceden las mismas cosas?

—Digamos que a todo el mundo le suceden las mismas cosas en el mismo orden, pero las vive de una forma o de otra y las experimenta con más o menos intensidad dependiendo de las características personales, de la educación recibida, de la edad...

—¿Y cuáles son? ¿Y en qué orden?

—Ahora se los digo, pero quiero que quede claro que, como todo en esta vida, es solamente una simple referencia, que no significa que todo el mundo lo sienta ni mucho menos del mismo modo.

—Bueno, bueno.

—Primero el deseo, que son las ganas de experimentar placer, de tener una experiencia sexual...

—¿Cuando notas cosquillas en la vagina? —pregunto.

—Digamos que el deseo es el primer paso. Y, a medida que aumentan las ganas, se van produciendo variaciones en nuestro cuerpo. Es la etapa de la excitación.

—¿Y qué sucede en esa etapa? —pregunta Berta.

—Si fueran hombres lo tendrían más claro, porque los efectos saltan a la vista; en su caso, esa etapa comporta la erección del pene. Y, en su caso, tienen que aprender a escuchar a su propio cuerpo. Y es un aprendizaje apasionante. Uno de los primeros efectos es la acumulación de sangre en los genitales.

—¿Tienes una hemorragia? —quiere saber Elisenda.

—No. No se ve la sangre, se acumula en los vasos sanguíneos (las venas y las arterias) que hay en los genitales, y el clítoris aumenta de volumen.

—Es decir, que tiene una erección, ¿no? —pregunto yo.

—Efectivamente. Otro efecto es que se produce la lubricación vaginal...

Elisenda nos mira porque ahora ya sabe qué significa; y yo también sé que la humedad de las bragas se produce gracias a la lubricación y está relacionada con la excitación.

—... y que los pezones se contraen.

—Se endurecen —dice Mireya en voz baja, por si no lo hemos entendido.

—Si la excitación sigue adelante, se entra en una etapa que recibe el nombre de meseta, en la que el cuerpo está en su punto máximo de excitación, que desemboca en la etapa del orgasmo, o sea, en la liberación de la tensión acumulada y, a la vez, de un gran placer.

Todas contenemos la respiración. Ésa es la etapa que más nos interesa. Es la que tenemos más identificada o menos, según cómo se mire.

—¿Qué es el orgasmo? —pregunta Elisenda, que siempre nos lo está preguntando.

—El orgasmo es... Mira, te lo explicaré con una comparación que leí hace muchos años en un libro ilustrado para niños. Imagínate que la nariz te cosquillea y te dan ganas de estornudar; eso sería el equivalente al deseo. Las ganas de estornudar crecen más y más, la nariz te cosquillea, abres la boca y respiras rápido; eso sería el equivalente a la excitación y la meseta. Y, por fin, ¡achú!, sueltas un estornudo sensacional, en el que se implica todo el cuerpo, que te permite liberar la tensión y que te causa mucho placer; eso sería el equivalente al orgasmo. Con la salvedad de que un orgasmo es mil veces mejor que un estornudo.

Durante unos segundos ni ella ni nosotras decimos nada. Luego, Octavia sigue:

—De todos modos, cada persona experimenta el orgasmo, como todo en esta vida, a su manera. Es extremadamente importante que se lo metan en la cabeza: ni las estadísticas, ni los libros, ni un amante, un marido o una amiga tienen el más mínimo derecho a decirles que hay una única forma de experimentar el placer, o que si su forma no coincide con la de los libros es incorrecta. Cada persona sabe cuál es la mejor para ella. No hay reglas generales. ¿Entendido?

—¡Entendido!

—Otra cuestión importante. Desgraciadamente, a partir de Freud, el psicoanalista, se generó una teoría estúpida que provocó muchos conflictos a las mujeres. Freud decía que existen dos tipos de orgasmos: el de clítoris, según él infantil e inmaduro, y el vaginal, según él adulto y maduro. Eso es una bobería y, además, señal de carácter machista. Hace tiempo que se descubrió que solamente hay un tipo de orgasmo: el que proporcionan las terminaciones nerviosas del clítoris. Por cierto, ¿saben qué es el clítoris?

Nos echamos todas a reír. Claro que lo sabemos. Contesto yo:

—Es un botoncito que sirve para el placer.

—Bien, pero insuficiente —dice Octavia—. Porque explicado de esa forma parece que el clítoris esté fuera de nuestro cuerpo, como un botoncito entre los labios vaginales, ¿verdad?

—Es lo que pensábamos —dice Mireya.

—Pues es más que eso. El clítoris, mucho más grande de lo que parece a simple vista, está dividido en dos partes: una es visible, la que tú, Carlota, llamas botoncito. La otra no se ve; son una especie de raíces que abarcan la entrada de la vagina. Por eso ahora se sabe que solamente hay un tipo de orgasmo: el que proporciona el clítoris, pero no todas las mujeres llegan a él mediante las mismas estimulaciones. En general, todas las mujeres son capaces de tener un orgasmo si hay estimulación del clítoris. Pero no todas las mujeres tienen el clítoris situado a la misma distancia de la vagina. Hay algunas que lo tienen más arriba, y otras que lo tienen más abajo.

—Unas somos altas, otras bajas...

—Unas delgadas, otras no tanto...

—Exacto. Y los hombres tampoco son todos iguales...

—¿Ah, no? —pregunta Elisenda, admirada.

—Unos la tienen más corta y otros más larga —se ríe Mireya.

Las demás no decimos nada, pero también esperamos la respuesta con impaciencia.

—Efectivamente: hay penes grandes y otros más pequeños, delgados y gruesos, largos y cortos, más inclinados o menos... Y claro, considerando las diferencias anatómicas de las mujeres y las de los hombres, resulta que muy pocas mujeres llegan al orgasmo solamente con la penetración. Según algunas estadísticas, sólo entre un ocho y un doce por ciento de las mujeres; según otras, un veinte.

—¡Qué pocas!

—¡Vaya! ¿Y ése es el orgasmo que Freud decía que era maduro?

—Sí. Ya veis cómo se equivocaba, ¿no? Porque si el ochenta o el noventa por ciento de las mujeres no tienen el orgasmo de esa forma...

—Será que no necesariamente es la correcta.

—Exacto. Y significa que no hay formas mejores que otras, sino que cada cual tiene que saber cuál es la suya.

—¿Y después del orgasmo? —pregunta Mireya.

—Puede haber otro —nos sorprende Octavia.

—¿Te refieres a tener uno después de otro? —pregunto.

—Sí. Las mujeres, pueden llegar a tener más de un orgasmo...

—¿Y los hombres?

—Los hombres también pueden tener dos, pero entre el primero y el segundo necesitan unos treinta minutos aproximadamente para recuperarse. Las mujeres, en cambio, pueden tener dos seguidos, aunque no resulta obligatorio tener más de uno.

Octavia hace una pausa y sigue:

—Les voy a contar la historia de Tiresias, un personaje mitológico. Cuenta la leyenda que un día, paseando por el campo, vio a dos serpientes, un macho y una hembra, emparejadas. Tiresias mató a la serpiente hembra y por ese motivo se convirtió en una mujer. Años más tarde, se encontró con una escena similar, pero esta vez mató a la serpiente macho; entonces, Tiresias quedó convertido en hombre. De forma que había sido alternativamente hombre y mujer. Un día, Zeus y Hera, los dioses principales, estaban discutiendo y le expusieron el dilema que tenían: Zeus decía que las mujeres tenían más placer sexual que los hombres, que disfrutaban con mayor intensidad. Hera opinaba lo contrario. Tiresias, que había experimentado la sexualidad como hombre y como mujer, respondió que la mujer se lo pasa nueve veces mejor que el hombre.

Todas digerimos en silencio esta afortunada información que tiene poco que ver con lo que hemos oído otras veces.

Octavia termina las explicaciones.

—En la última etapa, la de la resolución, todos los órganos vuelven a la posición original. ¿Han comprendido más o menos cómo funciona la respuesta sexual?

Asentimos delante de la webcam.

De repente, se oye el ruido de la puerta de la calle. Será papá, o Marcos.

—¡Oye! Es tardísimo —dice Berta.

—¡Caramba! En casa me van a matar —se queja Elisenda.

—Octavia, tenemos que dejarte.

—Hasta luego, hasta luego.

Cierro la sesión y apago la computadora. Y entonces entra Marcos.

—¿Hay fiesta, o qué?

—Ya nos íbamos.

18 de febrero

Decido mandarle un mensaje a Octavia porque hay un tema que ayer no tocó y quisiera que me hablara de él.

Asunto: *Un tema tabú*
Texto: *Querida Octavia:*
Ayer no nos dijiste ni pío sobre la masturbación. ¿Crees que está mal? Las chicas, en general, no hablamos nunca de ella. ¿Crees que es porque nos da vergüenza o porque no es una actividad muy femenina?
Un besote,
Carlota

Por la tarde, como aún no tengo respuesta de Octavia, me dedico a buscar definiciones de la palabra *masturbación*. Las definiciones dicen más o menos lo siguiente:

«Masturbación: acto de acariciar o tocar el cuerpo, especialmente los órganos sexuales, para obtener o producir placer y, a menudo, el orgasmo.»

De la definición extraigo una cuantas conclusiones.

INFORME 2
— Masturbarse implica el contacto de la mano.
— Masturbarse implica placer.
— Masturbarse puede significar, también, llegar al orgasmo.
— Una persona se puede masturbar a sí misma o puede ser masturbada por otra persona para obtener placer.

— *Una persona puede masturbar a otra para darle placer.*

— *El placer se puede obtener tocando los órganos sexuales u otras partes del cuerpo.*

¡Vaya, vaya! La de cosas que he aprendido con la definición.

20 de febrero

Octavia no me respondió, sino que me mandó un cuestionario a propósito de la masturbación. Dice que lo conteste y compruebe si tengo o no las ideas claras. Y que luego ya hablaremos del tema.

CUESTIONARIO 1

1. Las mujeres no se masturban. Sí o no.

Hummm. A juzgar por lo que yo sé, por lo menos algunas sí que lo hacemos. Intento con la respuesta «sí». La respuesta está activa y me manda al siguiente mensaje:

Efectivamente, las mujeres se masturban. Según una encuesta llevada a cabo en Estados Unidos en la década de 1940, el 62% de las mujeres se masturbaba. Una encuesta hecha años más tarde revelaba que se masturbaba el 82% de las mujeres. Actualmente, se considera que lo hace un 95% de las mujeres. La variación del porcentaje está en relación con el cambio de las costumbres: a mitades del siglo XX se reprimía mucho más que ahora la sexualidad femenina. Es posible, por lo tanto, que las mujeres se masturbaran menos o que no se atrevieran a contarlo.

2. Si te masturbas te salen granos en la cara o pelos en las manos y se te debilita la médula espinal. Sí o no.

Contesto que no, de eso estoy segura: es una de esas

tonterías que se decían antiguamente, como la de que cuando tienes la regla no puedes lavarte el pelo.

Rotundamente no. De ser así, el 95% de las personas tendría unas manos que parecerían las de los osos de Alaska y estarían permanentemente en la cama porque se les habría debilitado la médula espinal.

3. Si una chica se masturba, es posible que luego, al tener relaciones de pareja, no llegue al orgasmo. Sí o no.

Dudo. No sé qué responder. ¿Es posible? Me parece una jalada. Por sentido común, digo que no.

El mejor modo de tener relaciones sexuales satisfactorias en pareja es conocer bien el propio cuerpo. Y, para eso, antes hay que haberlo explorado a fondo. Si tú no sabes cómo tener un orgasmo, ¿esperas que tu pareja lo sepa mejor que tú?

4. Solamente se masturban las personas que no tienen pareja.

Me parece lógico. Respondo que sí. Y, como se puede comprobar, meto la pata.

Las personas casadas o con pareja también se masturban porque es un ejercicio de libertad sexual y una forma de demostrarse afecto a uno/a mismo/a. Pueden hacerlo solas, pero también pueden hacerlo en pareja, como una actividad sexual más. Hay que tener en cuenta que es una actividad sexual con la que no existe riesgo de embarazo ni de contraer el sida, siempre que se evite que la vulva entre en contacto con el semen, ya que los espermatozoides pueden subir reptando por la vagina.

5. Masturbarse mucho no es normal. Sí o no.

No sé qué responder. Compruebo la respuesta.

Es difícil decir qué es normal y qué no lo es. La normalidad a menudo depende de factores culturales. De todos modos, si masturbarse se convierte para ti en una actividad compulsiva, no puedes quitártela de la cabeza y te impide relacionarte con los demás o pensar en otras cosas, entonces no es normal.

6. No masturbarse tampoco es normal. Sí o no.

Creo que cada cual tiene derecho a hacer lo que quiera, ¿no?

Masturbarse depende de factores muy personales, como tener mucha hambre o tener poca, ser una persona más activa o una persona pasiva... De todas formas, según los sexólogos, tienen más problemas sexuales las mujeres que de jóvenes no se han masturbado.

7. Las chicas que se masturban tienden a tener relaciones sexuales en pareja antes que las que no se masturban. Sí o no.

No lo sé.

No necesariamente. Es más, como la masturbación ayuda a liberar tensión sexual, en general se considera que las chicas que se masturban se dan tiempo a sí mismas para encontrar una pareja sexual que les convenga.

Le mando los resultados a Octavia y espero a que me diga cuándo podemos conectarnos para hablar del tema.

23 de febrero

Estoy conectada y le he mandado un mensaje instantáneo a Octavia. De momento no responde.

¡Por fin! Ya está aquí.

—Hola —dice Octavia a través de los altavoces mientras me saluda con la mano.

—Hola.

—Bueno, supongo que ya te has dado cuenta, por las explicaciones del cuestionario, de que la masturbación no es ningún delito, ¿eh?

—No, pero sé que hace algunos años se consideraba una actividad mala; un pecado. Y que hoy en día aún hay gente que lo piensa.

—Tú misma lo dices: un pecado; se consideraba así desde la óptica católica. Y como ya sabrás, algunas religiones a menudo han juzgado o juzgan mala cualquier actividad sexual que no vaya encaminada a la reproducción. Hace años se decía que la masturbación, en el caso de los hombres, era la pérdida de semillas de persona.

—¿De semillas de persona?

—Sí, hija, porque creían que el semen (que, por cierto, es una palabra que proviene del latín y significa «semilla») era una persona en potencia, y que el hombre tenía que dejar esa semilla dentro de la mujer.

—Y si el semen era la semilla de la persona, ¿qué papel consideraban que tenía la mujer?

—Era la tierra donde plantar la semilla...

—¿Solamente?

—Eso era lo que pensaban, hasta que la ciencia, no hace mucho, descubrió que, para que se forme el embrión de una persona, es necesario el espermatozoide del hombre y un óvulo de la mujer. Pero volvamos a la masturbación. En el caso de los hombres, se perdía una posible persona. En el de las mujeres, podían aprender cómo proporcionarse placer ellas solas.

—¿Y había que evitarlo?

—En una sociedad que piensa que el único objetivo de

la sexualidad es la reproducción, el placer en sí mismo no se considera bueno, ¿sabes?

—¡Menos mal que ha cambiado! Contéstame esta pregunta: ¿es cierto que el placer se puede obtener tocando los órganos sexuales u otras partes del cuerpo?

—Es cierto, especialmente en el caso de las mujeres. El cuerpo femenino tiene muchas zonas sensitivas, erógenas, que le transmiten al cerebro mensajes de placer. Ya sabes que la principal es el clítoris, pero hay otras. Por ejemplo, una zona en general muy sensitiva es el pecho.

Le digo que creo que ya no tengo ninguna otra duda y me contesta que cuando cerremos la sesión me mandará una regla de oro de la sexualidad.

REGLA DE ORO 1 DE LA SEXUALIDAD

- Sólo tienes que hacerte a ti misma o dejarte hacer lo que realmente te apetezca.
- Sólo tienes que hacerle a otro lo que realmente te apetezca y lo que la otra persona desee que le hagas.

Capítulo 8
BESOS DE TORNILLO Y ALGO MÁS

Hacía siglos que no veía a Flanagan. Once días, si no contaba mal. Una eternidad. Hablábamos a menudo, eso sí, pero no era lo mismo. Justamente acababa de entrar en el baño con esos pensamientos en la cabeza cuando oí el timbre del teléfono.

Mierda, pensé, si es Flanagan...

Oí a Marcos corriendo por el pasillo.

—¿Sí? —dijo Marcos.

Con un poco de suerte, la llamada sería para él y no me interceptaría a Flanagan. Marcos puede llegar a ser muy impertinente si se lo propone...

—Sí, claro que puedes hablar con mi hermana...

¡Chin!, me dije. Sí que era para mí. Quizá era Mireya. Últimamente, tenía auténtica necesidad de satisfacer su curiosidad respecto al desarrollo de la historia con Flanagan. O a lo mejor Elisenda, que me había dicho que ella y Berta querían hablar conmigo en privado, no sé por qué.

—... en realidad, parece que no hacen otra cosa en todo

el día. Desde que te metiste en nuestra línea telefónica, no puede usar el teléfono nadie que no sea Carlota.

La respuesta de Marcos me molestó. ¿Qué te apuestas a que es Flanagan?

—¿No podrían limitarse al correo electrónico?

Intenté darme prisa porque aquello no me gustaba ni tantito.

—Te la paso, cómo no, no creas que me encanta perder el tiempo con un detective de pacotilla... Pero no te olvides de que yo también necesito el teléfono, de vez en cuando.

¡Flanagan! Era Flanagan. ¿Qué otro detective conocía yo? Y, por cierto, ¿cómo había descubierto Marcos que Flanagan hacía de detective? ¿Me oyó el día en que lo llamé con la excusa del loro grosero? Era como para matar al hermanito.

—Que te aproveche... —dijo Marcos con muy mala educación, justo cuando yo terminaba de lavarme las manos—. ¡Carlooooooooooooooooooooooooooooooota! Te habla tu novio.

Salí del baño con aire feroz, dispuesta a comerme a mi hermano. Le arranqué el teléfono de las manos y, tapando el auricular, le dije en voz baja:

—No es mi novio, idiota. Es un amigo.

Marcos se puso a hacer payasadas por el pasillo. Movía las piernas como si fueran cañas delgadas y los brazos como cintas. Y gritaba:

—Es un amigo, ¡ay! Sí, sólo un amigo.

—Lárgate, burro. Cuando te agarre te voy a hacer un *look* con el que no volverás a necesitar lecciones de *sex appeal*.

Cuando Marcos hubo desaparecido contorsionándose y haciendo tonterías, recuperé mi voz normal para decir:

—Hola, Flanagan.

—Hola, Carlota. ¿Qué le has contado de nosotros a tu...?

Me indigné tanto que me sentía hervir las mejillas. Lo corté para soltarle:

—¡Vaya perspicacia la tuya, detective! ¿Crees que le he contado algo al bobo de mi hermano?

—¿Que somos novios o algo así? —terminó él.

¿Estaba loco? ¿Por quién me tomaba?

—¡Sí, cómo no! ¿Por quién me has tomado?

—A lo mejor sólo le dijiste que nos gustamos.

¿Nos gustamos? ¿Había dicho NOS gustamos? ¡Oye, eso era nuevo!

—¿Te gusto? —no pude evitar preguntar con voz de boba.

—No. Me das asco. Me das mucho asco, me das un asco que no lo aguanto. ¡Guácala!

Me hizo reír otra vez.

—Tú también me gustas —confesé abiertamente. ¿Y por qué no iba a decírselo?

Al otro lado del hilo telefónico se oyó un ruido gutural muy raro. ¿Se había atragantado Flanagan de la sorpresa?

—Y eso es lo que ha captado Marcos... Que nos gustamos.

—Ahora sólo falta que digas que somos novios. Pero no somos novios, ¿eh?

Dado que Koert había desaparecido del mapa, ¿por qué no?, me dije durante una décima de segundo, el tiempo justo para reflexionar que no, que estaba hasta el gorro de novios.

—Nada de novios, nos gustamos y punto. Y no tenemos ningún compromiso.

Flanagan habría llegado a la misma conclusión que yo, porque se apresuró a responderme que estaba de acuerdo. Y luego me preguntó que cuándo podríamos vernos para compartir lo que habíamos ido apuntando en el diario.

—No, es que quería proponerte que... es que tengo unos CD que quiero que oigas porque...

Era verdad. Por casa había unos CD del año del caldo que tenían dos canciones muy... sugerentes.

—¿Música? ¿No habíamos quedado en leernos mutuamente nuestras investigaciones sobre sexo? —dijo Flanagan.

—Es que en casa hay un CD con canciones de hace diez años y otro con canciones de cuando mis padres eran jóvenes. Me gustaría que los escuchásemos juntos por... por la relación que tienen por lo menos dos de las canciones con el sexo. Bueno, porque es música erótica. Me gustaría saber qué te parece.

Le pareció buena idea, pero quería saber dónde podríamos encontrarnos.

Y entonces, aún no sé cómo ni por qué, me acordé de que el sábado y el domingo siguientes nos tocaba estar con papá y que, precisamente, la casa de mamá estaría vacía todo el fin de semana porque ella tenía que pasarlo fuera de la ciudad; tenía un cursillo de documentación para bibliotecarias y bibliotecarios en no sé qué pueblo cercano. Toda la casa para nosotros solos. Sin nadie que metiera las narices en nuestras cosas, ni hermanos impertinentes, ni padres que creen que su hija todavía es la niña que juega a las muñecas... Podríamos hablar, escuchar música y quizá volver a besarnos como el día del cine.

—¡Ya lo tengo! ¿Qué te parece si nos vemos en casa de

mi madre? Ella no estará y podremos hablar tranquilamente sin miedo a que nos molesten.

—¿No tienes padre? —preguntó él, con voz de sorpresa mayúscula.

Le conté que sí que tenía, pero que mis padres estaban separados.[4] Por eso mi hermano y yo pasábamos unos días con uno y unos días con el otro.

Flanagan iba interviniendo como si quisiera cambiar de tema y yo no entendía muy bien por qué no iba al grano, en vez de enrollarse con cuestiones como si tener los padres separados era una lata o no. Me estaba poniendo de nervios.

—No deja de tener su gracia. Nunca nos aburrimos, eso sí —respondí. Y añadí, con la intención de obligarle a responder—: Y, además, este sábado tendremos una de las casas para ti y para mí solos.

Por fin conseguí que me dijera algo.

—Me parece genial.

Quedamos para el sábado siguiente y colgamos.

Me fui a ajustar las cuentas con mi hermano, que estaba oyendo música con el volumen al máximo, para variar. Bajé el volumen de golpe para soltarle:

—Deja de agobiarme con ese tío. No es mi novio.

—Para mí, como si fuera tu ángel de la guarda —respondió Marcos, sin moverse ni un milímetro de la cama, donde se había echado en plan gandul.

—¿Y se puede saber cómo descubriste que hace de detective?

---

4. Véase *Así es la vida, Carlota*, de Ediciones SM.

—Uno... que tiene sus sistemas de espionaje.

¿Otro espía en la familia? Ah, no. Conmigo había más que suficiente.

Me senté encima de su estómago.

—¡Ay!, ¡bestia! Hazte a un lado.

—Pues confiesa. ¿Cómo lo descubriste?

—Porque oí cómo se lo contabas a Mireya, mujer.

Lo solté y, antes de salir de la habitación, le advertí que dejara de meter las narices en mi vida.

—En la tuya tal vez... Pero a lo mejor en la de Flanagan sí que me meto.

No pude contestarle como se merecía porque justo en aquel momento entró en casa papá y tuvimos que ir a preparar la cena.

Parecía que no llegaría nunca pero, por fin, llegó el sábado por la tarde. Salí de casa con la comida en la boca y dejé a papá y a Marcos muy enfadados porque no había tenido tiempo de lavar los platos. Quería llegar antes que Flanagan para prepararlo todo un poco y, sobre todo, para ver si encontraba los CD en casa de mamá; porque en la de papá no estaban.

Entré en el súper para comprar bebidas y papas fritas por si teníamos un ataque de hambre.

Al llegar, dejé la comida en la cocina y fui a la sala a buscar los dos CD. ¡Uf! Efectivamente, estaban allí: Enigma con *Sadness*, y el otro con canciones de los setenta, entre otras *Je t'aime, moi non plus*, interpretada por Jane Birkin.

Justo cuando ponía el de Enigma en el aparato, oí las llaves en la cerradura de la puerta. Vaya, no podía ser Flanagan. Marcos tampoco, porque había ido a ver un partido de basquetbol con papá. No podía ser nadie más que...

—Mamá, ¿qué haces aquí? —casi grité.

—Carlota, ¿qué haces aquí? —casi gritó mamá, que, naturalmente, no esperaba encontrarme allí.

—Esto... Yo... He venido a estudiar, porque trabajo mejor aquí que en casa de papá. ¿Y tú? ¿No estabas en un cursillo fuera de la ciudad?

Mamá puso cara de agobiada.

—Lo cancelaron porque una de las ponentes se enfermó.

Y justo en aquel preciso momento sonó el timbre.

Mamá levantó una ceja y dijo:

—¿Esperas a alguien?

—Sí, he quedado con un amigo para estudiar. —Lo dije con un hilo de voz, porque me daba cuenta de que no resultaba muy creíble.

—Para estudiar, ¿eh? —dijo, no sé si con un punto de ironía. Y abrió la puerta.

Flanagan entró mientras nos miraba alternativamente a mamá y a mí, con los ojos como platos.

Yo recuperé el aplomo y los presenté.

—Flanagan, mi madre. Mamá, Flanagan.

—Juan Anguera. Buenas tardes.

—Buenas tardes, Juan. De modo que quedaron de verse los dos...

Flanagan y yo la interrumpimos a la vez, pero para decir cosas distintas.

—... para escuchar música.

—... para estudiar.

Intercambiamos miradas. ¡Bravo!, le dije con los ojos.

A mamá se le escapaba la risa entre los dientes.

—Muy bien. Pues bueno, siéntense aquí, en la mesa del comedor, porque ya sabes que en tu habitación no cabe más de una persona.

Él y yo nos miramos, totalmente desilusionados.

Retiré el jarrón con las flores secas de encima de la mesa, mientras Flanagan se sentaba en una silla y sacaba un libro de la mochila. Me pareció leer el título: *El hombre delgado*. Yo saqué de la mía unas cuantas hojas impresas del diario rojo; a lo mejor pasaban como material escolar.

—Yo me voy a mi habitación. Seguro que estudiarán con más comodidad si no me tienen por aquí cerca.

—Está bien —le dije, pensando que demostraba una cierta sensibilidad que de ningún modo podría haber esperado de mi padre. Aquello me consoló un poco del hecho de haber metido a mi amigo en un aprieto.

Me puse al lado de Flanagan.

—¡Oye! Podrías haberme avisado de que se presentaría —me dijo nada más desaparecer mi madre—. Habría... ¡Me habría peinado mejor!

Lo taladré con la mirada y luego le guiñé un ojo para que viera que iba en broma.

—Si lo hubiera sabido, te hubiera citado en un bar, habría sido más íntimo —le dije.

Durante unos segundos no dijimos nada más. Íbamos pasando las hojas que teníamos delante, haciendo como si las leyéramos. De repente, Flanagan leyó en voz alta:

—«Mamá, ¿podemos hablar de la regla?»

Me miró.

—Me gustaría saber si tener la regla es muy pesado y si duele.

—¿Pesado? Pues un poco, porque debes tener más cuidado con la higiene y porque te obliga a estar más pendiente de tu cuerpo...

—¿Más pendiente?

—Sí, claro. Tienes que ir al baño más a menudo para cambiarte la toalla femenina o el tampón.

Flanagan puso cara de horror.

—Pues los baños de la escuela son tan asquerosos que es mejor no frecuentarlos mucho...

Puse los ojos en blanco para que imaginara lo asquerosos que eran en el mío.

—Con tiempo y paciencia acabas por acostumbrarte a tenerla. Eso si no eres de las que sienten mucho dolor. Muchas chicas casi ni notan que la tienen, pero otras tienen algunas molestias y algunas se quedan hechas polvo.

—¿Hechas polvo? ¿Por ejemplo?

—Dolor de barriga o de riñones, diarrea, fiebre, vómitos...

—¡Vaya regalito!

—Y que lo digas. Tengo una amiga que lo pasa fatal y, de momento, no han encontrado ninguna solución.

Me dijo que en su curso había chicas de las que se podía predecir cuándo les tenía que venir la regla, porque estaban de un humor de perros o se ponían a llorar por cualquier cosa.

Le dije que, por lo que sabía, reacciones de ese tipo eran comunes y eran consecuencia de los cambios hormonales, pero que duraban muy poco —uno o dos días— y que no todas las chicas las sufrían.

—No son precisamente muy simpáticas cuando les pasa eso, la verdad —dijo él.

—Los chicos tampoco son simpáticos todos y cada uno de los días del mes aunque no tengan cambios hormonales.

Apareció mamá y nos dio un susto terrible.

—¡Ah! Ya veo que sí están estudiando...

Seguramente, lo pensó por las hojas que teníamos desperdigadas por la mesa y a lo mejor porque había oído eso de los cambios hormonales.

Yo sonreía como si fuera una buena chica.

—Acabo de acordarme de que tengo que salir a comprar una cosa. ¿Quieren algo?

¡Guau! Me habría gustado darle una lista kilométrica de necesidades que requirieran unas cuantas horas fuera de casa...

—No, nada —dije.

—Pues me voy.

Quise asegurar la jugada. Esta vez, sí.

—¿Tardarás mucho en volver?

Mamá me lanzó una mirada maliciosa.

—Lo digo por si tuviéramos que irnos antes de que llegues —me justifiqué.

—Supongo que estaré fuera una hora.

Mi corazón dio un vuelco de alegría; me imaginé que el de Flanagan también. ¡Una hora a solas!

Nos quedamos quietos y sin decir nada, como suspendidos en el tiempo, mientras oíamos el golpe de la puerta de la calle.

—Vamos a escuchar las canciones —sugerí, mientras me levantaba y me dirigía hacia el equipo de música.

Flanagan me siguió.

—*Sadness*, de Enigma —anuncié.

Flanagan se había sentado en la otra orilla del sofá, tieso como si se hubiera tragado el palo de una escoba. Me pareció que no se sentía nada cómodo y me quedé muda.

Me senté a su lado, en la orillita del sofá, también un poco rígida. No sabía qué decirle. Se me habían pasado por la cabeza un montón de cosas que podíamos hacer o decir, pero ahora no sabía por dónde empezar. Me concentré en la música.

Pronto, entre cantos gregorianos, empezaron a oírse unos suspiros que no tenían nada que ver con la pena o el dolor. Estaba clarísimo de qué se trataba todo aquello.

—No me extraña que esa canción le parezca erótica a la gente —dijo Flanagan, todavía un poco rígido.

—Tienes razón. Parece... —dije yo, intentando simular la mayor naturalidad posible.

—... parece que se están dando con todo —dijo él.

Aquella frase nos relajó bastante. Yo añadí, riendo:

—Si ahora llegara mamá no se creería que estamos estudiando.

Y él, riendo también, dijo:

—Podríamos justificarlo diciendo que estamos haciendo un trabajo de ciencias naturales sobre la reproducción.

Nos moríamos de risa los dos. Y las risas nos relajaban el cuerpo.

Nos instalamos mejor en el sofá. Echamos el trasero hacia atrás y apoyamos la espalda en el respaldo. Su brazo tocaba el mío, creo que deliberadamente.

Terminamos por cogernos las manos.

—A ver si tenemos suerte y a tu madre la atropella un camión por el camino.

Entonces sí que nos dio un ataque de risa, de los de no parar. Cuando conseguimos acabarlo, nos miramos. Flanagan tenía los ojos muy brillantes. Me parece que yo también. Y, lentamente, nuestras caras se fueron acercando sin que nosotros dejáramos de mirarnos. Estábamos tan cerca que sus dos ojos se habían superpuesto y era como si tuviera solamente uno. Y sentía su aliento cálido en mi piel. Nuestras bocas se pegaron como si estuvieran imantadas y nos eternizamos en un beso absorbente.

De vez en cuando separábamos las bocas para coger aire... y en mi caso también —¡lo confieso!— para notar mejor su sabor. Besarse es como comer chocolate: si lo masticas y te lo tragas de golpe, lo disfrutas menos porque no le notas el gusto. Hay que dejar que se deshaga en la boca. Hay que sentir qué sabor tiene el otro.

Sentía y pensaba tantas cosas a la vez que toda yo era una mezcla de emociones y pensamientos. El placer de los besos. La emoción de restregarnos el uno contra el otro. El olor de Flanagan. El sabor de su saliva. El sudor de nuestra piel. Y, también, el miedo a que mamá volviera inesperadamente. La angustia de que nos cachara en una situación tan comprometida. Durante una décima de segundo, Koert me pasó por la cabeza. Me lo quité de una sacudida; él ya no estaba en mi vida. Y durante unos segundos también me acordé de la chica que le gustaba a Flanagan. Y no tuve tiempo de decirle: «Mira, bonita, lo siento...», porque el deseo y el placer se tragaron cualquier idea.

Cuando dimos por terminado el beso, abrí los ojos y fui consciente de que Flanagan tenía una mano encima de mi pecho izquierdo. Me sentía mareada... Borracha de emociones, no sé si me explico. Y le tomé la mano para conducirla debajo de la blusa.

Flanagan me miró, estupefacto. Si hubiera tenido tiempo de pensar un poco, yo también me habría quedado helada con mi propio atrevimiento. Una hora antes me hubiera creído incapaz de aquel gesto. Y ahora, en cambio, no había necesitado ninguna indicación ni ningún empujoncito para hacerlo.

La presión, el calor y la aspereza de su mano sobre mi piel me obligaron a volver a cerrar los ojos.

Flanagan cogió mi mano y me la puso encima de su pantalón. Encima de su sexo. A mi contacto, éste se movió y se endureció aún más. No sabría cómo explicar la impresión que me causó notar aquel animal vivo. ¿Sorpresa? Aunque ya lo sabía. ¿Simpatía hacia aquel pedacito de carne que se alteraba de aquella forma porque yo estaba cerca? ¿Un cierto temor a lo desconocido? En cualquier caso, qué animal más curioso el de los chicos: a veces tan pequeño, y otras veces cómo crece.

Al principio me quedé quieta, un poco intimidada. No sabía muy bien qué hacer.

Pronto nos ayudamos mutuamente a superar los impedimentos que suponía la ropa para que nuestras manos tocasen la piel.

Ahora mi deseo era tan intenso que pasaba por delante de la timidez. Los suspiros de la canción se habían visto sustituidos por los míos. Ya solamente estaba pendiente de los dedos de Flanagan entre mis piernas y de mi mano apretando su animal.

Flanagan me acariciaba con demasiada brusquedad.

—Más suave —le dije.

—Y tú más fuerte —respondió él.

Casi acababa de decirlo y yo ya había empezado a hacerlo como él decía cuando me noté las manos mojadas.

Aún tuve que guiarlo un poco más para que fuera capaz de hacerme llegar a las estrellas. ¡Mi primer viaje galáctico acompañada!

Capítulo 9
LA SEXUALIDAD

1 de marzo

Hoy Luci llega a clase y dice que aprovecharemos la hora de tutoría para hablar de la sexualidad. Aunque ya nos había avisado hace unos días, el grupo recibe la noticia con gran alboroto.

—¡Silencio! —grita Luci. Y, luego, cuando todo el mundo se tranquiliza, añade—: A ver, Carlota, a lo mejor tú puedes decirnos lo que es la sexualidad.

¡Gulp! Trago saliva.

—La sexualidad es... —Me paro porque no estoy segura. Lo que yo he hecho con Flanagan, ¿es sexualidad? A lo mejor no...—. ¿Es hacer el amor?

Alguien de la clase suelta una risita estúpida.

Luci lanza una mirada entre asesina y severa. Las risitas estúpidas desaparecen como por arte de magia. ¡Qué poder tienen las miradas de Luci!

—No —me contesta—. Hacer el amor es una manifestación de la sexualidad.

—Pues no tengo ni idea —respondo.

119

—La sexualidad —explica Luci— es un aspecto del ser humano. Nos acompaña a lo largo de toda nuestra vida, desde que nacemos hasta que morimos.

En el aula se levanta un murmullo, no se sabe si de inconformidad o de admiración.

—¡Cómo no! —salta Álex—. No dirás que mi abuela también tiene sexualidad, ¿eh?

Se nota en el ambiente que alguien está a punto de soltar un comentario malicioso. Luci lo corta con otra mirada contundente y dice:

—Pues sí, te digo que sí. Las personas somos seres sexuales toda nuestra vida...

Como si de repente le llegara la inspiración, Luci se detiene, mira a Álex y dice:

—Respóndeme a una pregunta: cuando eras un niño más pequeño, cuando aún no tenías vello en el cuerpo, ¿alguna vez te gustó una niña?

La clase contiene la respiración. Ya nadie parece dispuesto a hacer el tonto. Todos se interesan por el tema.

Álex duda. Marcelo levanta la mano.

—Sí. Yo me acuerdo que a los seis años quería casarme con Berta. ¡Me gustaba mucho!

—¡Guácala! ¡Qué asco! —grita Berta.

—Dije a los seis años, estúpida. ¡Ahora no me acercaría a ti ni por equivocación!

Todo el mundo se ríe. Luci se impone de nuevo. Veintiocho a cero a favor de Luci.

—Ya, silencio.

Nos vamos calmando.

Álex levanta la mano.

—Es verdad, nunca me había dado cuenta pero tienes razón: antes de la pubertad ya me gustaba alguna niña.

Mentalmente, le doy la razón. A mí no me hizo falta tener pechos para saber que un niño me gustaba.

—Del mismo modo, cuando la gente se hace mayor, pierde la capacidad reproductiva, pero no la capacidad sexual.

Pienso en mi abuela Ana y en su amigo, Pepe. ¿Es posible que tengan relaciones sexuales? Claro, ¿y por qué no? Y mi padre. Y mi madre. Y la misma Luci, está claro.

—Toda persona tiene derecho a la sexualidad, porque es una manera de comunicarse con uno mismo o con otra persona y es una forma de experimentar placer.

Nos mira para ver si alguien tiene algo que decir, pero todos callamos como muertos.

—La sexualidad —explica Luci— es mucho más que nuestra biología. La sexualidad es nuestra biología más nuestras conductas y nuestros sentimientos y las experiencias y las fantasías y los deseos y las interpretaciones... Además, a lo largo de los tiempos y a través del espacio geográfico, cada cultura y cada sociedad regula la sexualidad mediante las leyes, las costumbres y la moral.

Todos la escuchamos sin perder palabra.

—Por desgracia, a menudo la palabra sexualidad o la palabra sexo evocan el coito...

—¿El qué? —pregunta Jaime.

—El coito: la unión sexual entre una mujer y un hombre considerada como la penetración del pene en la vagina. Insisto, a menudo al hablar de sexualidad o de sexo la gente piensa sólo en el coito o en la reproducción.

—¿Y no es eso? —pregunto yo, muy sorprendida.

—¡No! —dice Luci con énfasis—. ¡Es mucho más que eso! La gente que limita la visión del sexo a eso tiene una idea más próxima a la sexualidad animal que a la humana.

Nos mira a todos.

—La mayoría de los animales sólo copulan. —Y antes de que Jaime pregunte qué significa copular, explica—: O sea, sólo se unen sexualmente para procrear, para tener descendencia. Por eso las hembras de algunas especies sólo ovulan una vez al año; y las de otras especies, dos.

¡Caramba!, pienso, contra las trece o catorce veces al año de una mujer.

—Es decir, sólo ovulan para tener descendencia y, por lo tanto, se aparean una o dos veces al año —dice Luci.

¡Muy poquito, eh!

—El deseo sexual de un animal es puro instinto de reproducción, para la supervivencia de su especie; un macho y una hembra sólo se unen cuando la hembra tiene un óvulo preparado. En el caso de las personas, sin embargo, no es así. El deseo de los seres humanos es mucho más complejo, y sus relaciones sexuales también lo son. Por ese motivo las relaciones sexuales no se reducen al coito...

—Entonces, ¿cómo son? —pregunta Marcelo, como si no se lo creyera del todo.

—Acariciarse el cuerpo el uno al otro, incluidos los genitales, también forma parte de la sexualidad.

Y me doy cuenta de que realmente Flanagan y yo nos hemos relacionado sexualmente. Y que no ha sido mi primer coito, pero ha sido mi primera relación sexual con otra persona.

Luci continúa:

—Y las relaciones sexuales tampoco tienen como único

objetivo la reproducción, ni son necesariamente entre una mujer y un hombre, sino que se pueden dar, también, entre dos hombres o entre dos mujeres.

Pienso en Gabi, sentado tres filas detrás de mí. Me parece que es gay pero él nunca nos lo ha dicho. Y miro a Carlos. Vive con su madre y la novia de su madre. Ahora ya no, pero hace unos años, de vez en cuando, le acribillábamos a preguntas. Pero él siempre levantaba los hombros y decía: «Pues es como en tu casa. Tú vives con tu padre y tu madre o con tu madre y su novio o con tu padre solamente, ¿no? Pues yo, con mamá y Antonia». Sí, aunque al principio nos parecía extraño, al final, terminamos por entenderlo.

—Por lo tanto, teniendo en cuenta lo que les he dicho, ¿serían capaces de decirme para qué sirve el sexo?

Durante un rato podría haberse oído volar a una mosca. Todo el mundo espera a que hable otro primero.

Luci suspira.

—El sexo puede tener tres finalidades: recreativa, comunicativa o reproductiva. Para entendernos, divertirse, comunicarse o crear un bebé. Es importante que, antes de practicar el sexo con otra persona, piensen qué tipo de relación buscan. Imaginen lo terrible que puede ser que hayan mantenido una relación sexual para divertirse y, en cambio, se produzca un embarazo. Un desastre, ¿no?

Asentimos todos con la cabeza. Un auténtico desastre. ¿Quién quiere tener un niño a los quince, a los dieciséis o a los diecisiete años? ¿Y qué niño o niña quiere tener unos padres adolescentes, en edad aún de estudiar y no de trabajar y cuidarlo?

—Imaginemos una pareja: uno de los miembros está enamorado y busca relacionarse. El otro miembro de la pareja no está enamorado y sólo quiere divertirse. El lío está servido: la persona enamorada sufrirá mucho; y la otra persona, si tiene algo de sensibilidad, no puede sentirse muy cómoda. Aunque hayan oído decir que tener relaciones sexuales debe ser espontáneo y no demasiado pensado, más vale reflexionar antes sobre el tema.

Eso me vuelve a llevar hacia mí y Flanagan. Hemos dejado claro que ambos buscamos divertirnos, que ninguno de los dos está enamorado del otro. Quizá sí lo hicimos bien...

Mireya levanta la mano.

—Dime...

—¿Qué pasa cuando sólo quieres divertirte y te relacionas con alguien y, después, te das cuenta de que te has enamorado de esa persona?

—Eso puede pasar... De hecho, pasa a menudo porque muchas personas no son capaces de establecer una relación sexual sin una implicación afectiva. Dicho de otra forma, establecer relaciones sexuales con otra persona acaba a menudo por generar un sentimiento hacia esa persona. Y no es ni positivo ni negativo; simplemente es.

Mireya me mira significativamente. A ver si no acabas enamorándote de Flanagan, parece decirme. Me encantaría dejarle claro que no, pero hay momentos en los que no estoy tan segura.

—¿Eso quiere decir que no necesariamente hay que estar enamorado para practicar el sexo con alguien?

—No, no necesariamente.

Se levanta una especie de murmullo que va creciendo paulatinamente hasta convertirse en una guerra verbal abierta entre dos bandos: en uno hay una mayoría de chicos, en el otro, de chicas.

—Por supuesto que no hay por qué estar enamorado —dice Pedro, que tiene la primera posición de la clase en el ranking de experiencias sexuales—. A mí, me gusta una chica y tengo ganas de pasármela bien con ella y ya está.

—Yo sería incapaz de acostarme con alguien si no estuviera enamorada —dice Marta.

Luci va escuchando todos los comentarios, que, más o menos, van por ese camino: muchas chicas confiesan sentirse enamoradas de su pareja sexual y la mayoría de chicos dicen que no es necesario.

—Sí, Luci, explícanoslo.

Luci sonríe cálidamente y contesta:

—No sé explicarlo.

La miramos intrigados.

—De verdad que no lo sé. Es cierto que las chicas tienen tendencia a ser más románticas que los chicos, pero no sé si es por una cuestión biológica, o sea, porque nuestro cerebro lleva impresas desde siempre las consignas del cariño, o porque durante siglos hemos sido educadas para no escuchar nuestras necesidades sexuales y las hemos reconvertido en sentimiento afectuoso.

—¿Y qué es mejor? —pregunta Pedro.

—Me parece que el término medio —dice Luci, sonriendo—. Creo que las chicas tienen que aprender a distinguir entre el deseo sexual y el sentimiento amoroso. Creo que a menudo, ustedes las chicas dicen que hablan de sexo cuando, en realidad, hablan de sentimientos. Es muy importante que ninguna chica crea lo que ha sido norma en el pasado: que su objetivo en la vida debe ser casarse y tener hijos. Los objetivos en la vida son mucho más amplios que eso. La maternidad es una forma más de realización personal para una chica, pero ni puede ser la única ni es obligatoria para todas las mujeres. ¿Entendido?

Asentimos con la cabeza.

—Y por lo que respecta a los chicos, ustedes, en cambio, deben tener cuidado de no cosificar a la otra persona, de menospreciar sus sentimientos porque a ustedes les interesa su cuerpo. La implicación emocional también se ha de aprender, ya que es importante para establecer relaciones de pareja en el futuro. Sería bueno que aprendieran a hablar de sus sentimientos.

Asentimos con la cabeza.

—También quiero recalcar que, a veces, las chicas son tan románticas que entienden el amor y las relaciones amorosas como de supeditación absoluta al objeto de su amor. Deben darse cuenta de que el amor no tiene nada que ver con la dependencia ni con el sometimiento. Que aceptar cualquier cosa que venga de su amor, ser incondicionales, es ponerse en disposición de sufrir la violencia de género, sea física o psicológica. Un hombre no está por encima de ustedes, nunca. No busquen hombres que puedan poner en un altar sino hombres que sean sus iguales y las ayuden a crecer.

Algún chico mueve la cabeza como diciendo que el problema lo tienen ellas y no ellos, pero Luci lo corta:

—También es necesario que los chicos entiendan que el amor no es una relación de dominación. Que su pareja los puede escuchar pero no tiene que obedecerlos; los puede amar, pero no tiene que adorarlos; los puede respetar, pero no tiene que venerarlos. Ustedes no tienen ningún derecho sobre ellas. Y el criterio de ustedes puede ser tan bueno o tan malo como el de ellas.

Nos quedamos sin decir nada.

—Todavía es necesaria mucha educación para que las chicas entiendan el peligro que se deriva de buscar (¡y encontrar!) a un príncipe azul, un chico protector. Porque un chico que las trata como si fueran niñas y que las sobreprotege está estableciendo una relación que no es de paridad entre ellos dos y, por lo tanto, cuando pierda los estribos, en lugar de protegerla, le pegará.

Seguimos mudos.

—De momento, por lo tanto, lo importante es que hay mucho que aprender en el terreno del amor y el sexo. Y por eso, tanto las unas como los otros tienen que pasar por distintas experiencias. Sin experiencias no es posible el aprendizaje.

Entonces, Luci nos divide en cuatro grupos y nos da una hoja a cada grupo. Quiere que apuntemos en ella todo lo que alguna vez hayamos oído decir sobre la sexualidad y que creamos que es una bobada o un prejuicio.

Cuando acabamos los trabajos, los leemos en voz alta, los discutimos para ponernos de acuerdo y hacemos una única lista que colgamos en el mural. Yo la copio para mi diario rojo.

INFORME 3

— *No es cierto que una persona sea más atractiva por el hecho de tener relaciones sexuales.*

— *No es cierto que un chico sea más masculino por el hecho de tener relaciones con muchas chicas.*

— *No es cierto que la gente de cincuenta, sesenta o setenta años ya no tenga relaciones sexuales.*

— *No es cierto que las mujeres tengan menos deseo y menos necesidades sexuales que los hombres.*

— *No es cierto que el objetivo de una chica tenga que ser casarse y tener hijos.*

— *No es cierto que la única finalidad de las relaciones sexuales entre las personas sea tener descendencia.*

— *No es cierto que la actividad sexual sea una especie de competencia deportiva en la que haya que tener buenas marcas.*

La hora de tutoría se ha terminado. Entra la Comas, la de literatura. Lee la hoja del mural.

—Vaya, veo que hoy han estado trabajando la sexualidad con Luci.

Rápidamente, le pedimos si no querría ella también apuntarse a trabajar el tema. A ver si conseguimos que no dé clase...

Cuando ya nos parece que la convencimos, porque dice que de acuerdo, nos dice:

—Saquen el libro de literatura.

¡Oh, no!, suspiramos.

—¿No podemos seguir trabajando el tema de la sexualidad? —pregunta Marcelo.

—Ahora no. Lo trabajarán en casa. Me anotarán, bien de memoria, bien buscando en el diccionario, expresiones referidas a la sexualidad y al sexo. Primero en una acepción estándar, luego unas cuantas de argot que signifiquen lo mismo.

—¿Por ejemplo: hacer el amor y coger? —pregunta Mireya.

Todo el mundo se ríe estruendosamente.

—Exacto —dice la Comas—. Abran el libro en la página 117.

Aprovechando que Mireya no vino a clase, a la hora del recreo, Berta y Elisenda me recuerdan que querían hablar conmigo a solas.

—O sea, sin que Mireya esté delante —me aclara Elisenda, por si no lo he entendido.

—Y eso, ¿por qué? —pregunto.

Se miran.

—Porque Mireya siempre se ríe de todo lo que preguntamos. Cree que son tonterías; que Elisenda y yo somos demasiado pequeñas...

Es verdad que Mireya a veces se ríe. Y también es cierto que ellas a veces parecen crías, especialmente Elisenda, pero eso no se lo diré.

—¿Dan asco los besos en la boca? —dice Berta.

—Es decir, los besos con lengua —explica Elisenda.

Me dan ganas de reírme, pero me aguanto.

—¿Nunca han dado ninguno? —pregunto.

—Nunca —responden muy serias.

Se miran y, entonces, habla solamente Berta.

—A lo mejor no tardaré mucho en poder decir que sí. Javier me ha pedido que salga con él.

—¿Y a ti te gusta Javier?

Se sonroja.

—Sí —dice con un hilo de voz.

—Pues no te preocupes, los besos con lengua también te gustarán. Tal vez los primeros te sorprenderán, pero te acostumbrarás en seguida.

Se vuelven a mirar.

—Tú ahora, ¿te besas con alguien? —pregunta Elisenda, con cara de mosquita muerta.

—No... Bueno... Tal vez...

Berta me corta.

—Mireya nos dijo que habías conocido a un detective.

¡Traidora! ¡Me las pagará!

Asiento con la cabeza.

—¿Y los besos? —pregunta Berta.

—Para ponerte la piel de gallina —contesto con convicción.

3 de marzo

Esta noche, estábamos cenando papá, Marcos, Lidia, que es la novia de papá (y que por suerte no tiene una hija insoportable como tenía la novia anterior), y yo. De repente, Marcos pregunta:

—Papá, ¿qué es el sexo oral?

Papá se atraganta con la sopa. Yo pongo la antena porque no me quiero perder las explicaciones.

—¿Qué dices, Marcos? —le pregunta con los ojos como platos.

Marcos, con paciencia, repite la pregunta.

—¿Y tú de dónde lo has sacado?

—De una discusión que tuvimos hace días en la escuela.

Papá y Lidia se miran.

—¿Quién les enseña esas cosas?

—La tele —contesta Marcos, tranquilamente.

—¿La tele? ¿Vas a casa de alguien que tenga acceso al canal porno? —pregunta papá, con toda la pinta de querer empezar a prohibir salidas a casa de los amigos.

—No, hombre. Eso lo oímos hace tiempo en el noticiario. Hablaban de Clinton, que decía que no había jurado

130

en falso cuando había dicho que no había mantenido relaciones sexuales con la Lewinsky, porque sólo había practicado sexo oral.

—Hummm —dice papá, aturdido.

Lidia le da un empujoncito.

—Vamos, no lo tengas esperando, explícaselo.

Papá mira a Lidia con cara de profunda desesperación.

—¿Cómo quieres que se lo explique si hace dos días jugaba a indios detrás del sofá?

Lidia suspira.

—Hace dos días, tal vez sí, pero ahora quiere saber qué es el sexo oral.

Entonces, viendo que papá se ha quedado catatónico, Lidia explica:

—Hay gente que cuando habla de relaciones sexuales piensa en el...

—Coito —interrumpo yo. Y añado, antes de que Marcos pregunte nada—: Eso es, la penetración del pene dentro de la vagina. Pero es mucho más que eso.

Papá me mira atónito.

—Exacto —aprueba Lidia—. Tener relaciones sexuales con alguien implica tener una relación física, y a menudo también emocional, muy estrecha, que puede pasar por el coito o no. También puede ser sexo oral, o sea, el contacto de los labios con los genitales de la otra persona. O puede ser sexo anal, o sea, a través del ano. O puede ser sexo manual, o sea, el contacto de las manos con los genitales. ¡Fíjate cuántas posibilidades distintas!

—A mí, eso del sexo oral creo que me daría mucho asco —dice Marcos.

Lidia se ríe. Papá hace una mueca.

—En el sexo —prosigue Lidia—, como en cualquier cosa, las experiencias constituyen un aprendizaje fantástico. Es normal que ahora te parezca algo asqueroso, pero dentro de unos años seguramente no te lo parecerá. O tal vez sí y, en tal caso, no estás obligado a practicarlo.

Marcos piensa un poco.

—O sea —dice finalmente— que Clinton dijo una mentira, ¿verdad?

—Verdad... De todas formas, mentiras más gordas y vergonzosas dijo Bush respecto a la guerra contra Irak, y nadie le acusó de nada —contesta Lidia.

—Tienes razón —digo, boquiabierta.

—¿Es estúpido o no que una persona tenga que dar explicaciones de lo que hace con su vida íntima siempre y cuando no haya perjudicado al otro, y que, en cambio, una persona que pone en marcha una guerra no tenga que dar ningún tipo de explicación?

—Es más que estúpido —dice papá—; es inmoral.

A mí también me lo parece.

5 de marzo

El viernes por la tarde me pongo a hacer el trabajo de literatura. Después de rastrear todos los diccionarios que tiene mamá en su casa, éste es el resultado:

INFORME 4
Coito: *coger, revolcarse, matar el oso a puñaladas, meterla.*
La última expresión se refiere sólo a los hombres, está claro.
Masturbarse: *chaqueta, manuela, jalársela.*

*Por lo que parece, el lenguaje no recoge que las muje-
res se masturben.*
Vulva/vagina: *Papaya, panocha, pucha.*
No queda claro qué quiere decir vulva y qué vagina.
Clítoris: *¿?*
*No he encontrado ninguna palabra que quiera decir
clítoris.*
Pechos: *tetas, teclas, chichis, melones, bubis.*
Pene: *pajarito, pito, pistola, camote, garrote, verdola-
ga, pelona, verga, longaniza.*
¡Vaya, vaya!
Testículos: *huevos, bolas.*
Esperma, semen: *leche.*
Plato de segunda mesa: *una mujer que no es virgen.*
*¿Y los hombres, qué? ¿Ellos se mantienen vírgenes
toda la vida?*
Orgasmo: *venirse.*
Eso será los hombres, ¿no? ¿Y las mujeres, qué?

La conclusión del informe es que el lenguaje, está claro, manifiesta la discriminación que ha sufrido la mujer también bajo el punto de vista sexual.

Pero no solamente las mujeres han sufrido y sufren esta discriminación lingüística, también, por ejemplo, las personas que se ven atraídas por su mismo sexo:

Gay: *joto, puto, maricón.*
Lesbiana: *machorra, tortillera.*
¡Lo que nos queda aún por cambiar!

Por la noche, reviso mi correo electrónico y veo que Octavia me ha mandado otra regla de oro de la sexualidad:

REGLA DE ORO 2 DE LA SEXUALIDAD

• No hay normas que indiquen qué hay que hacer o cómo o cuándo para tener una sexualidad feliz. Cada persona, cada pareja, la vive a su manera, y es la correcta, siempre y cuando respete la voluntad del otro y no lo perjudique.

• No se puede tratar a una persona como si fuera una cosa por el simple hecho de que te guste su cuerpo y quieras jugar con él; antes tienes que saber qué quiere realmente tu pareja.

Capítulo 10
DIFICULTADES

Volví a mirar el reloj. No podía creer que Flanagan se hubiera olvidado de nuestra cita, pero pasaba ya un cuarto de hora y, por el momento, no daba señales de vida. Esperaría un poco más; Flanagan se lo merecía. Aunque Mireya, que lo había visto de lejos el sábado anterior, cuando salíamos de casa de mamá, consideraba que tampoco era para tanto.

—Es bajito y poca cosa —me había dicho al llamarme para contarme que nos había visto saliendo de casa de mamá.

—¿Nos viste? —le dije sorprendida—. Pues yo a ti no.

—No me extraña. Tenías una cara de tonta... Parecía que estuvieras en otro plano, o... que te hubieras quedado flotando encima de una nube. Vete a saber por qué...

Esta última frase era una provocación, evidentemente, para que le contara qué había pasado entre Flanagan y yo. A pesar de que estaba sola, porque papá y Marcos habían salido, y habría podido hablar sin tapujos, no tenía ganas de contárselo. Me fui por la tangente.

—¿Y qué que sea bajito? ¿Crees que tú tienes pinta de top model?

—No, no lo creo. Pero a mí me gustan los chicos con otro físico...

—¿Por ejemplo? —pregunté yo, para ganar tiempo.

—Me gustan altos y musculosos... como los de los anuncios de ropa interior.

—¡Bah! Pareces hombre, funcionando con estereotipos físicos del tipo «los chicos tienen que ser altos y musculosos» y «las chicas, delgadas y con dos buenas chichis»... Pues a mí me da lo mismo todo eso, lo que me gusta es...

—¿Qué, qué?

Callé durante unos segundos, los suficientes para que Mireya saltara.

—Tenemos un pacto, ¿te acuerdas?

Sí, me acordaba. Un pacto que nos comprometía a hacer partícipe a la otra de los avances que hacíamos en las relaciones con los chicos. Ese pacto tan raro nunca me había molestado porque casi siempre era ella la que me contaba sus hazañas. Y a ella no parecía que le costara nada tener que informarme. Yo, en cambio, no tenía muchas ganas de contárselo. Finalmente, le hice un resumen poco detallado, pero, al llegar al momento en que guiaba la mano de Flanagan, Mireya me interrumpió para decirme que no estaba segura de que fuera muy correcto dar indicaciones. Yo me quedé muda. A lo mejor no, pensé en aquel momento, pero luego, cuando ya había colgado, me acordé de una frase de Octavia: «Si tú no sabes cómo tener un orgasmo, ¿esperas que tu pareja lo sepa mejor que tú?».

Seguro que eso significa que es preciso enseñarle a tu pareja lo que tú ya sabes sobre tu cuerpo, me dije a mí misma.

—Hola, Carlota —la voz de Flanagan me hizo aterrizar de golpe.

Y casi me caigo de espaldas cuando lo vi acompañado de un chico y una chica. ¿Qué le pasaba? ¿Por qué se presentaba con tanta gente? ¿No nos bastábamos los dos solos? Yo, que había planeado una tarde de sábado en casa de mamá, con todo el tiempo por delante porque —¡esta vez sí!— mi madre se había ido a hacer el cursillo de Nuevos Programas de Gestión Informatizada para Bibliotecas y no volvería hasta el lunes... O al menos eso esperaba con los dedos cruzados.

¡Qué decepción! ¿Para eso había hecho malabarismos para poder burlar la vigilancia testaruda de Marcos, que estaba decidido a conocer a Flanagan a toda costa?

Pero en seguida me di cuenta de que la decepción de Flanagan era más o menos tan grande como la mía, porque, mientras nos presentaba, me iba mirando con cara de losientosoncomochicles.

Le devolví una mirada llena de complicidad. Me gustaba saber que pensábamos lo mismo y que ambos lo sabíamos.

—¡Vaya, felicidades, Flanagan! ¡Tu novia está muy buena! —dijo el tal Charche.

Después de ese comentario... algo desafortunado, su amigo me dio dos besos bastante impetuosos, que a mí me desconcertaron y a su amiga, Vanesa, la irritaron, a juzgar por la cara que puso.

—Bueno, no tenemos toda la tarde para besuquearnos. Luego las galerías se llenan de gente —dijo la chica, señalando hacia la entrada del centro comercial delante del que nos habíamos encontrado.

—¿Van a comprar? —pregunté, con la esperanza de perderles pronto de vista.

—No, sólo a echar un vistazo; nos gusta ver escaparates.

—Entonces, mejor que cada cual vaya por su lado. Nosotros habíamos pensado ir al cine... —dijo hábilmente Flanagan.

¡Bien jugado!, pensé. Pero me equivocaba. Charche era un tipo con vocación de destructor y en seguida se apuntó a nuestros planes.

—En las galerías hay un multicinema. Pasan *Terminator I* íntegra, con escenas que habían sido suprimidas por exceso de violencia.

¿Ir al cine en lugar de pasar la tarde solos en casa de mamá? ¿Y encima para ver *Terminator I*? ¡Oh, no!

Flanagan me miró con cara de tonto. Lo siento, me decían sus ojos, hice lo que pude.

No nos pudimos escapar y nos vimos arrastrados hacia una tarde consumista de-li-cio-sa. Justo lo que yo quería.

Entramos en las galerías. Flanagan y yo conseguimos hablar dos nanosegundos sin que Vanesa y Charche se metieran por medio.

—Oye, lo siento. Se me pegaron —me dijo Flanagan en voz baja mientras me tiraba del brazo para retirarme de la línea auditiva de sus amigos.

—Más lo siento yo. Mi madre se ha ido esta mañana. No vuelve hasta el lunes.

—¡Oh! —Flanagan se detuvo unos segundos y, luego, me preguntó—: ¿Traes las llaves de tu casa?

—Claro.

—Vaya.

—¿Y si les dices que preferimos estar solos?

Flanagan meneó la cabeza con mucha pena.

—No lo entenderán. El cerebro de Charche es incapaz de registrar esa información.

Me dio la impresión de que el cerebro de Charche podía procesar pocas informaciones, sobre todo si había una chica por allí. Sólo tenía neuronas para una cosa.

Vanesa y Charche babeaban ante los escaparates de todas las tiendas. En un momento dado, mientras ellos dos estaban extasiados contemplando las últimas novedades en telefonía móvil, Flanagan me cogió de la mano y me arrastró.

—Vamos —dijo, con voz decidida.

—¿Qué?

—¡Ahora o nunca! —insistió con la misma urgencia.

Dejamos a Charche y Vanesa discutiendo sobre las ventajas de una marca respecto a otra, apresuramos el paso y giramos por uno de los callejones de las galerías. ¡El enemigo no se había dado cuenta!

Nos miramos con aire victorioso, con las manos aún bien cogidas.

Pero ¡oh, qué mala suerte la nuestra! Cuando empezábamos a oír los gritos de Charche, que nos buscaba, nos dimos cuenta de que el callejón por el que nos habíamos metido no tenía salida.

No teníamos escapatoria. Aquellos pesados nos encontrarían en un abrir y cerrar de ojos.

De repente, tiré de Flanagan y entré en una tienda de ropa para mujer.

—Si tenemos alguna posibilidad de escaparnos, es así —cuchicheé, con la sensación de que Vanesa y Charche venían ya por el callejón sin salida.

Flanagan me siguió la corriente. Cogió en seguida un vestido negro y le dijo a la chica de los probadores:

—Una prenda.

Ella me dio una ficha roja con el número uno en relieve y dijo:

—El último probador está libre.

Flanagan y yo corrimos. El vestido revoloteaba colgado del dedo de él.

Acabábamos de pasar la cortina cuando oímos la voz de Charche.

—No entiendo cómo puede ser que los hayamos perdido.

—Pues aquí tampoco están —decía Vanesa—. Seguramente habrán ido en la otra dirección.

Flanagan se dio la vuelta y quedó de espaldas al espejo y frente a mí. Sentía su respiración bastante alterada. Como la mía. Pero ahora no sabía si era por culpa de la carrera y los nervios o por la emoción de encontrarme a solas con Flanagan dentro de un recinto más pequeño que un ascensor. Era inevitable, por supuesto, que nos abrazáramos: no había espacio para estar allí de otro modo. Sentía el corazón de Flanagan galopando contra el mío y tenía la sensación de que habían tomado el mismo ritmo. Lo miré y vi que él me estaba mirando a mí. Y puse mis labios sobre los suyos mientras sentía su lengua enroscarse con la mía y nuestras salivas mezclarse.

No sé cuánto rato estuvimos allí dentro. Yo diría que el suficiente para haberme podido probar diez o doce vestidos.

Cuando salimos, con las piernas de plastilina y las bocas medio satisfechas, no había rastro de Charche ni de Vanesa. Flanagan me apretó la mano mientras pasábamos ante la chica que vigilaba los probadores y le devolvía la ficha de plástico y el vestido.

—No me iba bien.

Echamos a correr como si llevásemos detrás a un equipo entero de Charches y Vanesas o una banda de narcos. No hay ni que decir que íbamos directos a casa de mamá. Y yo, después de aquellos apretones y besos de tornillo dentro del probador, me sentía dispuesta a repetir como mínimo el viaje a las estrellas del sábado anterior. Unas cuantas neuronas estaban atentas a la huida: que si reírse descontrolados, que si doblar las esquinas con precauciones, que si vítores cuando no vemos al enemigo por ninguna parte... Todas las demás neuronas, o sea, la mayoría, estaban pendientes de las sensaciones que recorrían mi cuerpo y que, por extraño que pueda parecer, no menguaban sino que iban en aumento, tal vez porque yo las ayudaba con lo que me iba imaginando. Otro beso arrebatador, las manos de Flanagan, mi cuerpo...

Cuando entramos en casa de mamá, ya casi me quedaban neuronas solamente para Flanagan y para mí. De modo que no fue raro que, nada más cerrar la puerta, nos besáramos con urgencia.

—Tenía ganas de hacerlo —dijo Flanagan.

—Y yo.

Flanagan se acercó a mí con la clara intención de continuar lo que habíamos empezado.

Puse una mano entre su pecho y el mío y lo detuve.

—No, aquí no.

De camino hacia mi habitación —la de mamá habría sido más cómoda pero me daba no sé qué usarla— agarré unos cuantos CD del salón. Al llegar a la habitación, puse

Sadness. Sólo con oír los cantos gregorianos, me puse aún más a cien. Aquellos cánticos me transportaban a las sensaciones de la otra vez. Entonces, me di cuenta de que estaba dispuesta a dar un paso que nunca hasta entonces había querido dar. ¿Y Flanagan? ¿Querría también?

—¿Quieres hacerlo? —le pregunté.

Flanagan me miró. De repente tenía un aire serio.

¿Quizá no quería llegar tan lejos?, me pregunté. Pero antes de que tuviera tiempo de arrepentirme de la propuesta, asintió con la cabeza.

Yo también me puse seria. De golpe, estaba muy nerviosa, insegura, sin saber muy bien qué tenía que hacer.

—Yo no lo he hecho nunca —le dije.

Pensaba que tal vez él sabía cuál era el paso siguiente. Me imaginaba que tenía mayor experiencia que yo. Al fin y al cabo, era un año mayor.

—Yo... casi tampoco.

Pues me había equivocado: poquita experiencia suya sumada a ninguna experiencia mía. ¡Vaya equipo!

Me sentía intimidada. Muy intimidada. Pero no pensaba echarme para atrás, ya que, de hecho, las neuronas que mandaban sobre mis nervios y mi timidez parecían bastante menos numerosas que las encargadas de mandar sobre mi deseo.

¡Ya no había marcha atrás posible!

Jalé el colchón que había encima de mi litera. No quería hacer equilibrios a un metro y medio del suelo para acabar cayendo justo en el momento menos oportuno.

Puse el colchón sobre el piso.

—Bien hecho —dijo Flanagan, sentándose encima.

Yo también me senté.

—Bueno... ¿Tienes...?

Nos lo habían dicho de todas las formas posibles: había que usar preservativos, pero yo no tenía. Esperaba que él sí.

—¿Que si tengo...?

Flanagan no acabó la frase y me miraba como si estuviera en Babia.

Me aclaré la garganta.

—Quiero decir que si... Esto... Preservativos.

Flanagan levantó las cejas justo a la vez que decía:

—Ah, preservativos, sí. Claro...

Me tranquilicé: eso debía de significar que llevaba uno en la mochila. Mis dotes analíticas, sin embargo, eran penosas, porque Flanagan acabó:

—Pues no.

—Entonces no sé si...

Realmente, creía que era mejor que no diéramos aquel paso. Podíamos quedarnos en el mismo punto que el día anterior.

Ninguno de los dos aclaró qué considerábamos que era mejor. Nuestros cuerpos estaban tan cerca que de un suéter al otro saltaban pequeñas chispas y, cuando las mangas se rozaban, se oían chasquidos eléctricos. Me gustó imaginarme que era la tensión de nuestros cuerpos, nuestro deseo, más que la electricidad estática.

Y una cosa llevó a la otra: nos besuqueamos y nos abrazamos y nos toqueteamos y nos lamimos. Y no sé cómo, ni él ni yo llevábamos zapatos ni calcetines. Y seguimos tocándonos y besándonos.

—Espera un momento, te ayudo a quitarte el suéter.

Y luego volaron las camisetas y los pantalones. Y él llevaba unos calzoncillos a rayas que le sentaban muy bien. Y que todavía me dieron más ganas de estar con él. Y yo me había puesto uno de mis conjuntos preferidos, a pesar de que no tenía ni la más remota idea de que acabaría desnuda ante Flanagan. Y él intentó desabrocharme el sujetador, pero se quedó atascado. Me lo tuve que quitar yo.

A esas alturas, encendidos de deseo, estrenando la impresión de explorar el cuerpo desnudo del otro, con las ganas que teníamos de todo, ya nos habíamos olvidado de los preservativos; de eso sólo fui consciente por la noche, cuando ya estaba sola en casa.

No era la primera vez que veía un pene. No era la primera vez, tampoco, que tocaba uno en erección, pero era la primera vez que veía uno en erección y que lo tocaba. Lo miré con curiosidad. Era imponente. Tenso, brillante y grande. Quizá demasiado grande... ¿Me cabría? ¿Me dolería? Humm. Esperaba que no.

Flanagan me besuqueaba el cuello. Yo le devolví los besos con mucha intensidad. Y le mordí el lóbulo de la oreja. Él seguía besuqueándome el cuello y los pechos, mientras me acariciaba el sexo... sin demasiada habilidad. Demasiado de prisa, demasiado fuerte; al final me hará daño, pensé. Pero no pude decirle nada de todo eso porque él me sorprendió con una maniobra que no me esperaba: se me colocó encima e intentó colocar el pene en la entrada de la vagina. No lo consiguió pero, como él no se había dado cuenta, empujó. Aquella embestida poco hábil me lastimó.

—¡Ay! —suspiré.

No creo que ese dolor tuviera nada que ver con la pérdida de la virginidad, sino más bien con la falta de experiencia de ambos y con las prisas de Flanagan. ¿Por qué ca-

144

ramba quería estar ya dentro de mí si estábamos tan bien dándonos besos y acariciándonos?

—Un momento... Despacio... —le pedí, mientras intentaba apartarlo de encima de mí para que volviera a colocarse a mi lado y yo pudiera recuperar el bienestar y el placer de hacía unos minutos y que ahora, como por arte de magia, había perdido.

—Espera, es que... —dijo él.

Y me preparé para una nueva embestida. Pero no. Flanagan se dejó caer a mi lado y me besuqueó el cuello nuevamente.

Entonces le cogí la mano para enseñarle dónde y cómo tenía que acariciarme. Le puso ganas y lo hacía muy bien. Yo volvía a estar en el cielo. Sentía de nuevo mi cuerpo crepitando como si fuera un árbol de Navidad con todas las luces encendidas. Notaba un calor intenso que me subía por el cuello y por el rostro. Sentía que mi sexo se deshacía como la mantequilla bajo los dedos de Flanagan.

Y de repente, ¡zas!, vuelvo a encontrármelo encima de mí, empujando su sexo hacia la entrada del mío. Las luces de Navidad se apagaron de golpe.

—Espera, ¿eh?

—¡Ah!, perdona.

—Despacio —le dije.

Pero no le dije nada de lo que habría tenido que decirle: que necesitaba muchas más caricias en el clítoris y que necesitaba más besos, que teníamos que mantener las luces de Navidad encendidas... si no, no le veía la gracia.

No me atreví.

—Está bien, despacio. Ve guiándome tú. ¿Quieres...? ¿Quieres que me ponga debajo? —preguntó.

—Da lo mismo.

Me daba lo mismo de verdad, porque ya no podía concentrarme en el placer. Se había esfumado cuando los fusibles habían saltado y me habían dejado a oscuras. Es verdad que aún notaba un calor agradable por todo el cuerpo y que era emocionante estar allí con él, de una forma tan... tan íntima. Porque ¿qué otra situación había en la vida más íntima que aquélla? Y es verdad que Flanagan me gustaba y estaba muy bien con él, pero ya no sentía mi cuerpo disparado; sólo mi corazón.

Flanagan hacía esfuerzos para no apachurrarme, me daba cuenta. Como también me daba cuenta de que la canción que sonaba en aquel momento era *The Voice of the Enigma*.

Flanagan seguía sin poder meterme el pene. No encontraba el agujero, no encontraba la manera. Noté que cambiaba de postura porque necesitaba las manos. Y yo no sabía si tenía que ayudarle o no. A lo mejor lo ofendía, lo hacía sentir que no lo hacía nada bien...

Yo me había ido relajando con *The Voice of the Enigma*. No había conseguido encender tres mil voltios en mi cuerpo, pero al menos estaba tranquila y no sentía dolor.

—¡Ay!

Sin querer, Flanagan me había vuelto a lastimar. Sin apenas darme cuenta, le cogí el pene y lo guié.

Mi sorpresa fue mayúscula cuando me di cuenta de que su pene entraba en mi vagina. Lo había puesto en buena dirección y no costó nada tenerlo dentro. Fue una experiencia mucho menos impresionante de lo que esperaba. No noté casi nada. Ni dolor ni placer. Apenas sentía que tenía algo dentro que se movía.

Tener a Flanagan encarcelado dentro de mi cuerpo, envolverle el sexo con el mío, era bonito, pero no me hacía saltar de placer. En cambio, si Flanagan me hubiera acariciado el clítoris, creo que tal vez habríamos podido encender de nuevo todos los voltios.

Gemí, en parte por el placer de imaginarme las caricias de Flanagan en mi clítoris y, en parte, por el placer de la proximidad de él.

Como si mi gemido hubiera sido una señal, Flanagan se movió más y más de prisa y comenzó a gemir. Luego, se quedó quieto. En el disco aún sonaba *The Voice of the Enigma*.

¿Eso es todo?, pensé. ¿Ya está? ¿Se ha acabado?

Flanagan me dio un beso en la boca.

—Fantástico. Eres fantástica —me dijo.

Me quedé desconcertada. ¿Fantástica? ¿Qué había hecho para ser fantástica? Yo, en cambio, no podía decir que hubiera sido fantástico, la verdad.

—Sí. Espera, voy a limpiarme.

Entré en el lavabo un poco agobiada. Me miré en el espejo para ver si tenía la misma cara de siempre. Sí. No había cambiado nada.

—¿Te gustó? —le pregunté a la Carlota del espejo.

La Carlota del espejo se encogió de hombros.

Esperaba algo más. Como yo.

—Fue mejor el sábado pasado, ¿verdad? —le pregunté, mientras me acordaba de cómo me había acariciado Flanagan y del orgasmo tan potente que había tenido.

La Carlota del espejo asintió con la cabeza, poniendo mucho énfasis.

—A lo mejor estamos taradas —le dije—. ¿Tú qué crees? La gente dice que hacer el amor es alucinante.

La Carlota del espejo meneó la cabeza y el flequillo le fue de un lado al otro.

—No piensas que estemos taradas. Entonces quizá tendríamos que haberle dicho a Flanagan lo que queríamos, ¿no?

La Carlota del espejo me guiñó un ojo.

—Claro que él tampoco preguntó nada. Lo dio todo por sentado.

Miré a la Carlota del espejo, encogí los hombros y salí, no diré que con el rabo entre las piernas, porque no tengo rabo, pero...

Flanagan aún estaba echado en el colchón. Se le veía relajado y feliz.

Por la noche, en casa de papá, fui consciente de que, al hacer la cama en casa de mamá, no había encontrado ni una gota de sangre. O sea que la pérdida de la virginidad y la ruptura del himen también estaban rodeadas de mucha leyenda, porque, en mi caso, no había pasado nada. Fue entonces, también, cuando me di cuenta de que ni nos habíamos vuelto a acordar de los preservativos. Y, repentinamente, sentí un agobio terrible. Y eso que nos lo decían de todas las maneras: ¡nunca sin preservativo! Y la primera vez, ¡zas!, habíamos caído como unos bobos. ¿Por qué ni él ni yo habíamos pensado en comprarlos? Si era obvio que podíamos acabar como acabamos... ¡Qué tontos! ¿Y si él tenía sida?

Bueno, tal vez estaba exagerando pensando en enfermedades y, en cambio, lo que sí que podía haber pasado era que me hubiera quedado embarazada. Esa idea me cubrió el cuerpo de un sudor frío. Embarazada, llevar una criatura dentro... No quería ni imaginármelo. ¡Qué lío! ¿Y cómo se lo plantearía a mis padres? ¿Y qué diría mi padre, tan tradicionalista? ¿Y qué decisión tomaría: quedármelo o abortar? ¿Y se lo tendría que contar a Flanagan o pasaría el trago yo sola? Al fin y al cabo, Flanagan y yo no teníamos ningún compromiso...

¡Uf! Estaba haciendo una montaña de un grano de arena. De hecho, cuando me viniera la regla, saldría de dudas, me dije para tranquilizarme.

Y para acabar de sacármelo de la cabeza, me senté delante de la computadora y tecleé mi contraseña para entrar en el correo electrónico. Aparecieron cuatro mensajes y... ¡Una sorpresa mayúscula! No podía creer lo que estaba viendo: uno era de Koert. Con la misma energía y decisión que si se hubiera tratado de abrir un sobre de papel, puse el cursor encima para abrirlo. El mensaje decía lo siguiente:

Asunto: *missing you*
Texto: *Dear Carlota-the-bomb,*

Y a continuación, que ya sabía que le había dicho que no me llamara más y, de hecho, no me había llamado —*do you realise how good I am?*, decía el muy cínico— pero añadía que no se resignaba a terminar de aquella forma tan absurda: todo por una de mis explosiones —*Why are you like three megatons?*—, por una de sus —al menos lo reconocía— tonterías.

Decía que le gustaba mi genio, que le gustaba mi carácter, que le gustaba mi energía, que le gustaba que fuera capaz de mover el mundo, incluso aunque no dispusiera de una palanca; ¡qué filosófico! Le robaba las frases a Arquímedes. Y seguía diciendo que si yo le gustaba para los momentos buenos, suponía que no tenía otro remedio que aceptarme en los malos. Y añadía que cuando la cosa se ponía fea, yo era como una bomba. ¡Pum! Saltaba como un gato. Y admitía que él perdía el control también.

I am sorry. Decía que sentía mucho haberse negado a ponerse al teléfono cuando le llamé hacía unos días. Que estaba muy enfadado. Que había estado pensando y que suponía que, en parte, él también había tenido su responsabilidad en nuestra pelea.

Decía que le gustaría que volviéramos a hablarnos y ver hasta dónde podía llegar nuestra relación, pese a la complicación añadida de los kilómetros que nos separaban.

Acababa diciendo que el fin de semana del 20 y el 21 de marzo tenía que venir a Barcelona para participar en unos campeonatos de natación. *Will you like to meet me?*

Y acababa con un:

I like you, dynamite

Koert

Acababa de leerlo, aún notaba cómo el corazón se me dilataba y se me dilataba hasta el punto de que no me dejaba ni respirar. Aquel mensaje electrónico acababa de hacerme consciente de que seguía enamorada de Koert, cuando papá vino a avisarme de que un tal Flanagan había llamado por teléfono y preguntaba por mí.

Tenía la cabeza hecha un lío de emociones cuando contesté y dije:

150

—¿Flanagan? ¿Pasa algo?

—No, nada. Que quería decirte... que ha sido fantástico.

Me quedé muda. Para mí no había sido fantástico. Emocionante sí. Intenso, también. Pero ni para lanzar cohetes, ni una experiencia de placer inolvidable, ni... Además, el mensaje de Koert había hecho que, de repente, me sintiera muy lejos de Flanagan. Pero ¿cómo podía decírselo? Me limité a responder:

—Ah. Bueno. Sí.

Flanagan, como si se diera cuenta de que había algo que no iba muy bien, dijo:

—¿Carlota?

—Perdona, no sé si Marcos está en la otra extensión. Ya nos llamaremos.

Capítulo 11
EL PRIMER COITO

8 de marzo

El miedo a estar embarazada es una especie de gusanillo que se me ha metido dentro del cerebro y que no me deja vivir tranquila. Me tiene colapsada, tanto que no puedo ni hacerme a la idea de que Koert va a venir y de que, si quiero, nos veremos. No le he contestado el mensaje; no sé qué decirle. ¿Que estoy embarazada de Flanagan?

Tampoco me he atrevido a contárselo a nadie. Tengo miedo de que no sean más que neuras mías y que la regla me venga cuando me tiene que venir, o sea, el 12 de marzo, y que, por lo tanto, no sea necesario gritarlo a los cuatro vientos. Mireya se reiría. Luci —a quien tampoco sé si tendría valor de confesárselo— me regañaría. Mamá se pondría histérica... Esperaré en silencio; es lo mejor que puedo hacer.

Para sacarme de encima la inquietud, como otras veces, acompaño a Laura a su gimnasio. Me gusta ir de vez en cuando, a pesar de que no sería capaz de llevar su disciplina: una hora tres o cuatro veces por semana... ¡Uf, no! Prefiero los deportes de competencia en equipo. Son más divertidos.

Después de pegarnos una paliza en una de las salas siguiendo una clase agotadora, nos duchamos, nos ponemos el traje de baño y vamos al jacuzzi y al baño de vapor. Por suerte, hoy la zona de aguas, como se conoce esta parte del gimnasio, está vacía. Normalmente se llena de chicas y, sobre todo, de chicos de unos veinte años. Entonces, ni resulta muy agradable estar allí —ocupan todo el espacio con sus cuerpos grandes y peludos—, ni es posible hablar de nada; ellos gritan y se cuentan sus últimas conquistas. A juzgar por lo que dicen, se pasan la vida seduciendo a chicas, que caen como moscas a sus pies... o en su cama. ¡Cómo no!

Nos metemos en el jacuzzi. El agua está calientita. Las burbujas alborotadas nos masajean el cuerpo, algo castigado después de darle a la bicicleta y al remo.

Laura cierra los ojos. Yo, no. La miro, pienso que me puede ser de mucha ayuda y le suelto:

—¿Cómo fue tu primera vez?

Laura abre un ojo y sonríe, con cara de pilla.

—¿La primera vez? Hummm. La primera vez no me acordé de regular los espejos retrovisores y me di cuenta cuando estaba en plena maniobra...

—¿De qué hablas?

—De la primera vez que conduje un coche, claro. ¿A qué te referías tú?

—Ja, ja, ja —le suelto, enfadada, porque estoy segura de que sabe muy bien a qué actividad me refiero.

—¿No se trata del coche? —dice ella poniendo un muslo encima de uno de los chorros de agua, que burbujea contra su piel.

—No. Se trata de la primera vez que tuviste relaciones sexuales.

—¡Ah! —dice. E inclina la cabeza hacia atrás y se ríe a carcajadas hartón de reír.

—¿Me lo piensas contar o no?

Laura asiente: sí.

—La primera vez tenía unos trece años.

Doy un salto de sorpresa que me levanta unos cuantos centímetros por encima del nivel del agua.

—¿Cogiste a los trece años? —pregunto, alucinada.

—No cogí —dice ella—. Pero sí tuve relaciones sexuales.

—Muy bien. Pues cuéntame qué hiciste a los trece años.

—Me besuqueé con un chico que me gustaba mucho. Por la noche, me robaba el sueño. No hacía más que pensar en él. Y un día, nos encontramos al salir de clase y fuimos a un parque. Elegimos el rincón más solitario...

—Y se dieron un faje.

—Pues sí. Fueron mis primeros besos de tornillo.

—¿O sea, con la lengua?

—Sí. Me metió la lengua dentro de la boca. Te tengo que confesar que al principio la sensación no me resultó agradable.

—No. Lo entiendo. A mí, la primera vez tampoco me convenció mucho.

—Es como todo en esta vida: la primera vez que comes foie u ostras puede que el sabor no te convenza. Necesitas cierto tiempo para llegar a apreciarlo.

—Y luego no puedes vivir sin ellos.

—Casi... —se ríe.

—Muy bien. ¿Y lo siguiente que hiciste?

Laura piensa un rato antes de contestar. Por fin, dice:

—Seguí con los besos una buena temporada, hasta los quince.

—¿Entonces cogiste?

—No, pesada. ¿Qué prisa hay? Me dediqué al *petting*.

—¿Al *petting*?

—Es una palabra inglesa que significa darse besos de tornillo, acariciarse el cuerpo, pero sobre todo el pecho, el clítoris y la vagina en el caso de la chica, y el pene y los testículos en el caso de los chicos.

—¡Ah! ¡Eso...! Eso también lo he hecho yo.

—¿Y qué tal? ¿Bien?

—Bien, sí, francamente bien. Pero ¿crees que es suficiente? ¿No crees que hay que coger, quiero decir, que hay que llegar al coito para saber qué es el sexo?

—Mira, métetelo en la cabeza: las relaciones sexuales son cualquier cosa que proporcione placer sexual a dos personas. Ya habrá tiempo para el coito. ¡Tienes toda la vida por delante...! Además, el *petting* es una preparación excelente para el futuro coito. Y, para acabar de hacerlo más interesante, con el *petting* no hay riesgo de contagiarse de sida, ni hay riesgo de embarazo... siempre y cuando observes unas ciertas precauciones.

—¿Cuáles?

—Que la eyaculación del semen se produzca lejos de tu vagina y que, si el semen te cae en las manos, no te las acerques a los genitales.

—¿Si vas con cuidado no te puedes quedar embarazada?

—No.

¡Ay, madre mía!, pienso, ojalá me hubiera limitado al *petting* con Flanagan. Ahora no lo estaría pasando tan mal pensando que podía estar embarazada.

—¿Y hasta cuándo te dedicaste al *petting*?

—Hasta los diecisiete.

—¿Hasta los diecisiete no hiciste el amor?

—No. ¿Y qué? ¿Te crees que lo de las relaciones sexuales es una especie de concurso para entrar en el libro Guinness de los récords? Tienes que hacer las cosas cuando te apetezca de verdad, cuando te sientas preparada, cuando estés cómoda con el otro. Eso es muy importante para poder soltarse.

¡Gulp! ¿Puede que yo me haya precipitado? Hummm. No lo creo. Yo me sentía a punto, tenía ganas. Pero no fue como esperaba.

—¿Me explicas esa primera vez?

—Nada que ver con lo que había visto en las películas. O sea, señor y señora con furia incontenible se arrancan la ropa y follan de pie contra una pared y al cabo de unos segundos, por arte de la polla maravillosa del señor, la señora tiene un orgasmo que la hace gritar hasta que la oyen los del principal, mientras él, en el mismo momento, tiene otro. Fin.

Me parto de risa. Así es como lo pintan en las películas.

—Y en las pornográficas, peor aún. Todo está basado en un pene enorme que en seguida entra en la vagina y le provoca un orgasmo mayúsculo a la señora. Que es exactamente al revés de cómo funciona el cuerpo de una mujer para obtener placer —dice. Y añade—: Bueno. Pongámonos en situación. Para empezar, por suerte, con el *petting* ya te has ido acostumbrando a ver un pene en erección.

—Sí, porque la primera vez impresiona un poco.

—Por decirlo finamente —se ríe Laura—. Pero tengo que decirte que, una vez que te acostumbras, es una imagen muy excitante.

Continúa explicando lo que ya sé: que el clítoris también tiene una erección y que la vagina se lubrica.

—... Y aumenta de tamaño. Piensa que en condiciones normales la vagina tiene unos nueve o diez centímetros de longitud, pero con la excitación se alarga hasta tener entre doce y quince, de modo que puede recibir perfectamente al pene.

¡Qué maravilla es el cuerpo!, pienso. Y recuerdo que mi vagina pudo contener el pene de Flanagan.

—Muy bien: imaginemos que estás en la cama con el chico que te gusta. ¿Qué haces entonces? ¿Cómo estás puesta tú? ¿Y el chico? ¿Y cómo entra el pene dentro de la vagina? ¿Él solo sabe el camino? —le pregunto.

Quiero comparar su explicación con lo que me pasó a mí, a pesar de que me parezca oír las palabras de Octavia: «No hay formas mejores que otras, sino que cada cual tiene que encontrar la suya». De todas formas, seguro que con las explicaciones de Laura aprenderé más cosas.

—¡Uf! —resopla Laura—. ¡Cuántas preguntas juntas! Despacio. Estamos en la cama y nos dedicamos al *petting*...

—¿No habíamos quedado en que ahora ibas por el coito?

—Sí, pero el *petting* no me lo salto nunca, nunca. Es fundamental. Me gusta mucho y me excita para seguir adelante. Por cierto, a veces los chicos tienen prisa por llegar al coito y quieren saltarse esta parte. Es preciso enseñarles que el *petting* es, como mínimo, tan importante como el coito.

Asiento. Tengo que decírselo a Flanagan.

—Y también lo es que te digan palabras agradables. Y una cosa lleva a la otra. A medida que él te acaricia, te vas excitando, la vagina se te lubrica y se calienta. Llega el momento en que tienes ganas de sentir el pene del chico dentro de ti...

Laura se para y pone cara de dudar.

—¿Qué? —pregunto.

—Que me doy cuenta de que las primeras veces no tienes demasiadas ganas porque...

Es verdad. A mí, me daba lo mismo tenerlo dentro; más bien prefería no tenerlo.

—¿Porque te duele? —pregunto, a pesar de que aquélla no había sido mi preocupación con Flanagan.

—No. Si estás bien lubricada no duele nada de nada. Pero reconozco que para que llegue a dar placer hace falta un poco de tiempo, como si la vagina tuviera que tomar conciencia de su capacidad de placer. ¡Y es mucha la que llega a tener, eh!

—Como comer ostras, está claro —digo. Y pienso que todo llegará también para mí—. Bueno, sigamos. ¿Tú cómo te colocas?

—No hay reglas fijas. Puedo estar echada boca arriba, con él encima. Ésta es, para entendernos, la postura más tradicional en Occidente.

—¿A ti te gusta?

—Humm. Me gusta como otras muchas. Por ejemplo, estar yo encima de él. O de lado o de pie o... ¡Qué sé yo! Ir probando y encontrando lo que más te gusta es fantástico. Nadie te puede decir qué posturas son mejores. Lo tendrás que ir descubriendo tú con las parejas que vayas teniendo. Además, con cada pareja aprenderás cosas nuevas.

—¿Y cómo entra el pene en la vagina? ¿Solo?

Recuerdo que, al final, ayudé a Flanagan, pero no sé si hice bien.

—Bueno, solo... Ni que fuera un misil programado hacia un objetivo. Mira, lo mejor es que, con la mano, o tú o él lo acompañen hasta la entrada. Personalmente, prefiero hacerlo yo misma, porque conozco mejor que él mi anatomía y puedo guiar mejor la maniobra.

Suspiro aliviada.

—Y entonces, la primera vez, ¡pum!, te desvirgan.

Laura se ríe.

—Entonces, imagina que, al entrar el pene por primera vez dentro de la vagina, rompe el himen.

—Y duele —digo muy dubitativamente.

—A pesar de que existe la leyenda de que duele, la realidad es que la mayor parte de veces ni te das cuenta. Bien porque tu himen ya se había roto con anterioridad, por ejemplo, con un golpe o yendo en bici, bien porque tu himen es tan flexible que se retira para que el pene pueda pasar.

Una de ésas he sido yo, me digo. Y ella sigue:

—Y por su parte, suponiendo que de verdad se rompa, como se trata de una piel pequeña y muy fina, el dolor es menos intenso que si te haces un rasguño con una zarza. Lo que puede pasar es que estés tan nerviosa que amplifiques, exageres ese dolor.

—Muy bien, ya está dentro. ¿Y ahora qué?

—Ahora, tanto tú como él hacen movimientos pélvicos.

—¿Movimientos pélvicos? ¿A qué te refieres?

—Exactamente los mismos movimientos que hacíamos en la clase de gimnasia. ¿Te acuerdas? Estábamos de pie y teníamos que poner la pelvis hacia adentro y la pelvis hacia fuera.

Laura sale del jacuzzi y hace los dos movimientos:

—Pelvis hacia dentro.

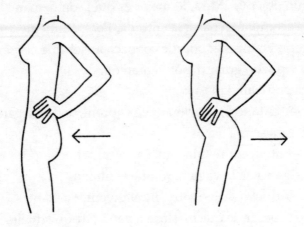

Desplaza la pelvis y el culo le queda hacia dentro, pero la cintura casi no se mueve.

—Pelvis hacia fuera.

Desplaza la pelvis atrás y el culo sobresale, pero la cintura tampoco se mueve.

Yo también salgo del jacuzzi y me muevo al mismo ritmo que ella: dentro y fuera, y dentro y fuera... Ambas nos movemos en una especie de danza desenfrenada. Una de las profesoras de gimnasia pasa por nuestro lado.

—Excelente ejercicio para desbloquear la pelvis. Y para aprender a hacer el amor.

Riendo nos metemos en el baño de vapor. Todo está lleno de una neblina blanca que huele a balsámo. Laura y yo parecemos dos fantasmas. Hablamos bajito, aunque no hay nadie que nos pueda oír; pero el lugar invita al recogimiento.

—Bueno. Estamos haciendo movimientos pélvicos...
—la animo a seguir.

—Y dándose besos o diciéndose algo o todo a la vez.

—¿A oscuras? —digo sólo para ver qué responde. Flanagan y yo lo hemos hecho con la luz encendida.

—¿A oscuras? ¿Por qué?

—No lo sé... Lo he oído decir.

—No, mujer. A oscuras tiene poca gracia. Es mejor con una cierta luz, para poder ver el cuerpo del otro, para poder ver los dos cuerpos moviéndose, para poder mirarse a los ojos...

—Y entonces, de repente llega el orgasmo, ¿no?

—Calma, calma. Acaban de empezar a moverse. Tal vez tú no notas placer porque tu clítoris no resulta acariciado por el cuerpo de él cuando se mueve.

Exacto, me digo mentalmente.

—¿Siempre es así? —pregunto, a pesar de que me ronda por la cabeza una explicación de Octavia que dice que a veces sí y a veces, no.

—No, no siempre. Pero aproximadamente entre un ochenta y un noventa por ciento de chicas no obtienen placer sólo con el pene dentro de la vagina y, por lo tanto, necesitan ser acariciadas directamente en el clítoris.

—¿Cómo? —pregunto, interesadísima.

—Depende. Por ejemplo, el chico te puede acariciar el clítoris con los dedos o puedes hacerlo tú misma o puedes intentar encontrar una posición en la que el clítoris sea rozado por el cuerpo del chico al moverse.

Intento imaginármelo y, si es preciso, poder explicárselo a Flanagan.

—Y tienes que concentrarte en las sensaciones de tu cuerpo, a la vez que dejas el cerebro vacío de pensamientos. Te abandonas al placer —dice ella.

—¿Qué más hasta llegar al orgasmo?

—Además, tienen que estar moviéndose un rato un poco largo.

—¿Y si el chico tiene una eyaculación muy rápida?

—Puede pasar y, de hecho, las primeras veces casi siempre pasa. Es importante que el chico, desde las primeras masturbaciones, aprenda a controlarse para no eyacular demasiado rápidamente; tiene que intentar alargar al máximo la fase de meseta, con lo que su orgasmo será más intenso. Y, al mismo tiempo, irá adquiriendo habilidad para retener la eyaculación.

—Pero si él ha acabado y tú no, ¿qué pasa?

—Nada, que se puede acabar de otras maneras, ¿no crees?

Y veo los dedos de una mano de Laura que se mueven delante de mi cara. Está claro.

Justo en aquel momento, entra un grupo de chicos peludos, que con su jaleo nos ahuyentan del baño de vapor. Se ha terminado la conversación por hoy. Y entonces me doy cuenta de que he estado pensando todo el rato en Flanagan y no en Koert. ¿Qué significa eso?

10 de marzo

El gusanillo de mi cerebro se ha hecho más grande y no me deja vivir. ¿Y si estoy embarazada? ¡Me pondría a gritar de miedo...!

11 de marzo

Es jueves por la tarde, no tenemos clase. Hoy estoy menos agobiada. Creo que no estoy embarazada; me duele mucho la barriga y eso debe de querer decir que me vendrá la regla.

Koert me ha reenviado el mensaje; tal vez piensa que no lo he recibido. No sé qué hacer; aún no tengo ánimos para contestarle. Quiero hacerlo, pero no sé cuándo. Además, me acuerdo a menudo de Flanagan. No me decido.

Como estoy un poco baja de ánimo, echo un vistazo a unas revistas francesas que me mandó Octavia. Algunas hablan de sexo. Veo si puedo sacar algo interesante para mi diario. Encuentro un cuestionario y lo copio junto con las respuestas.

CUESTIONARIO 2

1. *¿Los chicos llegan al orgasmo más rápido que las chicas?*

Los hay que sí y los hay que no. Una chica puede tener el orgasmo tan rápido como un chico, siempre y cuando esté lo bastante excitada. Aparte, el sexo no es una carrera de Fórmula uno; ir de prisa no es mejor que ir despacio. De hecho, yendo despacio, hay tiempo para más cosas y para pasársela mejor durante más rato.

2. *¿Las chicas y los chicos se excitan del mismo modo?*

Muy a menudo necesitan estímulos distintos. Como se da por supuesto que los chicos y las chicas se excitan del mismo modo, a menudo las chicas están insuficiente-mente excitadas y por ello tardan más en tener el orgasmo.

3. *¿Los chicos disfrutan más viendo el cuerpo desnudo de una chica que las chicas viendo el de un chico?*

Tanto los unos como las otras pueden disfrutar del mismo modo. Y, de hecho, es lo que acaba pasando con el tiempo. Al principio, sin embargo, los chicos están acostumbrados a ver cuerpos desnudos de mujeres en la tele, en las revistas, en el cine... Mientras que una chica difícilmente ha visto un pene en erección hasta que se lo encuentra en la realidad.

4. *¿Tanto los chicos como las chicas tienen fantasías sexuales?*

Sí, todo el mundo puede tenerlas. Las fantasías sexuales son imágenes mentales que representan situaciones eróticas que ayudan a excitarse. Que una persona tenga una determinada fantasía sexual no quiere decir que quiera vivir aquella situación de verdad, sino que la usa para estimularse sexualmente. Es importante tener fantasías sexuales y cultivarlas e irlas renovando.

5. *¿Los chicos tienen que tomar la iniciativa en las relaciones sexuales?*

No necesariamente. Aunque a menudo, sobre todo las primeras veces, acostumbran a ser los chicos los que la toman, ya que la tormenta hormonal los empuja a ello, pero también se sienten más obligados a tomarla por razones culturales: está bien visto que tengan experiencias sexuales. En cambio, las chicas, a pesar de que también están bajo los efectos de las hormonas, toman la iniciativa más difícilmente por razones culturales (durante siglos ha estado mal visto que una chica demuestre interés sexual), por razones sentimentales (las chicas necesitan más que los chicos sentirse vinculadas afectivamente a su pareja sexual) y por razones prácticas (el miedo a quedarse embarazadas, que es un miedo muy razonable). De todas formas, conviene que las chicas aprendan a tomar la iniciativa, ya que también tienen necesidades sexuales, como los chicos.

6. *¿Cuando tu pareja te propone tener relaciones sexuales, tienes que decir que sí aunque no tengas ganas?*

No, en lo absoluto. Ni el chico ni la chica están obligados a tener relaciones sexuales si no lo quieren. Escucha bien a tu cuerpo; si no tienes ganas, di que no quieres.

7. *¿Es necesario tener un orgasmo en cada relación sexual o cada vez que te masturbas?*

No. No es necesario. Lo más importante es dejarse llevar y sentirse bien y sentir placer.

8. *¿Es obligatorio que el chico y la chica tengan el orgasmo a la vez?*

No. Eso es un mito, muy reforzado por las películas. Está bien si suena la flauta y se produce a la vez, como también lo está que primero lo tenga la chica o, al revés, que lo tenga primero el chico. No hay reglas fijas.

Luego sigo hojeando las revistas. Encuentro informaciones interesantes que me permiten elaborar un informe.

INFORME 5
Diferencias entre la forma de excitarse de las chicas y de los chicos.

♀ Las chicas son más táctiles, por eso se excitan con las caricias.

♂ Los chicos son más visuales, por eso se excitan con imágenes de cuerpos desnudos que mantienen relaciones sexuales.

♀ Las chicas necesitan caricias suaves repartidas por todo el cuerpo, porque todo su cuerpo es erógeno, o sea, tiene capacidad de excitarse.

♂ Los chicos necesitan caricias más fuertes concentradas en las zonas sexuales: el pene, los testículos, el perineo.

♀ Las chicas se involucran no sólo sexualmente sino también afectivamente, razón por la que las palabras afectuosas dichas por su pareja las excitan.

♂ A los chicos no les hacen falta palabras dulces... pero también les pueden gustar. De hecho, los chicos se hacen los fríos porque los han educado así; pero si son capaces de permitírselo, también aprecian las muestras de afecto.

12 de marzo

Hoy me tiene que venir la regla. Me paso el día yendo al lavabo. Procuro hacerlo en las horas de cambio de profesor, pero no siempre lo respeto. Levanto la mano a media clase para salir, y eso no está bien visto. Cuando lo hago por segunda vez, el tonto de Mario grita:

—¡Carlota tiene mal la próstata!

Todo el mundo se ríe estruendosamente.

Badia les hace callar.

—Las mujeres no tienen próstata. Y, además, faltan años para que empiece a estropearse.

Al acabar, se vuelve hacia mí.

—¿Qué te pasa, Carlota?

—No me encuentro muy bien.

—¿Quieres irte a casa?

—No, no.

Sólo pensar en estar sola en casa con mi neura, me pongo de los nervios.

Voy al baño, me bajo las bragas... ¡Nada! ¡Me quiero morir!

Al salir de clase, Mireya, Berta y Elisenda me ponen contra las cuerdas.

—¡Sácalo! —dice Mireya, muy significativamente.

—¿Qué te pasa?

Me echo a llorar.

Se lo cuento. Me miran todas con la boca muy abiertas y los ojos como platos.

Berta traga saliva.

—¿Y si te hicieras la prueba del embarazo?

—¿Cómo? —sollozo yo, porque no se me ocurre quién puede ayudarme.

—Yendo a la farmacia, está claro —dice Mireya—. Pero aún es demasiado pronto. Te la tendrías que hacer dentro de unos días, si aún no te ha venido.

—Tengo una idea —dice Berta—, ¿por qué no vamos a un centro de atención a la mujer?

Me siento consolada. Veo que mis amigas son un buen apoyo. Decidimos que iremos el lunes por la tarde; es el único día que todas podemos.

—Y, mientras tanto —me dice Elisenda acariciándome el brazo—, seguro que te vendrá la regla.

¡Ojalá!

Me paso la tarde del viernes como un alma en pena. Al final, decido mandarle un mensaje a Octavia para preguntarle algo que no tiene nada que ver con el embarazo —no me atrevo a hacerlo, ¿y si se lo cuenta a mamá?— sino sobre el himen. ¿Por qué ha llegado a tener tanta importancia un taponcito que ni siquiera se ve?

Asunto: sobre una membrana llamada himen.

Texto: Querida Octavia:

Un día me hablaste del himen. Hoy me gustaría que me explicaras por qué ha sido tan importante a lo largo de los siglos esta fina pielecita del sexo femenino. ¿Quién caramba lo inventó y por qué?

Muchos besos,

Carlota

13 de marzo

Aquí estoy, como una perfecta imbécil, sin que me venga la regla, sin decidirme a llamar a Flanagan, que estará echando humo, sin decidirme a contestar el mensaje de Koert, que estará perplejo y, por si fuera poco, preparando la mochila para ir a pasar el fin de semana fuera. ¡Qué ilusión!

Papá quiere que le acompañemos a una casa de campo que tiene su novia. A mí, Lidia me cae bien, pero tanto como para estar dos días enteros con ella, no lo sé.

—Tienen que venir —había dicho papá la noche antes, recalcando mucho el «tienen» para frenar las protestas de Marcos y mías.

Marcos y yo no veíamos por qué.

—Pues es muy fácil de entender: Lidia y yo estamos pensando en irnos a vivir juntos, pero antes queremos probar qué tal nos entendemos los cuatro.

—¿Una especie de examen?

—No. Una especie de entrenamiento.

Vamos, pues, obligados, con una actitud un poco cerrada. Pero pronto se me pasa el mal humor, por dos razones. La primera, la más importante: ahora sí que me parece que me viene. La regla, quiero decir. De repente, me noto la barriga tan hinchada que casi no me puedo abrochar los pantalones, me duelen los riñones y, encima, tengo los pechos con el doble de volumen de lo que es habitual, y tan sensibles, que el solo roce del sujetador me haría gritar. ¡Qué bien! Nunca había estado tan contenta de encontrarme así de mal.

La segunda razón por la que mi mal humor desaparece es porque, nada más subir al coche, Lidia nos hace reír mucho.

Le observo el cuello mientras conduce y me pregunto si sería capaz de plantearle: una, que se me está retrasando la regla y me estoy poniendo de los nervios; dos, que tengo un lío mental de campeonato.

Flanagan me gusta; me parece divertido, un chico interesante, con él no me aburro nada de nada y, encima, me gusta mucho su cuerpo y me gusta su contacto y...

Pero cuando pienso en Koert, se me pone cara de boba. Lo noto. No tiene que decírmelo nadie. Koert también me gusta, también me parece interesante, también me hace reír, también me pone como una guirnalda de luces de Navidad de ocho mil voltios, pero tiene algo más que me cuesta de definir. Cuando pienso en Koert, el corazón me va a toda máquina, como si se me tuviera que salir volando por la boca. Y cuando Koert vuelve a aparecer en mi vida, el sueño y el apetito desaparecen.

¿Significa eso que tengo que decirle adiós a Flanagan? Cuando llego a este punto del razonamiento, algo falla: no me veo con fuerzas para hacerlo. No quiero que Flanagan se vaya de mi vida. Ni siquiera quiero que se quede en calidad de amigo. Quiero que se quede en la calidad que tiene hoy por hoy, que no sé muy bien cuál es, pero que pasa por los besos de tornillo y las caricias y...

—Carlota, ¿qué te pasa que no dices nada? —pregunta papá.

Me parece que está enamorada —dice el cretino de mi hermano.

Le doy una patada con mala intención y poca puntería.

—Nos dices de quién, Carlota... —dice Lidia, mirándome por el retrovisor.

Eso me gustaría saber a mí, pienso yo.

—De un detective de pacotilla.

—Frío, frío —digo, no sé si con mucha convicción.

Esta conversación amenaza con convertirse en un debate familiar. Por suerte, Lidia me salva.

—Si está enamorada o no, es cosa suya. Nosotros no tenemos nada que decir al respecto. Si quiere, ya nos lo contará.

Me guiña un ojo por el retrovisor.

Y quizá sea esa muestra de complicidad la que me permite, unas horas más tarde, hacerle una pregunta cuando estamos sentadas delante de la chimenea y esperamos a que Marcos y papá vuelvan de comprar.

Al oírme se echa a reír y me tranquiliza, tal vez sin saberlo siquiera.

—¿A eso le llamas un retraso de la regla? Mujeeeeeer, un día, dos e incluso más, sobre todo a tu edad, cuando los ciclos aún son bastante irregulares, no es para preocuparse.

Me la comería a besos. Tengo la sensación de que me ha sacado un peso de veinticinco kilos de encima. Entre eso y el pecho y la barriga como un globo, me siento la chica más feliz del mundo.

—¿Por qué quieres saber si un día es un retraso muy

importante? —me pregunta, preocupada de repente.

Ahora soy yo la que se ríe, para quitarle importancia a la cuestión y para que no sospeche nada.

—Nada. Información para escribir mi diario rojo.

A partir de aquí la conversación se desvía conveniente-mente.

14 de marzo

Al volver a casa, encuentro la respuesta de Octavia.

Asunto: el control que ejercen los hombres.

Texto: Querida Carlota:

Un himen entero era, aparentemente, la prueba de que la chica no había tenido relaciones con ningún otro hombre y, por lo tanto, la evidencia de que los hijos que tenía a partir del momento en que se casaba eran hijos del marido. ¿Qué razón había para quererlo de este modo? Sobre todo razones económicas y de linaje. En muchas sociedades, el apellido que pasa a los hijos es sólo el del padre —incluso la mujer cambia su apellido por el del marido cuando se casa— y la herencia familiar —por ejemplo, las tierras— pasan a manos de los hijos, cuando mueren los padres. De forma que los hombres querían estar seguros de que la herencia pasaba a su propio linaje, a su propia sangre. De modo que ya tenían otro motivo para controlar a las mujeres: una normativa sexual mucho más rígida para ellas.

El himen ha tenido y aún tiene en muchas culturas —por ejemplo, la gitana— una gran importancia; son aquellas culturas que consideran imprescindible llegar virgen al matrimonio, o sea, llegar sin haber tenido ninguna relación sexual. En estos casos, el himen entero demuestra —a pesar de que no siempre, ya que mu-

171

chas veces ha sido roto fortuitamente o es muy flexible— que la chica es virgen.

Las religiones que consideran el sexo como moralmente negativo, como por ejemplo la católica, que sólo lo admite dentro del matrimonio y para procrear, han insistido mucho en preservar la virginidad hasta el momento de la boda.

Que una chica decida llegar virgen al matrimonio es problema suyo. De todas formas, a esta chica le haría notar que la relación sexual es un aspecto más de la comunicación entre dos personas y que sólo practicando se aprende. Por ejemplo, si no escribes nunca y un buen día te decides a hacerlo, has perdido muchas posibilidades de aprendizaje. Lo mismo ocurre con el sexo: practicando se avanza en el aprendizaje físico y emocional.

También haría notar a esa chica que una sociedad que exige la virginidad de las chicas y no la de los chicos es una sociedad injusta.

Por otra parte, querría que observaras que la obsesión por la virginidad de las chicas llega aún más lejos en otras culturas, por ejemplo, en África, en Asia, en América del Sur. En muchas zonas de esos continentes, extirpan —o sea, cortan— el clítoris de las chicas antes de que lleguen a la pubertad. A veces, incluso les cosen los labios mayores y los menores. Así se aseguran de que las chicas no practicarán el coito hasta que las casen. Es una práctica cruel que atenta contra el más elemental de los derechos humanos. Las chicas a las que les cortan el clítoris sufren a menudo infecciones o hemorragias que las llevan a la muerte. Las que sobreviven tienen a menudo dificultades para caminar; dificultades que la sociedad —¡fíjate tú qué cinismo!— considera sexys. Y todas se quedan sin posibilidades de experimentar placer sexual en toda su vida.

Esta mutilación no se puede consentir. Por eso actualmente, en nuestro país, si los médicos descubren que a una niña se le ha practicado la ablación del clítoris están obligados a denunciar a sus padres.

En el mundo existen 137 millones de mujeres que, por razones culturales, han sido mutiladas sexualmente. A menudo, las normas de una cultura obedecen a la ignorancia o a las condiciones sanitarias ínfimas de épocas remotas. Muchas de las normas, por lo tanto, ya no tienen sentido en el siglo XXI. Afortunadamente, las normas culturales se pueden —¡y se deben!— cambiar.

Muchos besos,

Octavia

Capítulo 12
LOS MÉTODOS ANTICONCEPTIVOS

15 de marzo
La regla sigue brillando por su ausencia. Ya no me quedan uñas que morderme. En efecto, sigue doliéndome la barriga. Y los pechos, como globos —¡ahora sí!—, están de lo más delicados... pero nada más. Si pudiera echar el tiempo atrás, no volvería a hacerlo sin preservativo. Si esta vez salgo del mal trago, nunca jamás en toda mi vida volveré a arriesgarme.

—Son cuarto para las siete. ¿Tienen lo que hay que tener o no? —nos pregunta Berta con la mano apoyada en la puerta del Centro.

—Estoy cagando de miedo —le contesto—, pero a pesar de eso pienso entrar.

—Y yo —dice Elisenda con aire decidido.

Mireya nos mira como si fuéramos unas escuinclas.

—Pues yo no entro. Pero no porque me dé vergüenza, no. No entro porque ya me lo sé todo. Los métodos anticonceptivos, ¡bah! Lo he oído miles de veces.

—Ya será menos —le digo.

Pero no conseguimos convencerla. Se va.

Empujo la puerta del Centro de Atención a la Mujer y entramos las tres con una apariencia de seguridad que está muy lejos de la realidad.

Vamos hasta al mostrador de información, donde hay una hilera de chicos y chicas jóvenes haciendo cola. ¡Se nota que es una de las tardes semanales de atención a la gente joven! Cuando me toca, digo:

—¿La charla sobre métodos anticonceptivos, por favor?

El hombre del mostrador señala recto enfrente de su nariz.

—La sala que está al fondo del pasillo —dice—. Pero aún faltan diez minutos para que empiece, tendrán que esperar fuera.

Nos apoyamos en la pared. Otros chicos y chicas, como nosotras, esperan de pie, en silencio.

En las sillas de plástico de la sala de espera también hay muchas chicas jóvenes —en ese caso sólo chicas— sentadas. ¿Son posibles embarazadas que no querían estarlo? Se me pone la piel de gallina con sólo pensarlo. Y pienso en mí misma: ¿lo estoy o no lo estoy?

Encima de una mesita baja, hay montañas de folletos informativos. Cojo uno. Contiene esta información:

SI TIENES ENTRE 14 Y 21 AÑOS, VEN A LAS TARDES JÓVENES DEL CENTRO.
Encontrarás:
— Atención personalizada a cargo de un/a médico y de un/a experto/a en sexología.
— Charlas colectivas ofrecidas por especialistas sobre temas que te preocupan relacionados con la sexualidad.

Te ofrecemos:

— Información, asistencia, orientación y formación en relación con la sexualidad.

— Información sobre los métodos anticonceptivos que existen, y también te los recetamos.

— Información sobre las enfermedades de transmisión sexual y, si es preciso, diagnóstico y tratamiento.

— Orientación si has sido víctima de una agresión sexual, para que sepas qué trámites tienes que hacer y qué tratamiento psicológico tienes que seguir para poder superarlo.

— Diagnóstico y tratamiento de las disfunciones sexuales: falta de deseo sexual, eyaculación precoz, falta de orgasmo, impotencia, etc...

Antes de que tenga tiempo de comentarles nada a las demás, la puerta de la sala se abre y todos los chicos y chicas van entrando. Nosotras, también.

Nos sentamos en las filas del medio. La gente habla en voz baja. A las siete en punto entra una señora con bata blanca y se sienta a la mesa que está colocada delante de las sillas. Se prepara: enciende una computadora portátil. Pronto, la primera transparencia queda proyectada sobre la pantalla.

ESTADÍSTICA 1

México:

• 695,100 adolescentes entre 12 y 19 años han estado embarazadas alguna vez

Tasa de embarazos en adolescentes por grupo de edad:

De 12 a 15 años ....6 de cada mil

De 16 a 17 años ....101 de cada mil

De 18 a 19 años ....225 de cada mil

Conclusión: Las tasas de embarazo se incrementan en forma sustancial en las jóvenes conforme aumenta la edad.

Conclusión: Si tomamos un grupo de 1,000 chicas de entre 12 y 19 años, 79 quedarán embarazadas sin quererlo por haber tenido una relación sexual sin ninguna precaución.

¡Qué horror! ¿Puedo acabar formando parte de esas estadísticas? ¿Seré yo una de las diecinueve mil chicas que se quedan embarazadas sin quererlo? Ay, no, por favor. Nunca jamás volveré a hacerlo sin preservativo. ¡¡¡Nunca jamás!!!

Elisenda y Berta, cada una por su lado, me dan una palmadita en el brazo. Entienden cómo me siento.

La mujer de la bata blanca levanta la cabeza, nos mira, se aclara la garganta y dice:

—Buenas tardes. Soy la doctora Leiva. En esta sala hay aproximadamente ciento cincuenta personas: cincuenta chicos y cien chicas. Entre ustedes...

Nos mira fijamente, casi una por una.

—...una chica quedará embarazada cualquier día sin haberlo querido.

¡Gulp! Estoy fregada.

—Y tal vez uno de ustedes, chicos, se verá involucrado en el embarazo de una chica.

Al menos no le he dicho nada a Flanagan, pienso.

Se podría oír volar a una mosca.

La mujer continúa.

—Para que eso, que es un drama, no suceda, es preciso que tomen precauciones. Y hoy les contaré qué métodos hay para evitar un embarazo no deseado y los mejores para su edad.

Berta, Elisenda y yo la escuchamos conteniendo la respiración. Después yo, al llegar a casa, hago un informe, que es éste:

INFORME 6
1. El preservativo o condón
Qué es:

Una especie de funda para el pene, hecha de un material parecido al plástico: el látex. Actualmente, también los hay de poliuretano, indicados en caso de alergia al látex. Los venden en las farmacias, en cajas. Dentro de ellas, cada preservativo está empaquetado individualmente. Van enrollados sobre sí mismos y les sobresale el depósito, donde, una vez usados, queda depositado el semen. Se coloca encima del pene en erección.

Ventajas:

Protege no sólo del embarazo sino también de algunas enfermedades de transmisión sexual, como por ejemplo, el sida; pero no protege del papiloma virus ni del herpes.

Es el único método que recae sobre los chicos (de vez en cuando, ¡está muy bien que colaboren!).

Es un método nada agresivo para el cuerpo.

Inconvenientes:

Los chicos pueden negarse a utilizarlo diciendo que les quita sensibilidad o que les queda pequeño. Por lo que respecta a la sensibilidad, sólo es preciso que pregunten a adultos acostumbrados a usar ese método y verán que pocos hombres le ponen peros. Por lo que respecta al otro argumento, hay marcas en el mercado que tienen más de un tamaño.

Hay que pensar en ellos antes del momento del coito. A pesar de que pueda parecer negativo porque le resta espontaneidad a la relación sexual, no es así. Hace más reflexivas las relaciones, cosa positiva. En este sentido, es útil que tanto chicos como chicas lleven siempre uno consigo.

Instrucciones de uso:

Es preciso ponerlo en el pene antes de cualquier penetración, sea oral, anal (recuerda que protege contra las enfermedades de transmisión sexual) o vaginal.

Se abre el paquete de aluminio con los dedos (¡nunca con algo que corte!, como unas tijeras o los dientes, que podrían agujerearlo). Se toma el preservativo de forma que el depósito quede entre el dedo pulgar y el índice. Se coloca en la punta del pene y, sin dejar de agarrar el depósito, se va desenvolviendo sobre el pene, como si se tratara de una media. Puede ponerlo tanto el chico como la chica, o entre los dos. Se puede convertir en parte de las caricias de antes del coito.

Una vez que se haya producido la eyaculación, es preciso retirar en seguida el pene de dentro de la vagina, porque, al perder la erección, el preservativo quedaría grande y los espermatozoides saldrían al exterior. De modo que nada de perder el tiempo en esta fase. El chico o la chica mantienen el preservativo bien sujeto a la base del pene (para evitar que, al sacar éste, el preservativo quede dentro de la vagina). En cuanto el pene esté fuera de la vagina, es preciso retirar el preservativo y comprobar que no esté roto (en el supuesto de que se haya roto, es preciso ir antes de que pasen setenta y dos horas a algún centro de la mujer o a un servicio de ginecología para tomar otras medidas). Entonces se tira a la basura, nunca al inodoro.

Precauciones:

Es importante comprar los preservativos en lugares que ofrezcan garantías, por ejemplo, en las farmacias.

Hay que conservarlos en buen estado, protegiéndolos del calor y evitando que el paquete de aluminio se deteriore. Si hace tiempo que lo llevas contigo (en el monedero, en la bolsa...), puede estar estropeado. Hay que fijarse, también, en la fecha de caducidad.

Un preservativo NUNCA se puede reutilizar. No tendría eficacia.

Si se usa junto con un lubricante, es preciso que éste sea glicerina o cualquier lubricante derivado del agua y no vaselina o cualquier lubricante derivado del aceite, que estropearía el preservativo.

2. La píldora
Qué es:

Una píldora que contiene hormonas sintéticas: estrógenos y gestágenos, aunque también existen las minipíldoras, que sólo contienen gestágenos y se recomiendan durante la lactancia. Mediante los estrógenos se consigue que los folículos de los ovarios no crezcan. Los gestágenos impiden que los folículos —en el supuesto de que alguno haya crecido— liberen el óvulo. Por eso se llaman también anovulatorios, porque impiden la liberación del óvulo. Además, la píldora también provoca cambios en la entrada del útero, para dificultar el paso de los espermatozoides, y dentro del útero, para evitar que si un óvulo llega a liberarse y a ser fecundado, se instale en el útero.

Ventajas:

De todos los métodos anticonceptivos, es el más eficaz: si se toma correctamente, el riesgo de quedar embarazada es ínfimo.

A menudo, regulariza el ciclo menstrual, reduce o elimina el dolor menstrual. Algunas incluso combaten ciertos tipos de acné y protegen de los quistes de ovario.

Inconvenientes:

No protege de las enfermedades de transmisión sexual.

Tiene algunos efectos secundarios. Los más frecuentes son: ligero aumento de peso, sobre todo durante los tres primeros meses de tratamiento a causa de la retención de agua, tensión en los pechos, náuseas, vómitos, dolor de cabeza y las pequeñas pérdidas de sangre intermenstruales.

Instrucciones de uso:

Antes de tomarla es preciso ir a hacerse un chequeo ginecológico para estar segura de que no hay ninguna contraindicación y porque es un medicamento que requiere seguimiento médico.

Generalmente, cada caja contiene veintiuna píldoras. La primera vez, es preciso tomarse la píldora el primer día de la regla y las demás todos los días durante veinte días. Al acabar las píldoras debe dejarse una semana de descanso, durante la que hay una pequeña hemorragia parecida a la regla. Después del descanso, se debe volver a comenzar una nueva caja. El comienzo de la caja tiene que coincidir con el mismo día de la semana en que se comenzó la otra vez.

También hay cajas de veintiocho píldoras, que obligan a tomarse una todos los días —sin días de descanso—, lo cual evita que de vez en cuando te olvides de tomarla. Además, los preparados actuales son efectivos desde el primer día de tomarlos.

Actualmente se recomienda, para evitar embarazos no deseados, no descansar un mes después de unos meses de tomarla.

3. La píldora del día siguiente
Qué es:

Una píldora que contiene una hormona sintética que actúa impidiendo que el óvulo sea fecundado o, si ya lo ha sido, impidiendo que pueda implantarse en el útero. No es un método abortivo, porque el embarazo no comienza hasta que el óvulo está implantado en el útero. En el supuesto de que el óvulo esté implantado, la píldora no tiene ningún efecto.

No hay que confundir la píldora del día siguiente con la RU-486; ésta sí que interrumpe el embarazo cuando éste ya ha comenzado.

Ventajas:

Es un método anticonceptivo de emergencia, o sea que se utiliza cuando ha habido un error en el uso de otro método (por ejemplo, un preservativo que se rompió) o cuando se ha tenido una relación sexual sin tomar precauciones.

Inconvenientes:

Para obtenerla es preciso ir a un centro médico, porque se necesita la receta.

No protege de las enfermedades de transmisión sexual.

Tiene algunos efectos secundarios. Los más frecuentes son: náuseas, vómitos, cansancio y dolor de cabeza.

Instrucciones de uso:

Se toma después de la relación sexual hasta un periodo máximo de setenta y dos horas, a pesar de que su eficacia máxima está en las primeras veinticuatro horas. La primera píldora hay que tomarla lo antes posible y la segunda, doce horas después.

Precauciones:

No se puede usar como método habitual, sino cuando los demás han fallado o cuando ha habido un olvido.

4. El preservativo femenino

Qué es:

Una funda de poliuretano que se ajusta a las paredes de la vagina, y que tiene dos anillas: una interior y otra exterior. Impide que los espermatozoides se pongan en contacto con el óvulo.

Ventajas:

Protege no sólo del embarazo sino también de las enfermedades de transmisión sexual, como el sida.

No es preciso esperar a que el pene esté en erección y se puede esperar hasta unas horas después del coito para retirarlo.

Éste es un método que puedes utilizar si tu pareja se niega a ponerse el preservativo.

Va bien para la gente que tiene alergia al látex y no puede usar los preservativos masculinos.

Inconvenientes:

El clítoris y prácticamente toda la vulva quedan tapados por el preservativo.

Es más caro que el preservativo masculino.

Instrucciones de uso:

Se pone en la vagina cogiendo la anilla interior desde la parte de fuera. Una vez se ha iniciado la colocación, se mete el dedo y se empuja dentro de la vagina para terminar de colocarlo. La anilla exterior queda fuera de la vagina y evita que el preservativo femenino entre al cuerpo.

Después del coito, se le dan un par de vueltas a la anilla exterior para impedir que el semen salga y se tira del preservativo femenino para sacarlo de la vagina.

Precauciones:

Hay que tener mucho cuidado de no romperlo con las uñas o con los anillos.

No debe reutilizarse nunca. Hay que tirarlo a la basura, nunca al inodoro.

5. Los espermicidas
Qué son:

Sustancias químicas que matan a los espermatozoides y, además, por su consistencia muy espesa dificultan el paso de los espermatozoides por la vagina.

Ventajas:

Son un buen complemento para los preservativos o el diafragma.

No necesitan receta médica y se compran en las farmacias.

Inconvenientes:

No protegen de las enfermedades de transmisión sexual.

No son muy eficaces para evitar el embarazo, de forma que no suelen utilizarse solos sino combinados con los preservativos o el diafragma.

Instrucciones de uso:

Los que se presentan como óvulos son una especie de supositorios que se introducen a la vagina quince minutos antes del coito.

Los que se presentan como crema llevan una especie de aplicador para facilitar su introducción en la vagina.

Precauciones:

No se tienen que usar después de la fecha de caducidad.

No existe ningún inconveniente para practicar sexo oral habiendo usado espermicidas.

6. El DIU
Qué es:

DIU significa Dispositivo Intrauterino. Se trata de un aparato de plástico y metal muy flexible que el médico coloca dentro del útero. El DIU hace que se segregue más flujo, lo cual dificulta que los espermatozoides puedan entrar en el útero. También altera el movimiento de las trompas de Falopio, de forma que hace más difícil el acceso de los espermatozoides al óvulo. Además, provoca que las paredes del útero no estén en condiciones de acoger al óvulo en caso de que hubiera sido fecundado.

Ventajas:

Es un método cómodo porque, una vez instalado, puedes olvidarte durante mucho tiempo (entre dos y cinco años).

Es el método anticonceptivo más eficaz después de la píldora; aunque según parece, el índice de error —no confesado— es del 10 %.

Inconvenientes:

No protege de las enfermedades de transmisión sexual.

No es adecuado para mujeres que aún no han tenido ningún hijo.

Provoca efectos secundarios: reglas más abundantes y alguna pérdida de sangre entre reglas.

Instrucciones de uso:

Tiene que instalarlo dentro del útero un/a ginecólogo/a, preferiblemente durante la menstruación. Lo introduce plegado y luego lo despliega para que quede adherido a las paredes del útero. Del DIU cuelga un hilo, de forma que la mujer puede comprobar después de cada regla que el aparato sigue en su lugar. Además, este hilo es el que permite sacarlo finalizado el periodo de entre dos y cinco años.

Precauciones:

Es preciso pasar por revisiones médicas periódicas.

Está contraindicado en caso de enfermedad de transmisión sexual.

Es preciso ir en seguida al especialista en caso de molestias vaginales (escozor o flujo que huela mal).

7. El diafragma

Qué es:

Una especie de capucha redondeada, que se coloca dentro de la vagina y que tapa el cuello del útero, de forma que impide el paso de los espermatozoides.

Ventajas:

Se puede llevar colocado antes de iniciar la relación sexual.

No tiene efectos secundarios.

Es muy eficaz, siempre y cuando se utilice asociado con espermicidas que no sean óvulos.

Inconvenientes:

Protege de algunas enfermedades de transmisión sexual, como las clamidias o la gonorrea, pero no protege de otras, como el sida, el papiloma virus y el herpes.

Instrucciones de uso:

El/la ginecólogo/a es quien tiene que decir qué diafragma le va mejor a cada mujer y enseñarle a colocárselo. La mujer tiene que introducirlo en la vagina antes de cada coito y debe retirarlo después de ocho horas. Entonces tiene que lavarlo y secarlo bien, porque el diafragma, a diferencia de los preservativos, es reutilizable.

Precauciones:

Hay distintas medidas de diafragmas en función del peso y la estatura de la mujer. Una misma mujer, sin embargo, puede cambiar de talla si sufre un cambio importante de peso o después de un embarazo.

8. El implante subdérmico

Qué es:

Una varilla de cuatro centímetros que se coloca bajo la piel en la parte superior interna del brazo y que libera lentamente durante tres años gestágenos, que impiden que los folículos dejen salir un óvulo.

Ventajas:

Es efectivo desde el momento en que se implanta.

No tiene el inconveniente de las píldoras en lo que a olvidos se refiere: la mujer que lleva un implante no necesita acordarse de tomar nada durante tres años.

Aunque es muy eficaz, no debe perderse de vista que no lo es al ciento por ciento.

Inconvenientes:

Puede provocar sangrados irregulares o puede hacer desaparecer la regla (amenorrea).

Su colocación debe efectuarse en un consultorio médico.

No protege contra las enfermedades de transmisión sexual.

Tiene los mismos efectos secundarios que la píldora.

Instrucciones de uso:

Debe colocarlo y extraerlo un médico, en una breve intervención quirúrgica que dura entre uno y dos minutos.

Precauciones:

Es preciso someter a las revisiones médicas pertinentes.

9. El anillo vaginal

Qué es:

Un anillo de plástico blando con un diámetro exterior de 5.4 centímetros, que, colocado en la vagina, durante tres semanas libera las hormonas que impiden la ovulación. Es un anticonceptivo que funciona a lo largo de todo el mes.

Ventajas:

Se la coloca la mujer, sin la colaboración de un médico.

No es necesario acordarse de tomar una píldora cada día.

Inconvenientes:

No protege contra las enfermedades de transmisión sexual.

Aunque es bien tolerado por la mayoría de mujeres, porque la dosis de hormonas es menor que la de la píldora, también puede presentar algunos efectos secundarios.

Instrucciones de uso:

Se coloca en la vagina (como si se tratara de un tampón), entre el tercero y el quinto día del ciclo. A las tres semanas, se retira y se espera una semana durante la cual se produce un sangrado, la regla, y se coloca un anillo nuevo.

Precauciones:

Si cae de la vagina, es preciso lavarlo bien y volver a colocarlo.

10. El parche

Qué es:

Un material impregnado de hormonas que se pega directamente sobre la piel. Las hormonas se liberan directamente a través de la epidermis a la sangre a lo largo de siete días e impiden la ovulación.

Ventajas:

No es necesario acordarse de tomar una píldora cada día.

Es muy fácil de colocar.

Inconvenientes:

No protege contra las enfermedades de transmisión sexual.

Aunque es bien tolerada por la mayoría de mujeres, porque la dosis de hormonas es menor que la de la píldora, también puede presentar algunos efectos secundarios.

Instrucciones de uso:

La mujer se pega el parche en la piel de la cintura, del vientre, de las nalgas, de los muslos, de los brazos o de los hombros. El primero se coloca el primer día de la

regla y cada semana debe cambiarse el parche. Después de tres semanas, hay que dejar una de descanso.
Precauciones:
La piel tiene que estar sana. Es preciso lavar y secar bien el trozo de piel donde se pegará el parche.
No se debe colocar nunca sobre los pechos, porque podría estimular el crecimiento de tumores.
Es preciso comprobar diariamente que no se ha movido, ya que si lo hace, pierde el efecto anticonceptivo.

No tuve que pasarlo en limpio en casa para darme cuenta de que lo que yo habría necesitado, de haber sabido que existía, es la píldora del día siguiente. Pero ya han pasado demasiados días. Ahora ya no serviría de nada si estuviera embarazada. Cruzo los dedos para que el dolor de tripa tenga un significado positivo.

La doctora Leiva ha terminado de exponernos los distintos métodos anticonceptivos que existen y entonces dice:

—Damos paso al coloquio. Pueden hacerme las preguntas que quieran. Sólo tienen que levantar la mano y respetar el turno de palabra.

Nadie dice nada. Todos nos miramos de reojo.

Ella nos anima desde la mesa.

—Nadie nace sabiendo. Todo el mundo tiene dudas; incluso los mayores. De manera que es lógico que tengan muchas cosas poco claras en la cabeza. Aprovechen el momento. Háganme preguntas.

Poco a poco, los chicos y chicas de la sala nos vamos decidiendo.

—¿Se puede tomar la píldora a cualquier edad?

—Para poder tomarla es preciso que la mujer esté sana. Además, no conviene tomarla antes de los dieciséis años (es preciso acabar la maduración sexual sin interferir en el proceso natural), ni después de los cuarenta y cinco (porque aumenta los riesgos de tener problemas de corazón). Y, otra cosa muy importante, hay que evitar la combinación de tabaco y píldora; es un coctel peligroso. Otra contraindicación son las jaquecas focales, es decir, el dolor de cabeza que afecta sólo a una mitad y que suele ser muy doloroso.

—¿Qué pasa si me olvido de tomar la píldora un día?

—Si te la tomas antes de transcurridas doce horas, no pasa nada. Es muy eficaz.

—¿Y si han pasado más de doce horas?

—Ya no te la tomes. Espérate a tomar la siguiente. Pero ten en cuenta que la eficacia disminuye, o sea que si tienes relaciones sexuales convendrá que te protejas de forma extra, por ejemplo, utilizando un preservativo. —La doctora Leiva calla unos instantes y, después, continúa—: En realidad, la protección ya no volverá a ser completa hasta que vuelvas a empezar otra caja. También tienes que pensar que disminuye su eficacia si tienes mucha diarrea o vómitos, o si estás tomando algunos medicamentos, como los antibióticos.

—Yo tengo un truquito para no olvidarla nunca.

—A ver...

—Me la tomo cada noche cuando me lavo los dientes. Lo tengo asociado.

—Es un buen hábito —dice la doctora.

—¿Y qué pasa si durante la semana de descanso no me viene la regla?

—No es nada probable que te pase eso, pero si te ocurre, ve en seguida al médico.

—Y la píldora del día siguiente, ¿la puede tomar cualquier mujer de cualquier edad?

—Efectivamente.

—Y después de tomar la píldora del día después, ¿cuánto tardas en tener la regla?

—Generalmente, la tienes cuando te toca, aunque a veces se retrasa. Si se te retrasa más de cinco días, conviene que te hagas la prueba del embarazo, aunque existe un margen de hasta veintiún días para que se produzca el sangrado.

—Y si estoy embarazada, ¿le puede pasar algo al embrión por el hecho de haberme tomado la píldora del día siguiente?

—Absolutamente nada.

Entonces, levanto la mano yo.

—Y si se te retrasa la regla y has tenido relaciones sexuales sin tomar precauciones, ¿qué puedes hacer?

—¿Te refieres a qué puedes hacer si tampoco has tomado la píldora del día siguiente?

Asiento con la cabeza.

—Puedes hacerte la prueba del embarazo. Si estás embarazada, tendrás que tomar la decisión de si quieres tener el niño o no.

Me pongo pálida.

—De todas formas —dice ella—, un retraso no indica siempre un embarazo. Puede estar provocado también por razones psicológicas, por ejemplo, el mismo miedo a estar embarazada.

—¿Y para salir de dudas, qué?

—Te tienes que hacer la prueba. Pero debes dejar pasar entre tres y diez días a partir del momento en que te tenía que venir la regla, si no, puede no ser fiable.

Cuento: día doce más tres igual a día quince. O sea que mañana o pasado mañana me la tendría que hacer.

—Háztela el jueves y así te podré acompañar a la farmacia —dice Berta.

—Está bien, me la haré el dieciocho.

Al terminar el coloquio, la doctora Leiva nos da unas hojas para que nos las repartamos y salgamos de la sala. La hoja dice lo siguiente:

INFORME 7
Tabúes, mitos, cuestiones que no son verdad
1. *¿Es cierto que si te levantas muy rápido después de practicar el coito es imposible que te quedes embarazada?*
NO. Los espermatozoides que hay en la vagina no se caen, sino que avanzan por el conducto. Con un único espermatozoide que quedara, bastaría para que el óvulo fuera fecundado.
2. *¿Es verdad que si te lavas en seguida después de haber tenido relaciones sexuales no puedes quedarte embarazada?*
NO. Los espermatozoides tienen una gran movilidad y antes de que llegues tú con el agua ellos ya han subido en busca del óvulo.
3. *¿Es cierto que, si tomas la píldora, años más tarde, cuando quieras tener hijos, no podrás tenerlos?*
NO. Una vez que dejes de tomarla, los folículos volverán a actuar como siempre.
4. *¿Es cierto que si se practica el coito en posición vertical es imposible quedarse embarazada?*

NO. Incluso en posición vertical, los espermatozoides pueden subir por la vagina hasta encontrar el óvulo.

5. *¿Es verdad que si el pene sale de la vagina antes de que se produzca la eyaculación es imposible quedarse embarazada?*

NO. Puedes quedarte embarazada igualmente porque el líquido seminal que a veces sale al comienzo de la relación o durante la misma puede contener algún espermatozoide que fecunde el óvulo. Además de ser un comportamiento sexual muy poco seguro, produce mucha frustración.

6. *¿Es cierto que la píldora anticonceptiva puede provocar cáncer?*

NO. Incluso parece que protege contra algunos cánceres.

Por la noche redacto yo misma una regla de oro de la sexualidad.

REGLA DE ORO 3 DE LA SEXUALIDAD
* Nunca hay que correr el riesgo de engendrar un niño que no se desea y al que no se podrá cuidar.

Capítulo 13
NI YO MISMA ME ENTIENDO

El lunes por la noche, después de anotar lo que había aprendido en el Centro de Atención a la Mujer, llamé a Flanagan, pero no lo encontré y pedí que le dieran el recado de que había llamado. Después, le mandé un mensaje a Koert. Considerando mi inagotable capacidad de entusiasmo, en aquel texto breve faltaba algo. Lo justifiqué diciendo que estaba en época de exámenes y que, además, papá tenía monopolizada la computadora por culpa de unos presupuestos para la agencia de viajes.

El martes, Flanagan me devolvió la llamada. Me dejó hecha polvo. Cuando le pregunté cómo estaba, me dijo que mal.

—¿Mal?

¡No lo podía creer! Pensaba que yo era la única que estaba mal. Me sentía atraída hacia extremos opuestos por dos fuerzas llamadas Flanagan y Koert. Y, encima, con un tercer problema llamado «no-me-viene-la-regla».

—Mal. No puedo esperar hasta el sábado, si no nos vemos antes... —se detuvo un momento y, luego, añadió en un tono dramático—: soy capaz de comerme un yogur caducado para poner fin a tanto sufrimiento.

Me morí de risa. Tenía la habilidad de ponerme de buen humor y, de paso, provocarme unas ganas incontenibles de verlo. El cuadro de mandos se me activó: las luces se encendieron de golpe. Me moría de ganas de estar cerca de él. Koert desapareció de mi cabeza.

—¡Qué tonto eres! Oye, ¿puedes mañana por la tarde?

—¿En casa de tu madre?

—No. En la de mi padre. A las ocho. Papá y Marcos van a ver el partido de Copa de Europa.

Cuando lo dije me quedé de una pieza. Si media hora antes me hubieran contado esta conversación, habría dicho que era imposible que yo citara a Flanagan a solas conmigo. Creo que fue en aquel instante cuando fui consciente de lo difícil que es ser racional y actuar con cautela en algunas ocasiones. Eso mismo fue lo que nos pasó cuando lo hicimos sin preservativo. Me di cuenta de que, a veces, en el amor y el sexo, se hace difícil pensar con la cabeza. Estaba claro que no sólo había quedado con Flanagan, sino que sabía muy bien qué implicaba y tenía ganas. Y Koert, ¿dónde quedaba, a todas éstas? Y mi miedo a estar embarazada, ¿qué?

—A las ocho. De acuerdo.

Si estaba embarazada, ya lo estaba y no me podía embarazar una segunda vez. Y, si no lo estaba, tenía que poner los medios para evitarlo. Compraría preservativos. Lo tenía decidido. Pero no me atrevía a hacerlo sola. Le pedí ayuda a Mireya, que, según decía, ya lo había hecho alguna vez.

—De acuerdo, al salir de clase.

Fuimos a una farmacia que estaba muy lejos para no encontrarnos a nadie conocido. Cuando estuvimos delante, Mireya me dijo:

—Ahora entras y pides una caja de preservativos.

La miré, boquiabierta.

—¿Y tú? ¿No entras?

—No, te espero aquí afuera... vigilando para que no venga nadie que nos conozca y te pueda descubrir.

¡Genial! ¿A eso le llamaba ayudar?

—Olvídalo. Tú entras conmigo.

Me siguió no muy convencida. Estaba claro que comprar preservativos era una situación embarazosa, al menos a nuestra edad, incluso aunque lo hubieras hecho alguna otra vez... ¿O tal vez Mireya no lo había hecho nunca?

Dejé pasar no sólo a los que estaban dentro de la farmacia, sino también a los que fueron entrando detrás de mí. Y mientras tanto cruzaba los dedos para poder quedarme sola. Sin embargo, parecía un deseo imposible, porque cuando ya casi lo había conseguido, entró una pareja y luego un señor.

—¿Qué quieres, niña?—dijo el farmacéutico.

¡Niña! ¡Gulp! Ahora verá cuando le pida los preservativos, me dije.

Y muy, muy bajito, le pedí una caja.

—Paco —gritó—, sácame una caja de preservativos, ¿quieres?

Mireya y yo nos quedamos de piedra; no nos atrevíamos a movernos. Me hervían las mejillas. Disimuladamente, miré a los demás clientes. Nadie parecía haber oído los gritos del farmacéutico. O, si los habían oído, les daba lo mismo que yo comprara condones.

Los pagué y salimos.

Afuera, nos dio la risa tonta y casi nos meamos.

Llegaron las ocho de la noche del miércoles y me sorprendieron preparando unas crepas.

—Qué bien huele —dijo Flanagan cuando le abrí la puerta.

Y era verdad, olía a mantequilla fundida.

Nos pusimos a hablar en la cocina. Mientras yo hacía saltar las crepas en el aire y volvía a recogerlas en la sartén, Flanagan se cogió una cerveza del refrigerador. La abrió y le dio un buen trago. Se secó la boca con el dorso de la mano.

—¿Seguro que tu padre y tu hermano no volverán antes de tiempo? —me preguntó.

—Para que papá se saliera del estadio haría falta que nos estuvieran metiendo un montón de goles.

Estuvimos un buen rato más en la cocina. Primero comimos crepas saladas, rellenas de queso. Después, nos las hicimos dulces y las comimos con azúcar y con mermelada. Y charlamos de muchas cosas menos de lo que de verdad teníamos en la cabeza. Mientras tanto, nos acompañaba el sonido de la tele como telón de fondo. La había encendido para controlar el avance del partido, que, justamente, acababa de empezar.

De reojo vi cómo, a los dos minutos, uno de los jugadores contrarios nos metía un gol. ¡Mierda!, me dije, esperando que aquello no fuera el preludio de una derrota.

—¿Quieres repetir? —le pregunté a Flanagan, pensando que tal vez quería otra crepa, a juzgar por la voracidad con la que había consumido las anteriores.

Flanagan me tomó de la cintura. No me lo esperaba. Di

un salto, pero tengo que reconocer que me gustó, que tenía ganas.

—Quiero repetir lo del otro día. No he dejado de pensar en ello ni un momento.

Hummm, en aquel punto diferíamos. Cada vez que yo había rememorado el placer de estar con Flanagan, no había pensado en el último sábado en casa de mamá, sino en el primero. El primero había sido redondo. Aquel viaje a las estrellas acompañada había sido una de las mejores experiencias de mi vida. En cambio, el segundo sábado había resultado muy decepcionante.

—Bueno...

—¿No quieres?

La cara de Flanagan se contrajo en una mueca que reflejaba entre desconcierto y desilusión. Me daba cuenta de que estaba haciendo una interpretación incorrecta de lo que le decía. Pensaba: «A Carlota no le gusto». Y no, no era él. Lo que no me convencía mucho era cómo lo habíamos hecho. Tenía que decírselo. A ver cómo lo hacía.

—No te enfades... pero... Mira, para mi gusto, fue demasiado de prisa.

—¿No te gustó?

—Me gustó sobre todo por la emoción de estar contigo, pero, en cambio, no llegué a... Mira, no sé cómo decírtelo.

Tuve la impresión de que en parte había entendido a qué me refería, pero sabía que tenía que explicárselo mejor.

—No llegué a sentir lo mismo que el primer día. Me gustó más cuando sólo nos acariciamos.

Ahora Flanagan me miraba sorprendido. Por sus ojos se notaba —y yo ya lo sabía— que la experiencia había resultado casi opuesta. Para él la primera vez, cuando sólo nos habíamos tocado, había estado bien pero no como para tirar cohetes; en cambio, la segunda le había gustado mucho más. Le costaba entender que yo no hubiera estado en la gloria como él.

—Me parece... me parece que habría necesitado más tiempo.

—¿Más tiempo?

—Más caricias y más besos y... no tener tanta prisa por... Ya me entiendes, ¿no?

Flanagan asintió con la cabeza. Le había cambiado la cara. Ahora parecía seguir mis explicaciones con el máximo interés. Como si fuera una lección de primera magnitud. Y eso que a mí me costaba mucho encontrar las palabras...

—Además, creo que habría seguido necesitando que me acariciaras mientras tú estabas... Ya me entiendes, ¿no?

Flanagan protestó:

—Si no recuerdo mal, sí que te acariciaba, mientras tanto.

Reflexioné unos segundos. Había entendido las caricias como gestos tiernos y cariñosos. Y, en ese sentido, no me podía quejar porque me había acariciado el cuello y la cara, pero yo me refería a otras caricias en un punto concreto de mi cuerpo, para poder llegar al viaje a las estrellas.

Se lo dije.

—Vaya... —dijo él, mientras iba moviendo la cabeza como entendiendo la situación.

—No te enfadas porque te lo diga, ¿verdad?

—Al contrario. Siento mucho que no me lo dijeras el otro día —dijo con la voz algo dolida.

Durante unos instantes me quedé sin respuesta; pensé que tenía razón. Después, sin embargo, reaccioné: es verdad que yo habría tenido que hablar, pero no habría resultado nada fácil. Primero, porque, como ahora, encontrar las palabras no habría sido nada sencillo. Segundo, porque en aquellos momentos aún tenía en la cabeza la bronca de Mireya cuando le conté cómo había guiado la mano de él la primera vez. Y tercero y más importante, él —que como mínimo tenía algo más de experiencia que yo— no había preguntado nada; había dado por sentado que aquella manera era la buena, la única.

—¿Por qué no me lo preguntaste tú?

—No se me ocurrió. Creía que sólo teniéndome dentro ya lo disfrutabas tanto como yo.

Sonreí.

—No. Ya ves que no es así.

Entonces, volvió a tomarme por la cintura, que había soltado para concentrarse mejor en mis explicaciones, y nuestras bocas se encontraron muy cerca la una de la otra. Nos fundimos en un beso de final incierto.

—¿Vamos? —dijimos ambos a la vez, mientras también ambos a la vez volvíamos a llenar de aire los pulmones.

En la habitación, tiré del colchón de mi cama elevada y, entre los dos, lo pusimos en el suelo. Nos echamos y, entre besos húmedos y caricias dulcísimas, aún no sé como, nos encontramos los dos desnudos. De fondo —¡qué poco romántico!—, nos llegaba la retransmisión del partido. Era una forma de tener controlada la situación, por si el equipo perdía y papá se ponía furioso y decidía abandonar el estadio.

Esta vez, Flanagan refrenó mejor su impaciencia y me

acarició durante un buen rato. No tardé mucho en sentirme como una guirnalda de luces de Navidad. Se me encendían lucecitas en el cerebro, en los pechos, en el vientre, en el sexo. La luz corría, como un líquido calientito, por todo mi cuerpo. Sentía que el viaje a las estrellas estaba próximo. Flanagan también lo debió de notar porque me dijo:

—¿Quieres?

Le dije que sí, pero, justo entonces, me acordé de la visita a la farmacia y le dije:

—Espera, compré...

Mientras yo pronunciaba estas palabras, él decía exactamente las mismas.

Nos hizo gracia la coincidencia: ambos habíamos comprado preservativos y ambos nos acordábamos a la vez. Él tomó uno de su caja. Luego se puso encima de mí y yo le ayudé a encontrar el camino dentro de mi cuerpo.

Flanagan estaba tan concentrado en los movimientos de vaivén y en las sensaciones de su propio cuerpo que ya se había olvidado de mi necesidad de caricias. Algunas de mis lucecitas empezaban a perder intensidad.

¿Por qué? ¿Por qué no me acariciaba donde yo quería? ¡Si me moría de ganas...!

Mientras pensaba eso, sin apenas dame cuenta, le tomé la mano derecha y la puse debajo de su cuerpo y entre mis piernas. No dije nada; esperé que él lo entendiera.

Flanagan se quedó quieto un momento. Me miró, sonrió y sus dedos empezaron a moverse sobre mi clítoris.

—Demasiado cómodo no es... —dijo; pero calló inmediatamente al darse cuenta del efecto de esas caricias en mí.

Yo tenía no una guirnalda sino centenares de guirnaldas encendidas y brillantes. Me sentía como si me columpiara en una hamaca de aire en medio del universo.

Flanagan comenzó a moverse más de prisa. Por si acaso, le recordé que continuara acariciándome. No quería ni imaginarme que ahora, tal como yo me sentía, pudiera retirar la mano.

Entonces, Flanagan hizo un ruido extraño, se quedó quieto un instante y gritó «¡Oh!».

Y supe que él ya había llegado a las estrellas y que yo estaba a punto, muy a punto.

—Más rápido —le dije, dándole una palmadita leve en la mano que acariciaba mi clítoris.

Me hizo caso y, ayudada por sus dedos y por la sensación que de él tenía aún dentro de mi cuerpo, fui a dar hasta las estrellas. Aquél fue el mejor viaje a las estrellas de toda mi vida, tanto que no pude controlar una especie de grito que ignoraba que mi garganta fuera capaz de emitir.

—¡Uf! Esta vez ha sido genial —le dije, cuando me sonrió acostado a mi lado en el colchón.

—Tú eres genial.

Un grito capaz de romper copas de cristal nos llegó desde la sala: «¡Gol!».

—Espero que pasemos la eliminatoria —se rió Flanagan—. Así los miércoles, cada dos o tres semanas, habrá partidos en el estadio, y nosotros tendremos este departamento para nosotros solos.

Caí de las estrellas de golpe y me di un gran porrazo porque se me apareció Koert. Koert, que llegaba aquel fin de semana. Y yo aún no había hablado con Flanagan.

Me desinflé.

—Bueno... —dije con una voz apagada y oscura, como

si me pesara la posibilidad de que el departamento estuviera vacío los miércoles.

—¿Te pasa algo? —me preguntó Flanagan, con algunos gramos de inquietud en la voz.

—Es que no sé si...

—¿Qué quieres decir?

No sabía cómo decírselo, pero de repente se hizo la luz.

—Dijimos que no había compromiso, ¿no? Que no éramos novios ni nada de nada...

—Ya, sí, pero... Pero eso era antes. Es decir, antes de...

—Porque tú sales con Nines, ¿no?

—Bueno... Desde que nos conocimos no pienso mucho en Nines... ¿Por qué lo dices?

Me aclaré la voz. Notaba la tensión de Flanagan. También me daba cuenta de la mía. Pero tenía que contárselo.

—¿Recuerdas que te dije que en verano había conocido a un chico holandés? Koert Vroom, un nadador.

Flanagan me dijo que sí con la cabeza.

—Me quedé clavadísima...

—Ah...

—... pero nos peleamos y creía que no lo vería nunca más y lo tenía medio olvidado... Y ahora... El otro día me mandó un mensaje.

—Te mandó un mensaje.

—Sí. Y me di cuenta de que no me había olvidado de él. Ni él de mí. Viene a Barcelona este fin de semana y quiere que nos veamos. Le dije que sí.

—O sea que aún estás clavada con él —dijo, como si quisiera una confirmación.

—No. —Me sorprendí a mí misma. Intenté rectificar sin estar segura de nada—. Quiero decir, no lo sé. Me la paso muy bien contigo. Quizá tendría que llamarle y decirle que no nos veamos.

Me di cuenta de que en aquellos momentos eso era lo que quería: ignorar a Koert; quedarme con Flanagan.

Me imaginé un ruido que venía de la puerta y, a pesar de que no podía ser papá, me asusté.

—Oye, vistámonos, el partido tiene que estar a punto de acabar —le pedí con urgencia.

Mientras nos poníamos la ropa, estuvimos en silencio. Finalmente, Flanagan lo rompió.

—¿Y por qué no lo dejas?

—No lo sé... Quiero decir que no sé si soy capaz. Ahora mismo pienso que sí, pero no sé qué pensaré dentro de dos horas.

—Pues yo sí sé qué pensaré dentro de dos horas. Pensaré lo mismo que ahora: me parece que estoy enamorado de ti.

—¡¡¡Qué dices!!! —grité, sorprendida de verdad.

Flanagan se sentó encima del colchón para atarse los zapatos.

—Eso creo, porque tengo celos. Me pongo negro sólo de pensar que tú y el holandés...

—Pero tú tienes a Nines, ¿no?

—Nines. Sí, es verdad que quiero a Nines, pero... me parece que te quiero más a ti.

Me quedé de piedra; no me lo esperaba. Y aquellas palabras volvieron a ponerme ante una realidad: Flanagan también me gustaba, ¡y mucho! Además, hacer el amor con él había sido fantástico...

Flanagan me dio un abrazo triste. Se lo devolví. Durante un rato no dijimos nada. Él me había pasado los brazos por encima de los hombros. Yo le había rodeado la cintura con los míos. Teníamos la cabeza inclinada y la boca encima del cuello del otro. Por fin, Flanagan desenterró la cabeza para preguntar:

—¿Le llamarás para decirle que no quieres verlo?

—Tengo que ir a buscarlo. No puedo dejarlo colgado en el aeropuerto; me comprometí a ir.

Entonces le pedí que se fuera; me daba miedo que lo dejara el último metro.

Al día siguiente me desperté con tres pensamientos disputándose el espacio de mi cerebro. El primero: era el día D, el día de hacerme la prueba del embarazo. El segundo: ¡qué bien me la había pasado con Flanagan! El tercero: por mucho que me costara, llamaría a Koert y le diría que no nos viéramos ni el fin de semana, ni nunca más.

Me levanté y, justo entonces, lo noté: Algo había ensuciado los pantalones de mi pijama. ¿La regla?, me dije con el corazón acelerado y, también, con una cierta dosis de escepticismo. Lentamente, jalé le resorte de la cintura, mi mirada resbaló por encima de la barriga hasta llegar al fondo de los pantalones, donde una mancha roja me hizo sentir la chica más afortunada del universo. Mientras iba hacia el baño a lavarme y a ponerme un tampón, me decía a mí misma que nunca jamás quería volver a pasar por un trance parecido.

Luego, desafiando otra vez la normativa paterna y aprovechando que mi padre y mi hermano a la hora del desayuno discutían apasionadamente las mejores jugadas de la tarde anterior, llamé a Koert.

—¿Carlota?

Nos reconocimos el uno al otro inmediatamente. Y su voz —una voz para tenerla en cuenta en un programa de radio: aterciopelada y profunda— me dejó petrificada. A lo mejor estaba loca. A lo mejor no sabía qué quería. A lo mejor era una de las personas más doble cara de la tierra. A lo mejor era una traidora con Flanagan. A lo mejor ni yo misma podía confiar en mí. El caso es que, al oír aquella voz, el corazón se me disparó, las piernas se me volvieron de mantequilla y supe que no tenía el valor para decirle que lo dejaba. ¡Quería verlo a pesar de todo!

Confirmamos nuestra cita, aquel mismo sábado en el aeropuerto.

Al colgar, fui a mi habitación y bajé la foto de encima del armario. ¡Qué guapo! Cómo me gustaba. La volví a meter entre las bragas.

Capítulo 14
EL EMBARAZO

19 de marzo

Hoy, a la hora del recreo, nos juntamos todas las chicas de la clase. Durante la hora de tutoría, Luci nos pasará un video sobre el embarazo, por eso estamos nerviosas, y yo lo estoy más que ninguna. Es mi reacción después de tantos días de sufrir. Ahora que ya tengo la regla, me siento ligera como una pluma y me es imposible dejar de hacer boberías.

—¡No estoy embarazada! —grito mirando a mis amigas, que ayer celebraron la buena noticia casi con el mismo entusiasmo que yo.

—Y yo, hoy por hoy, tampoco pienso embarazarme —dice Mireya, guiñándome un ojo.

Entonces recuerdo su vergüenza a la hora de comprar preservativos. ¿Seguro que no corre peligro de que eso le pase? Tal vez le habría resultado conveniente acompañarnos a la charla sobre métodos anticonceptivos...

Me la llevo algo lejos de aquel relajo.

—¿Cómo estás tan segura? ¿Qué método usas? —le

pregunto. Y, antes de que tenga tiempo de contestarme, añado, para que vea que estoy al día en estas cuestiones—: ¿Preservativos y espermicidas?

Mireya me mira con cara de extrañada.

—¿Espermicidas? ¿Qué es eso?

—¡No lo sabes! —me horrorizo. Si ella es la que tiene mayor experiencia sexual...

—No —dice, encogiéndose de hombros.

—¿Qué método anticonceptivo usas, entonces?

—Ninguno.

—¿Ninguno? ¿Y no tienes miedo de quedarte embarazada?

—Noooo. Ya te he dicho que no me pienso quedar.

—¿Y cómo estás tan segura?

—Porque nunca llegamos al coito.

—¿Ah, no?

—O sea, él me mete el pene dentro, pero nunca eyacula. Lo hace fuera, entre mis piernas.

La miro con los ojos como platos. Con lo sabia que me parecía hace unos meses y lo poco informada que la veo ahora que yo lo estoy más.

—Pues eso que haces es peligrosísimo.

Mireya no me cree. Lo veo en sus pupilas.

—Primero, porque cuando su pene está dentro de tu vagina, aunque no eyacule, sólo con el líquido seminal que le puede salir sin que se dé cuenta y en el que hay espermatozoides, ya te puedes embarazar.

Las pupilas de Mireya se vuelven más oscuras. De miedo, me parece.

—Además, si eyacula lo suficientemente cerca de la vulva, entre tus piernas, por ejemplo, o en las manos y luego las acerca a la vulva, los espermatozoides pueden subir...

—Ay sí, como si fueran orugas, ¿no? —dice Mireya, como si estuviera muy segura de sí misma, pero en realidad empieza a venirse abajo.

—Pues, sí, más o menos. Se ve que tienen una gran movilidad y que pueden subir por la vagina hasta encontrar un óvulo.

Mireya se queda callada. Se ve desconcertada.

—No me lo imaginaba, ¿sabes? Creía que tal como lo hacíamos era imposible quedarme embarazada.

—Pues ya ves que te equivocabas.

Mireya tiene una especie de escalofrío. Se nota que se ha asustado. Mejor para ella: a partir de ahora irá con más cuidado.

—A mí me han dicho que te puedes embarazar sólo con bañarte en una piscina con un chico —dice Elisenda, que, acompañada de Berta, se ha acercado a nosotras.

Se lo preguntamos a Luci cuando estamos en clase.

Luci dice que no, que efectivamente es preciso tomar precauciones porque nos podemos embarazar la primera vez que tenemos relaciones sexuales, incluso aunque no eyaculen dentro de nosotras, y nos podemos embarazar sea cual sea el día del ciclo y aunque lo hagamos de pie, pero que en una piscina, no.

—Oye, Luci —grita uno de la clase—, ¿es verdad que hoy hablaremos de sexualidad?

—No —dice Luci mientras manipula el proyector—. Hoy justamente hablaremos de embarazo, que puede ser una de las consecuencias de la sexualidad. Sexualidad y reproducción son dos cosas muy distintas. Durante toda la vida tenemos sexualidad porque somos seres sexuales, pero las mujeres sólo somos fértiles —es decir, podemos tener hijos— de los once a los cincuenta años, más o menos; en cambio, toda la vida tenemos sexualidad. Y, precisamente para que tengan unas relaciones sexuales responsables durante la época en que son fértiles, tienen que conocer una consecuencia que, cuando no es deseada, resulta terrible. Porque el embarazo puede ser un episodio feliz o infeliz, según el contexto en que se dé.

Luci levanta la cabeza, nos mira a todos uno por uno y añade:

—Y recuerden que, si han bebido alcohol o han fumado marihuana, es mucho más fácil que pierdan el control y que no se protejan adecuadamente. ¡Así que ojo!

Luci apaga la luz. El video se pone en marcha y una voz en off explica:

«Cuando se produce un contacto sexual, puede ser fecundante y, por lo tanto, puede producirse un embarazo. El hombre eyacula el semen o esperma en el interior de la vagina. Los millones de espermatozoides contenidos en su semen suben hacia el útero y avanzan hasta las trompas de Falopio, donde se encontrarán con el óvulo. Suponiendo que no haya ningún óvulo maduro, los espermatozoides pueden esperar unos cuantos días hasta que los folículos liberen uno. Finalmente, un espermatozoide penetrará dentro de un óvulo, o sea, lo fecundará. Unos días más tarde, el óvulo fecundado se instalará en el útero y, a partir de ese momento, comienza el embarazo.»

A partir de esa primera imagen, el video nos va enseñando nuevas imágenes del desarrollo del feto y de modificaciones del cuerpo de la mujer, hasta llegar al parto.

Luci enciende la luz.

—¿Se ha entendido?

Decimos que sí. Queda clarísimo que hay que protegerse. ¡Que me lo digan a mí, que he tenido suerte!

Miriam levanta la mano.

—Dime, Miriam.

—¿Cómo podemos saber si estamos embarazadas?

Un montón de silbidos acogen la pregunta.

—¡Silencio! —grita Luci—. Es una pregunta interesante. Si tienen un retraso de la regla de más de una semana...

—¿Qué es un retraso de la regla de más de una semana? —pregunta Carlos.

—Pongamos que la regla te tiene que bajar...

—¿A mí? —pregunta Carlos, haciendo gestos.

Todo el mundo se ríe.

—Es un decir, Carlos. O sea, imaginemos que una chica espera la regla el día cinco, y el doce aún no le ha venido. Tiene un retraso de una semana...

—Entonces hay que empezar a sufrir —dice Miriam.

—Pues si no has tomado precauciones, sí.

Con este comentario me doy cuenta de que yo comencé a ponerme nerviosa demasiado pronto. Luci continúa:

—Entonces puede tomarse la temperatura por la mañana, antes de levantarse. Si está por encima de treinta y siete grados centígrados, puede que esté embarazada. Si está por debajo, no.

—¡Oye! ¡No tenía ni idea! —digo yo, que pienso en la de quebraderos de cabeza que me habría podido ahorrar de haberlo sabido.

—¡Ni yo!

Todas chillamos, alborotadas.

—¡Silencio! —grita Luci—. De todas formas, si tienen sospechas de estar embarazadas, es preciso que vayan a la farmacia a comprarse una prueba de embarazo.

—¿Y cómo se usa?

—Depende de cada marca. Sólo tienen que leer las instrucciones y seguirlas al pie de la letra. Generalmente, necesitarán unas gotas de orina. Para obtener el resultado, son necesarias desde unas horas hasta unos minutos, en función de las marcas.

—¿Y es fiable el resultado?

—Si el resultado es «sí», estás embarazada seguro.

—¡Oh, nooooooooooo! —grita alguien de las últimas filas.

—Si el resultado es «no», puede que no lo estés o puede que te hayas precipitado y hayas hecho la prueba demasiado pronto. Tal vez tengas que esperar unos días más para que dé positivo. En cualquier caso, si da positivo, tendrás que ir al médico para que lo confirme.

Alarma generalizada en la clase.

—Exacto. ¡Qué horror tener un niño que no se ha previsto tener! Ahora viene el momento de decidir qué harán: ¿seguirán adelante con el embarazo o no?

Luci va pasando entre las distintas filas para darnos dos hojas a cada uno de nosotros.

La primera hoja dice lo siguiente:

ESTADÍSTICA 2

En México:
• Porcentaje de jóvenes entre 12 y 19 años que han tenido relaciones sexuales: 14.4 %.

- Porcentaje de jóvenes que NO utilizaron métodos anticonceptivos en su primera relación:
— Mujeres: 56.6 %.
— Hombres: 29.6 %.

Luci lee la estadística en voz alta.

—Ya ven, por lo tanto, que si no toman precauciones, si no utilizan un método anticonceptivo correctamente, corren el riesgo de quedar embarazadas. Y ustedes, chicos, de dejarlas embarazadas. Es decir, que la responsabilidad es de todos.

—De acuerdo, sí, pero ¿y si ya estamos embarazadas? —pregunto yo porque, a pesar de que ya se ha resuelto la situación, me interesa saberlo.

Luci suspira.

—Si ya están embarazadas, sólo hay dos caminos: tener a la criatura o abortar.

Nos hemos quedado mudos. El aborto es una cosa seria, que da dolor de cabeza, de corazón y tal vez incluso de barriga.

—¿Nos explicas qué es exactamente un aborto?

Luci asiente y dice:

—El aborto se llama también IVE, o sea, Interrupción Voluntaria del Embarazo, para diferenciarlo de los abortos espontáneos, es decir, de los que se producen de modo natural, sin la intervención de nadie.

—¿Por qué se producen abortos naturales?

—Por varios motivos. A veces porque la mujer tiene algún problema: una enfermedad, una malformación. Y a veces es el feto quien lo tiene. En cambio, en el caso de la IVE, es la mujer quien toma la decisión de no llegar hasta el final del embarazo. Cuanto antes toma la decisión, menos peligroso resulta. A partir de cierto momento, el embarazo ya no se puede interrumpir.

—¿Y cómo consiguen interrumpirlo?

—Depende. Si la mujer tiene siete semanas o menos de embarazo, se puede utilizar la RU-486, el Metotrexato, el Misoprostol o la RU468, todos ellos medicamentos que provocan la expulsión del embrión.

—¿Son la píldora del día siguiente?

—No. La píldora del día siguiente no es abortiva, sólo impide que el óvulo sea fecundado y, si lo es, impide que pueda anidar en el útero. En cambio, éstas sí son abortivas y, por lo tanto, es preciso tomarlas bajo vigilancia médica, en un hospital.

—¿Y de qué otras formas se puede abortar?

—Si la mujer tiene doce semanas o menos de embarazo, se puede usar la técnica por aspiración; esta técnica no requiere hospitalización, sino que se hace de modo ambulatorio y con anestesia local. —Luci nos mira y continúa—: Y, por último, si la mujer tiene más de catorce semanas, se usa el método de inducción, que requiere hospitalización, anestesia general y que resulta mucho más complicado.

—Pero el aborto, ¿no está prohibido?

—Está fuertemente regulado, y la aplicación depende de las leyes locales. En la Ciudad de México, y desde Abril de 2007, la interrupción voluntaria del embarazo está permitida específicamente durante las doce primeras semanas, en ciertos casos.

—¿Que son...?

—Para evitar un peligro para la vida o la salud física o psíquica de la embarazada, ya que en su mayoría son abortos por violación..

—Pues en mi casa, a pesar de que esté permitido por la ley, dicen que es un acto horrible y que tendría que estar prohibido.

—A nadie le gusta tener que abortar. De hecho, es una situación extrema, cuando ya no existe ninguna otra solución. Sin embargo, hay gente que, por razones religiosas, lo considera un acto reprobable. En tal caso, la gente que tenga impedimentos éticos no debe abortar, pero debe permitir que personas con criterios diferentes de los suyos puedan hacerlo.

—¿Y cualquiera de nosotras puede ir a abortar sola, sin un adulto?

Luci dice que no con la cabeza.

—No. Ustedes son menores de edad y tendrían que ir acompañadas de sus padres o de la persona que tenga su tutoría legal. Además, antes de dar un paso como ése es preciso estar muy bien informada de los problemas físicos y, especialmente, psicológicos que comporta.

—O sea que la única solución para abortar es decírselo a tus padres y, después, ir a un hospital.

—Sí, es la única forma de hacerlo. Porque cualquier aborto practicado fuera de estas condiciones puede suponer un riesgo importante para su salud e incluso su vida.

Entonces, Luci lee la otra hoja.

INFORME 8

Si estás embarazada y quieres tener el bebé, la decisión es sólo tuya. Antes, sin embargo, piensa a cuánta gente involucras en tu decisión y de qué forma:
• Al bebé: lo obligas a tener unos padres que no estarán aún suficientemente formados ni física, ni psicoló-

gica ni intelectualmente. Lo obligas a vivir en una unidad familiar extraña, formada posiblemente por tus padres —o sea, los abuelos—, tú y él. O, si el chico y tú quieren formar una familia —cosa poco recomendable porque generalmente está predestinada al fracaso—, será una familia muy precaria, con pocos recursos económicos, con poca preparación, con poca capacidad para dar afecto y estabilidad, porque aún no habrán acabado de recibirlos ustedes mismos.

• Al padre del bebé: lo pones en la disyuntiva de decidir alterar su vida, renunciando a este hijo o renunciando a terminar su formación para buscarse a toda prisa un trabajo.

• A tus padres: cuando ya casi habían terminado de criar a sus propios hijos, tendrán que preocuparse por el bienestar de un nieto y tendrán que ayudarte a ti a criarlo. Eso, suponiendo que se lo tomen razonablemente bien. También existe la posibilidad de que te echen de casa. La sociedad sigue marginando mucho, todavía hoy en día, a las mujeres que tienen un hijo solas.

• A ti misma: tu cuerpo aún no ha terminado su formación y, por lo tanto, un embarazo no será bueno para él. Tú tampoco has acabado tus estudios; te será difícil encontrar un trabajo en esas condiciones. Tendrás que renunciar a actividades que son propias de tu edad, por ejemplo, salir con amigos y amigas.

¿No es más razonable esperar?

Me parece que lo más razonable es tomar precauciones y no tener que llegar nunca a una situación como ésta, pienso yo. Acabo de tener este pensamiento, cuando Luci dice:

—Lo mejor, por tanto, es que nunca se tengan que encontrar en la situación de decidir o no una IVE. Lo mejor es que siempre que tengan relaciones sexuales tomen precauciones.

Luego, Luci nos pone a trabajar por grupos para que hagamos una lista de falsedades respecto al embarazo.

Cuando acabamos, elaboramos un informe y lo colgamos en el mural.

INFORME 9

Mitos respecto al embarazo
— No es verdad que te puedas quedar embarazada por el hecho de bañarte en una piscina donde se bañan chicos.
— No es verdad que te puedas quedar embarazada porque un chico te dé un beso o te abrace o te tome de la mano.
— No es verdad que no te puedas quedar embarazada si no tienes un orgasmo. Te puedes embarazar aunque no lo tengas.
— No es verdad que no puedas quedar embarazada si aguantas la respiración cuando el chico eyacula. Te puedes embarazar igualmente.
— No es verdad que no te puedas quedar embarazada si tienes la regla. También te puedes embarazar.

Al llegar a casa, me encuentro un mensaje de Octavia con una nueva regla de oro de la sexualidad.

REGLA DE ORO 4 DE LA SEXUALIDAD
• Siempre estás a tiempo de decir que NO: aunque ya hayas llegado muy lejos o incluso si a esa persona otras veces le has dicho que sí.

• Ser consciente de que puedes quedar embarazada y no decirlo es un comportamiento inadmisible; es hacerle una jugada muy sucia al chico.

Capítulo 15
CAMPEONATOS DE NATACIÓN

Quizá, tal como suponía Mireya, la regla se me había retrasado por culpa de los mismos nervios de pensar que estaba embarazada, pero ahora se tomaba la revancha. ¡Y qué revancha! Y, precisamente, el día en que llegaba Koert... Tenía una superhemorragia que me obligaría a cambiarme el tampón cada dos por tres y me hacía estar menos animada que de costumbre, porque me molestaba el dolor de barriga y de riñones.

¡Uf! Ahora que había roto una barrera con Flanagan, pensaba que tal vez habría podido traspasarla con Koert, pero, teniendo la regla, resultaría imposible. Aparentemente, la regla no tenía por qué ser un estorbo, ¿no? La regla es una circunstancia natural. Es común a todas las mujeres. No puede contagiar ninguna enfermedad porque es sangre estéril. Pero ¿quién se atreve a tener un contacto íntimo con un chico, contacto ya de por sí suficientemente complicado —al menos en mi corta experiencia—, como para, encima, tener que vérselas con tampones y con manchas de sangre y con inoportunos dolores? Algún día, en el futuro, no me sorprendería ser capaz de saltar por encima de este prejuicio, pero, hoy por hoy, me parecía demasiado difícil.

¿Por qué la regla tenía que ser siempre tan oportuna? Se presentaba a tiempo para estropearlo todo: excursiones, viajes, partidos importantísimos, exámenes determinantes y, ahora, también cuando tenía que encontrarme con Koert.

Eso pensaba mientras salía de la ducha, justo un instante antes de que mamá llamara a la puerta del baño para avisarme de que tenía una llamada. Se me paró el corazón. ¿A aquellas horas de la madrugada de un sábado? Las ocho de la mañana de un sábado, después de un viernes de haber salido hasta tarde, son horas demasiado intempestivas como para que ninguno de mis amigos o amigas estuvieran despiertos. De modo, concluí muy hábilmente, que sólo podía ser Koert para decirme que había perdido el avión, por ejemplo. O que lo había pensado mejor y había decidido no venir.

—¿Sí?

—Hola, Carlota.

¡Era Elisenda! ¿Qué demonios quería?

Se aclaró la voz.

—Te llamo también de parte de Berta.

Ella se calló y yo, también. Esperaba a que prosiguiera.

—Hemos pensado que teníamos que decirte que nosotras creemos que no tendrías que ir a recibir a Koert.

—¿Me has llamado para decirme eso?

—Sí. Al fin y al cabo, fuiste tú quien nos contó el lío que tenías en la cabeza y en el corazón, ¿no? Pues si nos pediste nuestra opinión, aunque no nos la hayas vuelto a pedir, ahora te la doy. O mejor dicho, te la damos Berta y yo.

La escuché porque no dejaba de tener razón. Si le pides la opinión a alguien con respecto a un asunto, sea amoroso o no, esa persona tiene todo el derecho a dártela. Y tú tienes la obligación de escucharla... aunque su opinión no coincida con la tuya.

—Muy bien, ya te escuché, pero ahora déjame decirte que haré lo que creo que tengo que hacer: ir a buscar a Koert.

—¡Pobre Flanagan! ¡Qué jugada más sucia!

Después de explicarle que a Flanagan nunca le había dicho que tuviéramos ningún compromiso, sino todo lo contrario, colgué.

La llamada de Elisenda había conseguido dejarme un sabor amargo en la boca. A mí tampoco me resultaba agradable imaginar a Flanagan sufriendo.

Me estaba comiendo unas tostadas cuando mamá me avisó de otra llamada. Esta vez no parecía tan de buen humor como la anterior.

Faltaba que fuera otra vez Elisenda...

—¿Carlota?

—Hola, Mireya.

—Te llamo para darte ánimos.

¡Ah! Me sentía reconfortada después del discurso responsabilizador de la otra.

—Creo que haces bien yendo a buscar a Koert al aeropuerto. Ya lo sabes: a mí me parece que el holandés te va mucho más que el detective.

No tenía que decirme por qué. Primero, porque tenía dos años más que Flanagan y eso le hacía muy atractivo a los ojos de Mireya... y a mí me pasaba lo mismo. Segundo, porque era holandés y eso le otorgaba un glamour importante... opinión que yo compartía con Mireya, a pesar de que ese glamour nos obligara a ambos a comunicarnos en una lengua que ni era la mía ni la suya: el inglés. Para mí, había una tercera razón que Mireya no conocía: me gustaba su forma de pensar y de actuar, y me estimulaba intelectualmente.

Colgué con un sentimiento de calor importante en el vientre.

Me estaba poniendo la chaqueta cuando volvieron a llamar. Corrí hacia el aparato, pero mamá estaba más cerca y contestó antes.

—Es para ti —dijo, con un mal humor evidente.

Me encogí de hombros. No tenía por qué contestar ella si no quería.

—¿Sí?

—¿Carlota?

—¡Flanagan!

A éste sí que no me lo esperaba.

—Carlota... Yo... Quería preguntarte si has pensado bien eso de ir a buscar a Koert al aeropuerto.

¡Ay, no! ¡Qué dolor de barriga me estaba dando!

Me parece que me temblaba un poco la voz, pero mi decisión era muy firme cuando le contesté que sí, que lo había pensado muy bien, que estaba a punto de ir a recibirlo y que no quería hablar más con él porque no quería hacerle daño.

—Pues, aunque no quieras, me lo estás haciendo.

¡Agh! Era un golpe bajo. Pensé que lo mejor era cortar aquella conversación que no llevaba a ninguna parte.

Flanagan estuvo de acuerdo.

—Lo siento —dijo—. No quería hacerte ninguna mala

jugada, sólo quería intentarlo por última vez. Que... que te la pases bien.

¡Ay! Se me encogió el corazón cuando le oí desearme eso, considerando que sus sentimientos tendrían que haberle empujado a decir lo contrario. Era un chico leal de verdad. Me despedí.

La voz de Flanagan había hecho menguar gran parte de mi primitiva determinación. Salí de casa arrastrando los pies y me metí en el metro y luego en el tren del aeropuerto como si fuera en barco y no sobre ruedas. Iba de un extremo al otro: las ganas de ver a Koert, la pena de hacerle daño a Flanagan; la ilusión de besar a Koert, el recuerdo de las caricias de Flanagan... ¿Era la chica eternamente dividida o qué?

Cuando vi a Koert saliendo por las puertas de llegada de la terminal A y buscándome entre las personas que nos amontonábamos delante, me reconstituí en una sola chica: lo elegía a él. Sus ojos azules se encontraron con los míos. Las guirnaldas de Navidad que conseguía encenderme Flanagan después de un rato de estar juntos, Koert me las encendió, multiplicadas por veinticinco mil, sólo con una única mirada.

Me sonrió y se me acercó sin acelerar el paso, como si tuviera ganas de hacer durar aquel momento. Yo habría corrido hacia él, pero la barrera metálica de contención no me lo permitía.

—*Hi* —dijo la voz radiofónica acercándoseme mucho desde el otro lado de la protección metálica.

—*Hi*, Koert —le dije, mientras me daba cuenta de que tenía los hombros más anchos de lo que recordaba.

Pasé por debajo de la barrera, él dejó la bolsa en el suelo

y nos fundimos en un abrazo. Unos instantes después, él se separó, miró hacia atrás y me dijo:

—*We are disturbing the other passengers...*

Y me arrastró fuera del paso.

Cuando vio que yo me dirigía a la salida, me paró. Teníamos que esperar a sus compañeros. ¡Claro! No venía solo; no sé por qué no lo había imaginado así. Llegaba con tres chicos holandeses más, que también tenían que competir al día siguiente. Además, los acompañaba el entrenador.

Consideré que éramos una multitud. No tenía muy claro que nos los pudiéramos quitar de encima.

Koert me presentó como su *girlfriend* a sus compañeros. ¿Su *girlfriend*? Eso era nuevo...

—*Let's go* —dijo el entrenador.

Y nos pusimos en marcha hacia el centro de alto rendimiento donde los habían concentrado.

Koert y yo aprovechamos el tren y el metro de vuelta a la ciudad para charlar sin parar. Poco a poco, se me volvió a hacer evidente el sentimiento tan fuerte que me había unido a Koert y que aún seguía vivo. Me gustaba su buen humor y me interesaba su manera de entender la vida, y me sorprendían las montañas y montañas de libros que había leído; estudiaba humanidades y quería ser profesor de literatura. Me impresionaba además su voluntad de llegar lejos también en el campo del deporte y me sentía comprendida y valorada por él, y también deseada. Y me encantaban sus hombros inmensos, tan grandes que podía montar allí una tienda de campaña e instalarme para siempre. ¡Ay!, en ese punto tenía que reconocer que no había tanta diferencia entre Mireya y yo: el físico de los chicos también me importaba.

Hummm. Lo tenía claro, estaba enamorada de él. Observé las paredes ennegrecidas que pasaban de prisa detrás de los cristales y me pareció ver en ellos la imagen de Flanagan. Me di la vuelta pensando que era el reflejo de ¿Flanagan?, pero no vi a nadie más que a un chico que no se le parecía en nada. Mi imaginación debía de haberme jugado una mala pasada.

Flanagan... A pesar del cariño que le tenía, a pesar de que me lo pasaba muy bien con él, ahora sabía que había tomado la decisión correcta, y me preguntaba si no tendría que explicarle a Koert el lío mental —¡y no tan mental!— por el que había pasado. Probablemente era mejor que sí. Lo miré. Tenía pinta de estar bien, de sentirse feliz. ¿Valía la pena que le contara mi historia con el detective? Al fin y al cabo, él, como Flanagan, también me había dejado claro que no teníamos ningún compromiso; del mismo modo, era probable que él hubiera tenido una historia con otra chica... En cambio, me había presentado como su *girlfriend*. ¿Qué significaba eso? Sí, seguramente sería mejor hablarlo, pero no en aquel momento. Más adelante. Por la tarde, tal vez...

Cuando llegamos al centro deportivo, el entrenador me hizo esperar en el vestíbulo; el acceso a las habitaciones de los deportistas no estaba permitido a los visitantes. Me senté en uno de los bancos de madera preguntándome, ahora sí un poco preocupada, si Koert y yo dispondríamos de algún rato para estar solos.

—*Forty-five minutes* —me dijo Koert, cuando bajó a toda velocidad.

Cuarenta y cinco minutos no se podía decir que fuera mucho rato, pero menos era nada.

225

Koert me dio la mano. Le pregunté adónde íbamos. Me hizo una señal hacia un jardín adyacente al centro.

—*There*.

Tenía razón. No podíamos perder el tiempo yendo a algún bar. Tampoco podíamos ir a casa de mamá porque estaban ella y Marcos. En casa de papá tal vez no habría nadie, pero no había tiempo de averiguarlo ni de que me pasara por allí.

El jardín tenía una glorieta decadente, con rosales llenos de capullos que se encaramaban por las rejas y, dentro, un banco circular. Entramos en ella y nos sentamos.

Y no tuvimos tiempo de hablar, porque sin tener que decirnos nada nos comimos a besos. Besos de tornillo que cortaban la respiración, besos como lamidas en los dedos y en las orejas, besos suaves en el cuello, besos de chupetón en el cuello, besos impetuosos, besos dulcísimos, besos inacabables, besos húmedos, besos blandos, besos de primavera y besos de chocolate... No me sentía como una guirnalda de Navidad. Me sentía como una central eléctrica... Entonces me di cuenta de que el contacto físico sin estar enamorado es posible, interesante y divertido. Pero el contacto físico cuando tienes un sentimiento amoroso hacia la otra persona es una sensación única. Y si eso me había pasado con los besos y las caricias, ¿qué podía pasar cuando tuviéramos una relación sexual más íntima? Podía ser la bomba, estaba claro.

De repente, como si se le hubiera caído el cielo encima de la cabeza, Koert dio un salto, se apartó un poco de mí y consultó el reloj.

—*I must go* —me dijo con cara de sentirlo muchísimo. A juzgar por el brillo de sus ojos, él también tenía en su interior la actividad de una central eléctrica.

La sesión de besos se había acabado demasiado de prisa para mi gusto. O a lo mejor es que, algunas veces, tres cuartos de hora resultan tan breves como cinco minutos.

Mientras él llevaba a cabo el entrenamiento de rigor en aquella piscina de dimensiones olímpicas, yo lo miraba desde las gradas, sentada al lado de su entrenador, que iba comprobando los tiempos con un cronómetro. Yo observaba a Koert dentro del agua y pensaba en sus besos y en cómo me gustaría tener un contacto más íntimo con él. Pero no parecía que nada lo favoreciera: ni la falta de tiempo, ni tener la regla.

Me había imaginado que tal vez podríamos despistar a su equipo y escaparnos él y yo solos a buscar algo para cenar, pero solamente me lo suponía, porque no había previsto que el entrenador era muy estricto. Dijo que no, que había que controlar lo que ingerían en sus comidas, que nada de alcohol y que, además, tenían que acostarse temprano, que les convenía descansar para hacer un buen papel al día siguiente. Me pareció que le echaba una mirada larga y significativa a Koert. Mi *boyfriend* chascó la lengua. Aquél era un lenguaje internacional: su entrenador lo desesperaba tanto como a mí.

Nos despedimos sin ganas de hacerlo y yo me fui cargada de rabia contra aquel idiota que no sabía ni papa de centrales eléctricas. Aquella noche me costó dormirme. El sueño me venía a ráfagas: de pronto me rendía el cansancio, luego volvía a despertarme, pensando en las sensaciones que Koert despertaba en mí. Resultaba imposible dormir con aquella tormenta de emociones en el interior de mi corazón, de mi cabeza y de mi sexo. Estaba de acuerdo con Luci en que las chicas teníamos que aprender a ser menos emotivas y románticas porque eso nos hacía más vulnerables y más aptas para ser utilizadas y sometidas. Pero también estaba de acuerdo con Luci en que los chicos tenían que aprender a serlo más; si no, se perdían una parte muy interesante de las relaciones.

Al día siguiente me presenté en el centro de alto rendimiento deportivo antes de la hora prevista para el campeonato con la intención de estar sola por lo menos unos minutos con Koert, pero el entrenador no dejó que me acercara. «¡*Zen!*», exclamó. Aquella expresión, como el hecho de chascar la lengua, también era una especie de lenguaje universal. Significaba que no convenía alterar la concentración del nadador. Por lo que se veía, yo era una «desconcentradora» potente. O sea que, al parecer, el entrenador sí entendía de centrales eléctricas.

Me senté en las gradas, mezclada entre el público. Respirando con dificultad por culpa de la atmósfera demasiado cálida y húmeda de la piscina cubierta, me dispuse a animar a Koert con todas mis fuerzas.

No fueron mis gritos sino la preparación física lo que propició el segundo lugar de Koert en la modalidad de mariposa o el primero que él y su equipo obtuvieron en la carrera de relevos. De forma que le vi subir al podio dos veces. Me sentía tan feliz como si fuera yo la que subía para recibir las medallas.

Por fin llegó el mediodía. Teníamos dos horas antes de que tuviera que irse al aeropuerto.

Después del primer beso de tornillo, que activó todas las palancas de la central eléctrica, Koert me preguntó si podíamos ir a algún sitio para estar a solas.

¿Estar a solas? ¿Cómo podía explicarle que, a pesar de

lo mucho que me gustaría, no era el mejor momento? Además, creía que antes le tenía que hablar de Flanagan, si no, me sentiría un poco traidora. Pero ¿cómo se lo contaría? ¿Qué le diría? ¿Qué palabras emplearía? La experiencia con Flanagan me demostraba que ni era fácil comunicarlo, ni era de esperar que la parte contraria se lo tomara con una calma budista.

Aún pensaba en todo eso cuando me sorprendí a mí misma diciéndole que podíamos ir a casa de papá, que, siendo domingo y estando sin mí y sin Marcos, seguro que se habría largado con Lidia. A Koert se le abrió el cielo.

En el sofá de casa, sus caricias y sus besos se hicieron mucho más tiernos, más atrevidos y... de más voltaje. Hasta que, una vez más dividida entre dos sensaciones contradictorias (ahora eran: quiero pero no quiero), lo paré. Y, a pesar de que me lo había imaginado como un trance muy duro, no me costó nada decirle que tenía la regla. Él pareció entenderlo bien, a pesar de que leí la decepción en sus ojos. «¡*Zen!*», creo que dijo para sí mismo. Y añadió, sonriente, que aquéllos no serían los últimos campeonatos de natación en Barcelona; que ya lo arreglaríamos.

¡No lo oí entrar! Me lo encontré delante justo cuando, después de uno de los besos de Koert, que me dejaban sin aliento, abrí los ojos: Marcos había entrado sin que lo oyéramos y nos había encontrado unidos en un beso húmedo y ruidoso. Entonces, agradecí profundamente que mi situación fisiológica hubiera impedido una situación más comprometida.

Controlé las ganas de lanzarle una mirada venenosa a Marcos, que tenía la cara iluminada por una sonrisa triunfal. Me apoyé contra el respaldo del sofá, dispuesta a hacer las presentaciones muy por encima y largarme, porque no quería tener que darle ninguna explicación a mi hermano y porque ya no quedaba mucho rato antes de que tuviéramos que salir hacia el aeropuerto. No llegué a tiempo de decir nada. Marcos se me adelantó.

—Tú debes de ser Flanagan, ¿no?

¡Oh, no!, pensé, mientras deseaba que un rayo entrara por la ventana y desintegrara a mi hermano, a la vez que agradecía que Koert sólo supiera decir: «buenos días», «buenas noches» y «paella».

—*Excuse me?* —dijo Koert.

—¿Tu detective es inglés? —dijo Marcos, poniéndose bizco—. ¿O se está burlando de mí y hace como que no me entiende?

—¿Por qué no te vas a freír espárragos? —le sugerí en un tono tan educado que seguramente Koert podía interpretarlo como «¿te apetece un té con galletas?».

Pero Marcos, sin hacerme caso, dijo con su espantoso inglés:

—*Are you her boyfriend? Are you Flanagan?*

—*Hi. I'm her boyfriend, but I'm not Flanagan, I'm Koert.*

Después de esta explicación, habría querido que la tierra se abriera y me tragara, pero los dioses no tuvieron piedad. Marcos comenzó a gritar diciéndome que ahora entendía por qué aquel Flanagan hablaba en inglés y preguntándome si hacía colección de *boyfriends* y Koert me preguntó quién era ese tal Flanagan. Le dije que se lo contaría de camino hacia el aeropuerto.

Tengo que confesar que todo el fin de semana había sido espléndido, hasta que se estropeó de aquella forma tan estúpida. Porque el viaje desde casa hasta el aeropuerto no fue precisamente un camino de rosas. Le conté quién era el tal Flanagan y qué pintaba en mi vida. Koert se tomó muy mal su existencia. Le dije, con la boca pequeña —tampoco estaba muy segura—, que mi historia con Flanagan ya se había terminado.

Al llegar a la terminal A, Koert aún estaba molesto. Para defenderme y quitarle importancia a la situación, le recordé que él había dejado muy claro desde el primer día que no teníamos ningún compromiso.

Koert frunció el entrecejo y respondió que eso era antes, que ahora sí que teníamos un compromiso.

¿Ahora?, me pregunté, bastante desorientada. ¿Cuando era «ahora»? Empecé a pensar que eso del compromiso los chicos se lo tomaban un poco como mejor les convenía. O sea que «no compromiso» quería decir que ellos podían hacer lo que quisieran mientras no decidieran lo contrario y que, en cambio, la otra —es decir, la chica— estaba sujeta a unas reglas de juego distintas.

Nos despedimos sin haber resuelto la situación.

Cuando llegué a casa de mamá, me sentía más vieja que el mundo y, con la excusa del dolor de cabeza, me fui corriendo a la cama y me puse a llorar como una magdalena. Con lo que me gustaba Koert... ¡Qué forma de estropear el fin de semana! Tal vez habría sido mejor que no le hubiera hablado de Flanagan.

Cuando mamá entró para decirme que tenía una llamada de Mireya, fingí estar durmiendo profundamente.

Capítulo 16
LA HOMOSEXUALIDAD

22 de marzo

Hoy Gabi no vino a la escuela. No me extraña. Ayer, dos imbéciles del curso lo martirizaron —y no era la primera vez— con gritos de «joto, maricón...».

—¿Tú crees que es gay de verdad? —me preguntó Mireya, cuando se dio cuenta de que no estaba en su sitio.

Me encogí de hombros. ¡Y yo qué sé! Bastante trabajo tengo con mis problemas como para meterme en los de los demás.

—¡Estás imposible! —dice Mireya, enfadada.

—Y además, si lo es, ¿qué? —exclamó Berta—. ¿Es que no tiene derecho?

—Claro que tiene derecho. La que no tiene derecho a tratarnos como a un trapo sucio es ella. Yo no sé qué te ha pasado con Koert, ¡como no te ha dado la gana de contárnoslo! Pero, desde que lo viste, de vez en cuando saltas como si te hubiera picado una avispa —replica Mireya.

Pensé que tenía razón. A veces no controlaba mi malestar y lo pagaban ellas. Pero aún no se lo quería contar; prefería dejar pasar un tiempo.

—Es verdad —dice Berta, calmando los ánimos y volviendo a la discusión inicial—. Gabi tiene todo el derecho a ser como quiera.

Yo también opino lo mismo. Mamá y la abuela me lo han enseñado desde siempre: la gente tiene derecho a tomar las opciones sexuales que quiera mientras no haga daño a los demás. Octavia también dice lo mismo. Papá... papá, a veces, hace comentarios con un poco de menosprecio hacia los gays. Le tendré que preguntar por qué.

Luci aprovecha la hora de tutoría para abordar el problema.

—¿Qué pasó ayer con Gabi? He oído que alguien lo molestó.

Uno de los imbéciles que se metió con él levanta la mano.

—Se molestó porque quiso. Nosotros nos limitamos a señalar una verdad.

—¿Cuál?

—Que es marica —dice él.

Un coro de risas estalla tras la confesión.

Luci mira con ojos severos a los que se ríen.

—¿Se puede saber qué les hace tanta gracia?

El imbécil vuelve a levantar la mano.

—Que Gabi sea maricón.

Luci cierra un poco los ojos, que se le convierten en una línea muy fina; parece que está enfadada.

—Primero: no sabes cuál es la orientación sexual de Gabi, ¿verdad que no?

—No, pero...

—Pero nada. No puedes fiarte de las apariencias o de tus intuiciones y tomarlas por correctas. Segundo: aunque la orientación sexual de Gabi fuera ésa, no hay nada que decir, es perfectamente legítima.

El imbécil suelta un «y qué más».

—Sí, algo más —añade Luci muy duramente—. Tercero: la gente más intransigente con la sexualidad de los demás suele tener algún problema sexual.

El imbécil enmudece. Algunos de la clase lo miran con caras socarronas.

—¿Saben de dónde viene la palabra *homosexualidad*?

Nadie dice nada.

—*Homo* quiere decir «igual» en griego, por lo tanto, la palabra indica atracción hacia la gente del mismo sexo que uno o una misma.

—Pero normalmente a las mujeres se les llama lesbianas y no homosexuales, ¿no?

—Sí. Generalmente, las mujeres son llamadas lesbianas y los hombres, homosexuales o gays, que se pronuncia «gueis».

Luci pasea su mirada por el grupo, pero nadie hace ningún gesto. El imbécil ha quedado neutralizado.

—Por cierto, a la gente que odia a las personas homosexuales se la califica de homófoba.

Silencio.

Luci continúa.

—Y heterosexual, ¿saben de dónde viene?

Otro silencio.

—*Hetero* quiere decir «diferente» en griego; por lo tanto, es la sexualidad entre diferentes, eso es, entre una mujer y un hombre. «Heterosexual» es quien se siente atraído por el sexo opuesto.

—Pero sentirse atraído por una persona del mismo sexo no es demasiado normal, ¿no? —pregunta Elisenda—. Quiero decir que le pasa a muy poca gente.

—No tan poca —responde Luci—. Por lo visto, un diez por ciento (y ahora hay voces que dicen que podía ser incluso un veinte por ciento) de la humanidad es homosexual, lo cual significa que en el mundo hay seiscientos millones de personas homosexuales.

—¡Caramba!

—¡Fiu!

Todo el mundo se altera mucho.

—No creía que existiera tanta gente homosexual.

—Pues sí, ya lo ves. Cada vez que se juntan cien personas puede que haya diez que sean homosexuales.

—Y en una clase de veinticinco alumnos, puede haber dos que lo sean.

—Puede que sí.

Nos miramos los unos a los otros. ¿Gabi? ¿Y quién más?, me pregunto. ¿Tal vez Janira...? ¡Y yo que sé! Si ellos o ellas no lo dicen, es imposible saberlo. Y no lo dicen porque se pasarían el día teniendo que aguantar bromas, insultos, marginación y, a veces, incluso agresiones físicas. ¡Los imbéciles de la clase son así de intolerantes!

—Pues mi madre dice que nos tendríamos que fijar en los animales; que ellos no tienen esos comportamientos.

—Tu madre se equivoca. El reino animal también tiene ejemplares que son homosexuales, lo cual no hace más que confirmar que la homosexualidad es un fenómeno normal.

Luci vuelve a pasear su mirada por encima de nuestras cabezas.

—¿Ha quedado claro que no se puede discriminar a nadie por ninguna razón, o sea, tampoco por la orientación sexual?

Todos decimos que sí. El imbécil no dice nada, pero no parece tan obtuso como cuando hemos comenzado la sesión. Tal vez tenga miedo de que le cuelguen el cartelito de que tiene problemas sexuales. ¡Ja, ja!

—Es más —dice Luci—, no solamente los y las homosexuales tienen que defender sus derechos, sino que los y las heterosexuales tenemos que sumarnos a sus reivindicaciones. Al igual que los hombres se tienen que sumar a las mujeres en la lucha para eliminar las discriminaciones de género.

A la hora del recreo, tengo una idea. Tal vez la mamá de Carlos y su novia quieran darme un par de pautas sobre este tema. Además, así me distraeré de mis propios problemas. Me acerco a Carlos.

—Oye, Carlos, ¿crees que tu madre y Antonia tendrían algún inconveniente en hablar de la homosexualidad conmigo? Estoy escribiendo el diario rojo...

—¿Qué? —me interrumpe Carlos.

—El diario rojo, un diario sobre cuestiones sexuales y, de paso, sentimentales, por lo que voy viendo.

—Pues me imagino que no, pero se lo tendré que preguntar. Mañana te lo diré.

Por la noche aprovecho para hacer una investigación por internet. Quiero ver a cuántas personas conocidas encuentro que se hayan declarado homosexuales.

INFORME NÚMERO 10

Lesbianas	Gays
Maria Schneider, actriz	Yves Saint-Laurent, diseñador
Sinead O'Connor, cantante	Ventura Pons, director de cine
Patricia Highsmith, escritora	Terenci Moix, escritor
Martina Navratilova, tenista	Jerónimo Saavedra, ex ministro
Empar Pineda, feminista	
Virginia Woolf, escritora	Sánchez Silva, teniente coronel del ejército

Y otros muchos nombres: Sócrates, Platón, Alejandro Magno, Truman Capote, Tennessee Williams, Marguerite Yourcenar, Federico García Lorca, Elton John...

23 de marzo

Al salir de clase voy a casa de Carlos. Su madre y la novia de su madre han accedido a hablar conmigo.

Se llaman María y Antonia. Hace ocho años que viven juntas.

—Tú dirás... —dice María, la madre de Carlos. Y me anima con una sonrisa.

Mientras tanto, Antonia me ofrece un pedazo de pastel de manzana hecho por ella. Y Carlos me sirve una taza de té. ¡Caray! ¡Qué lujo! Allí sentada, degustando una merienda deliciosa y con la oportunidad de tener información de primera mano sobre lesbianismo. A pesar de eso, me siento un poco cohibida.

—A mí me gustaría saber cómo y cuándo se dieron cuenta de que eran lesbianas.

María y Antonia se miran.

—¿Lo supieron desde pequeñas?

Se vuelven a mirar y ambas dicen que no a la vez.

—Creo que no es posible darte cuenta cuando eres una niña —contesta Antonia—, porque el deseo sexual no se diferencia de otros deseos y porque justamente, cuando eres pequeña o pequeño, experimentas con la sexualidad...

—Sí. A veces, hay niños y niñas o también adolescentes que han practicado algunos juegos sexuales con una persona de su mismo sexo, pero eso no quiere decir que sean homosexuales; sólo quiere decir que exploran su cuerpo y el placer —añade María.

—Yo me di cuenta hacia los dieciocho años —explica Antonia—. Hay personas que se dan cuenta antes, durante la pubertad.

—Y los hay que no nos damos cuenta hasta ser más mayores, como yo, que lo vi claro unos años después de haberme casado y de haber tenido a Carlos —dice María.

—A veces ocurre. Hay una presión social para que actúes de acuerdo con los patrones «normales» —asegura Antonia.

—¿Normales? —pregunta Carlos, sorprendido.

—Normales entre comillas, o sea, los patrones que una determinada sociedad en un determinado momento considera normales —añade.

—¿Sabían que en la Grecia clásica era normal que los hombres se relacionasen sexualmente entre ellos? —cuenta María.

Antonia se echa a reír.

—Era tan grande el menosprecio hacia las mujeres, que se consideraba de mejor gusto tener relaciones con un muchachito.

—¿Y cómo te sentiste cuando descubriste que eras lesbiana? —le pregunto a Antonia.

—¡Fatal! Imagínatelo. Me sentía muy rara, distinta a las demás personas, terriblemente culpable de sentirme atraída por las chicas. Me sentía insegura con mis compañeras, porque pensaba que si se daban cuenta no querrían seguir siendo amigas mías, tenía mucho miedo de que la gente de mi salón se burlara de mí...

—Como de Gabi —dice Carlos.

—¿Quién es Gabi? —pregunta María.

—Un chico de nuestro curso a quien unos imbéciles tratan de maricón.

—Qué mala onda...

—¿Y qué más sentiste? —pregunto yo, que no quiero que la conversación se desvíe.

—También me preocupaba mucho que mis padres se enteraran...

—¿Por qué? ¿Tenías miedo de que te regañaran?

—No. Tenía miedo de la pena que eso les produciría.

—Pero si era tu orientación sexual, ellos la tenían que respetar, ¿no?

—Sí, pero...

—Piensa que, en un mundo dominado por los heterosexuales, los homosexuales siempre la tienen más difícil, y por mucho que los padres tengan una mentalidad abierta, les cuesta digerir la homosexualidad de su hijo o de su hija —interrumpe María.

—Eso no sería tan duro si no hubiera tantos prejuicios contra los homosexuales.

—Efectivamente. En la medida en que la sociedad nos acepta tal como somos, nos lo pone más fácil —dice María—. Aún hay muchas personas que creen que la homosexualidad es una enfermedad o una desviación y que con algún tratamiento se puede curar.

—Y los padres, por comprensivos que sean, siempre la pasan mal cuando saben que su hijo o su hija se sienten atraídos por las personas de su mismo sexo. Piensen que, a menudo, eso querrá decir que la vida familiar no será la que habían esperado; tal vez, incluso tendrán que renunciar a tener nietos —añade Antonia.

—Total, ¿se lo dijiste o no?

Antonia sonríe.

—No. No me atreví. Decidí irme a vivir lejos. Les dije que quería estudiar periodismo y que me tenía que trasladar a otra ciudad. Yo me solucionaba muchos problemas de golpe: me ahorraba decírselo, me alejaba de mis amigas, que cada vez me veían más rara y más encerrada en mí misma...

—¿Por qué?

—Porque como no tenía a nadie con quién comentarlo, lo pasaba fatal y me había ido apartando de ellas; estaba completamente sola...

—¡Vaya! ¡Qué mal! —digo yo, mientras pienso en Gabi. A lo mejor sí que es homosexual y no se atreve a decírselo a nadie...

—Puedes llegar a tener una depresión, ¿sabes?

—Es más, hay chicos y chicas que intentan calmar, a base de drogas o de alcohol, la angustia de no saber cómo expresarlo.

Soledad, depresión, drogas, alcohol. Decidido, me digo a mí misma, mañana hablaré con Gabi.

—Pues yo, por culpa de la presión social que había en

mi época, ni me di cuenta de que lo era —me cuenta la madre de Carlos—. Me notaba diferente, es cierto, pero no sabía por qué. De forma que tuve novio y me casé con él. Tuvimos un hijo: Carlos. Yo quería al padre de Carlos, pero más como un amigo que como una pareja. Yo creía que hacer el amor no era tan interesante ni tan divertido como todo el mundo decía. Hasta que, cuando Carlos tenía tres años, me di cuenta. La pasé muy mal y durante un tiempo intenté disimular...

—Pero no le sirvió de nada, porque esas cosas no se pueden cambiar —dijo Antonia.

—Tienes razón. Y cuando lo acepté, fue cuando mejor me sentí.

—Ésa es una reacción normal: en el momento en que aceptas tu homosexualidad, la vives mucho mejor.

Repentinamente, tengo una inspiración.

—Me acabo de dar cuenta de que sufren más rechazo los gays que las lesbianas. Al menos por lo que yo he podido ver. En la escuela nunca he oído a nadie meterse con una chica porque crean que es lesbiana; en cambio, a menudo he visto atacar a chicos que son considerados gays.

Se miran y dicen a la vez:

—¡Buena observación!

Luego, sigue Antonia.

—De hecho, es una muestra más de la discriminación que sufren las mujeres. El rechazo es mucho más notable hacia los gays porque a las lesbianas, sencillamente, se las ignora.

María continúa.

—¡La invisibilidad de las mujeres! Sea tapadas por un pañuelo, sea privadas de su apellido y asimiladas al del marido, sea incluidas dentro del género gramatical masculino, en el que aparentemente estamos todos: hombres y mujeres, pero que, en la práctica, nos borra y nos hace invisibles. Invisibles cuando se necesitan nombres de personas capaces de ocupar lugares de responsabilidad. Invisibles en los suplementos de cultura. E invisibles, por lo tanto, también las lesbianas.

La maldita invisibilidad femenina. ¿No conseguiríamos nunca romper el maleficio?

El pastel se acaba mucho antes que la conversación. Al final, sin embargo, también tenemos que parar de charlar y me voy a casa a elaborar un informe sobre la homosexualidad.

INFORME NÚMERO 11

1. La orientación sexual no se elige.
2. Es igual de normal ser heterosexual que homosexual.
3. La homosexualidad no es una enfermedad ni un vicio, por lo tanto, no se puede curar ni abandonar.
4. Por mucho que intentes disimularlo y adoptar comportamientos heterosexuales, si eres homosexual, seguirás siéndolo.
5. El primer paso para vivir tu homosexualidad sin angustia es aceptarla.
6. Díselo a los demás cuando te sientas con fuerzas. No es necesario que se lo cuentes a todo el mundo a la vez.

Le mando el informe sobre homosexualidad a Octavia, para ver qué le parece. Una hora más tarde tengo su respuesta. Le ha parecido muy bien. Me regala otra regla de oro de la sexualidad.

REGLA DE ORO 5 DE LA SEXUALIDAD

No cometas el error de juzgar a la gente por la apariencia: la homosexualidad —como la heterosexualidad— no se lleva escrita en la cara, ni tiene nada que ver con el vestir, con los gestos o con el hablar.

Capítulo 17
FLANAGAN ME DEJA CON LA BOCA ABIERTA

Me había hecho la tonta dos días; no quería contarles a mis amigas qué había pasado con Koert y, sobre todo, cómo habíamos acabado. Comenzaba a tener complejo de rarita. ¿Me tenía que pasar lo mismo con todos los chicos? Que no, que no tenemos ningún compromiso y luego, cuando les decía que había hecho uso de la falta de compromiso, ¡se enojaban!

El lunes, me hice la loca a base de dar largas y decir que no quería hablar del tema. El martes, también las dejé con las ganas: a la hora del recreo porque me tuve que quedar con Marcelo, Álex y Marta acabando de preparar una exposición para la clase de literatura. Y, a la hora del almuerzo, porque, cuando pensaba que se me echarían encima como lobas hambrientas, Miriam se sumó a nuestro grupo y monopolizó la conversación.

—¿Han visto la novia que se ligó Carlos?

Yo la tuve que mirar dos veces porque creía que nos estaba tomando el pelo. Si no hacía ni un mes que la novia de Carlos era ella, Miriam. Por lo que se veía, mi muy particular lío Flanagan-Koert me había tenido tan absorta que había conseguido que me perdiera algunos cambios interesantes de la clase.

Mireya, que se había dado cuenta de lo desconectada que estaba, me dio una palmadita en el brazo y me dijo, en voz baja:

—Carlos le dijo *goodbye* y se enredó con Judit, de primero B.

¡Ah! Pensé que ahora vendría una retahíla de críticas hacia Carlos. Miriam tenía cara de haber digerido muy mal la ruptura.

—¡La foca ésa!

—¿Carlos, una foca? —pregunté con una inocencia no fingida.

—¡¿Carlos?! No, mujer, Judit.

De forma que me había equivocado: los dardos venenosos no iban dirigidos hacia él sino hacia ella.

—Está bastante gorda, ¿no les parece?

Berta, que acababa de estrenar su relación con Javier, escuchaba sin perder detalle. Mireya fruncía el entrecejo. Yo no decía nada. Elisenda saltó:

—A mí no me parece que esté gorda, más bien la encuentro bastante guapa; tiene un cuerpo muy bien formado —la defendió—. O sea, no está delgada como un fideo, pero tiene un cuerpo muy bien proporcionado.

Era verdad, pero Miriam ponía cara de no estar de acuerdo.

—¿Qué dices, niña? No te has fijado bien. Y, encima, es una estúpida. Porque él sí que es inteligente, pero ella es una burra.

¡Qué injusto! Era evidente que le había molestado que

245

Carlos la dejara por otra, pero en vez de atacarlo a él, la atacaba a ella. Era como si Carlos fuera un pobre muchachito que, sin haber hecho nada, se hubiera encontrado enredado con Judit y eso hubiera supuesto la obligada desaparición de escena por parte de Miriam. O sea, como si toda la responsabilidad fuera de Judit y, en cambio, Carlos no tuviera cabeza. Lo encontraba muy fuerte. Me ponía de mal humor, pero al menos me ahorraba hablar de Koert.

Por la tarde, al salir de clase, me fui muy rápido para seguir sin dar ninguna explicación. Me quedé en mi habitación intentando concentrarme y estudiar, pero me rondaban por la cabeza Koert y su reacción —esta vez, yo no pensaba llamarle; si quería algo, ya llamaría él—, Miriam y sus ataques a Judit, Flanagan y el dolor que le causaba...

Subí a casa de Laura.

—¿Te molesto? —le pregunté, porque me pareció que ella sí que estaba estudiando.

—No, no —respondió, estirándose como un gato—. Precisamente estaba a punto de hacer un descanso.

Fuimos a la cocina a prepararnos un té y, mientras tanto, le conté la reacción de Koert y la de Miriam, a ver qué le parecía.

Se echó a reír.

—¿Que qué me parece? Hummm. Me parecen dos comportamientos muy típicos. El de Koert, típico de muchos chicos: la libertad se la otorgan a sí mismos; en cambio, les cuesta más tenerla en cuenta para sus parejas.

—Me suena... ¿Moral de dos velocidades: una para ellas y otra para ellos?

—Digamos que ellos son libres de hacer lo que quieran pero no toleran la misma libertad para las mujeres. Dicho de otra manera, unas reglas del juego más relajadas para los chicos, supuestamente con más necesidades sexuales...

—¿Supuestamente?

—Sí, estoy convencida de que es un mito.

Me apunté mentalmente que se lo preguntaría a Octavia.

Después, Laura me dijo que el comportamiento de Miriam resultaba, en cambio, bastante común entre las mujeres.

—Hay mujeres que, cuando están rabiosas porque un hombre se ha ido con otra mujer, nunca le sacan los ojos al hombre, sino a la rival. Es una bobada.

¡Tenía razón!

Después, Laura me echó porque tenía que seguir estudiando. Me encontré a Marcos, que, al verme, me sacó la lengua. Lo ignoré. Desde el problema con Koert, no le dirigía la palabra... a pesar de que, pensándolo bien, tenía que admitir que me había hecho un favor: me había permitido conocer la reacción del holandés, que, si quería seguir la relación, tendría que rectificar su actitud. A pesar de que me volvía loca —¡lo reconocía!—, no estaba dispuesta a dejarme pisar por él.

Me encerré en la habitación y, dos minutos más tarde, la puerta se abrió para dar paso a la cabeza de Marcos.

—Al teléfono, Carlota —gritó.

No había oído que sonara. Corrí hacia la puerta.

—Es tu novio —me aclaró Marcos, mientras me seguía por el pasillo.

No objeté nada y me apresuré hacia el aparato.

—¿No piensas preguntarme cuál de los dos? —inquirió Marcos.

Me paré en seco. Cierto, para Marcos tenía dos: Koert y Flanagan. ¿Quién de ellos debía de ser?

—*Hi*, Carlota.

¡Koert!

Entonces me di cuenta de hasta qué punto había estado esperando aquella llamada. Sonreí. Koert me pedía disculpas por su reacción, pensaba que se había pasado —y yo estaba de acuerdo—, que yo tenía todo el derecho de ir con quien quisiera —no tenía ni que decírmelo— y que él tenía que respetarlo. Se justificaba diciendo que la noticia lo había tomado por sorpresa, pero que, sobre todo, le había molestado mucho tener que saberlo por Marcos.

—*I'm so sorry, Carlota...*

Eso, yo podía entenderlo perfectamente. Si me ponía en su lugar, si me imaginaba a una hermana suya hablándome de un asunto amoroso de Koert, me podía ver a mí misma como una bruja. Tenía que admitir que la reacción de Koert había sido mesurada comparada con una posible reacción mía, pero no se lo dije. En cambio, le pedí disculpas aceptando que yo también tenía responsabilidad en el final catastrófico de nuestro primer fin de semana juntos. Terminamos riendo y, claro, dando por clausurado el incidente.

Aún nos quedamos charlando veinte minutos más, después de hacer las paces; esta vez, sin embargo, a cargo de la cuenta corriente de los señores Vroom.

Cuando colgué, estaba en una nube. Fui flotando por el pasillo. Me crucé con Marcos y le sonreí con cara de tonta. Tal vez lo interpretó como un final definitivo de las hostilidades. Me eché en la cama a pensar en Koert, pero pronto mi cerebro se instaló en otra cuestión: ¿si tenías una pareja y, a la vez, establecías una relación pasajera con otra persona, qué era mejor, contarlo o no? No contarlo parecía deshonesto y, en cambio, contarlo parecía una locura; no añadía nada a la pareja más que mal humor, desconfianza y resentimiento quizá para siempre. Tendría que preguntárselo a Octavia.

Al día siguiente, claro, ya no tenía excusa para no contárselo a mis amigas, sobre todo porque ahora podía terminar la historia con un buen final.

Por la tarde, después de haber aceptado la compañía de Mireya, que necesitaba que le echara una mano con el examen de física, volamos las dos hacia casa de mamá. Quería intentar ganar el tiempo perdido la tarde anterior.

En casa de mamá, Mireya y yo nos pusimos a estudiar. El silencio total —sin hermanos impertinentes, ni llamadas taquicárdicas— fue súbitamente interrumpido por el timbre de la puerta. No me lo esperaba y me sobresalté.

—¿Iba a venir alguien? —preguntó Mireya levantando las cejas.

—Que yo sepa, no.

Dejé a Mireya trabajando en la mesa del comedor y fui a abrir la puerta.

—¡Flanagan! ¿Qué...?

No sabía qué decir. No contaba con verlo. Tampoco era el momento.

—¿Tú no has oído nunca la canción aquella de Aute?

—¿Cuál? —pregunté, bajando el tono de voz. No quería tener que presentarle a Flanagan a Mireya. Ahora, no.

—Aquella que dice «pasaba por aquí» —respondió él.

—¿Y adónde ibas, que has tenido que pasar por aquí?

—Venía aquí, por eso tenía que pasar por aquí.

Yo seguía sin moverme, apoyada en el marco de la puerta. Me gustaba ver a Flanagan, pero no me decidía a dejarlo pasar: tenía que estudiar y, además, no tenía ganas de una conversación a tres bandas —Flanagan, Mireya y yo—, y, encima, estaba el recuerdo de Koert y la firme decisión de resolver aquel lío.

—Te habría llamado mañana —intenté suavizar la situación, porque me daba cuenta de que no resultaba ni simpática ni convincente.

Desde el comedor llegaron ruidos, como si a Mireya se le hubiera caído al suelo una carpeta... o como si la hubiera tirado expresamente. Tal vez mi demora en volver al comedor exacerbaba su curiosidad.

—¿Está tu madre?

—No, hoy tenía que quedarse a trabajar hasta tarde en la biblioteca.

Apenas dije esto, hubiera querido desaparecer. Por la cara de horror de Flanagan, estaba claro que se imaginaba a Koert en el comedor. O tal vez en el sofá de la sala. E incluso, tal vez se imaginaba *Sadness* sonando en el equipo de música.

—Bueno, me voy. No quiero molestar —dijo, confirmando mis sospechas.

No tuve otra alternativa que invitarle a pasar.

—No, hombre, entra, ya que has venido.

—No, tengo prisa.

—Flanagan, por favor, que entres —dije con insistencia. Necesitaba que me hiciera caso para aplacar su paranoia.

—Ya me voy.

Lo cogí por el brazo con contundencia.

—¡No me toques! —gritó.

¿Se había vuelto loco o qué?, me pregunté; la paranoia lo llevaba demasiado lejos.

—Perdona... quería decir...

Ya estaba harta: que hiciera lo que quisiera. Lo solté con autoridad.

—¿Entras o no?

Entró, pero lo hizo aún con vacilaciones, con prudencia. Como si tuviera miedo de encontrarse en la sala a Koert en calzoncillos. Si no fuera porque me preocupaba que sufriera, me habría echado a reír por el punto de cómico que tenía la situación.

Entramos en el comedor, donde Mireya ni siquiera se molestaba en fingir interés por los libros. Estaba pendiente de mí y de él.

—Te presento a Mireya. Mireya, éste es Flanagan.

Noté que las mejillas de Flanagan hervían. Se acercó a Mireya, que se había levantado.

—Ah, hola —dijo ella—. Es como si te conociera, Carlota me ha hablado mucho de ti.

La fulminé con la mirada. ¡Tonta...!

—Mucho gusto.

—Bien, precisamente hace unos minutos que hemos asumido el dominio de las funciones polinómicas, o sea que ya me puedo ir —dijo Mireya.

Y mientras se inventaba ese cuento, iba guardando los libros en la mochila y me iba lanzando miraditas significativas: bueno, los dejo a solas, parecía que decía. O tal vez: ¿y ahora qué harás?, ¿te dividirás entre Flanagan y Koert?

La habría matado...

Por fin nos quedamos solos. Fui recogiendo libros y libretas de la mesa porque me sentía un poco incómoda; no sabía qué decir... A pesar de que me daba cuenta de que verlo ya era una especie de trampa, porque seguía gustándome y seguía encendiéndome guirnaldas de Navidad... Esperaba que él diera el primer paso. Ponía cara de... ¿pez fuera del agua?, ¿de vaca sin prado?

Nos sentamos en ¿nuestro? sofá. Él no se quitó la chaqueta. Parecía tener prisa.

—¡Vaya! Creía que estabas con tu amigo... —dijo, por fin.

De modo que yo tenía razón: estaba seguro de que me encontraría con Koert.

—¿Koert? —quise confirmarlo.

—Sí, el holandés ese.

—Pues ya ves que te equivocaste.

—Me alegro de haberme equivocado.

Se había equivocado, sí; pero el fin de semana sí lo había pasado con él. Y, sobre todo, tenía la intención de pasar con él más fines de semana.

—He estado con él gran parte del fin de semana.

Me pareció que Flanagan tenía muchas ganas de preguntarme qué habíamos hecho aquellos dos días, pero no lo hizo. De verdad, era un chico muy considerado. Lamenté que no me gustara tanto como Koert, porque era un chico que valía la pena.

—¿Y cuándo se fue?

—El domingo por la tarde, después de los campeonatos.

La expresión de Flanagan se aclaró, como si las nubes de tormenta desaparecieran y luciera el sol nuevamente. Me miraba con una sonrisa franca en los labios. No sé si mis palabras lo habían llevado a interpretar que la historia con Koert ya se había acabado. Quise dejar clara la situación.

—Volverá pronto, supongo. —Y llegados a este punto, para hacer más verosímil aún que entre Koert y yo las cosas habían tomado un cariz más serio o tal vez también para hacerme yo misma a la idea, improvisé—: Y creo que pronto podré ir a Holanda.

Ya estaba dicho, pero no tenía ni idea de cómo podría montarme un viaje a los Países Bajos.

El rostro de Flanagan se ensombreció de nuevo.

—¿Qué te pasa, Flanagan?

Flanagan soltó las palabras como si fuera un globo que se desinflara poco a poco.

—Tengo miedo de que me dejes.

¿Miedo de que lo dejara?

—Flanagan, quedamos en que no había compromiso... —le recordé.

—Y, por mi parte, era verdad cuando lo dijimos. Pero ahora he descubierto que hay temas en los que es mejor no hacer promesas.

Se me formó un nudo en la garganta. Como si llevara una bufanda y alguien la hubiera atado con demasiada fuerza. Me dolía verlo sufrir. Y, además, lo que me decía también me hacía sufrir a mí, ya que me hacía tambalear las decisiones, me desquiciaba las emociones... Flanagan también me gustaba mucho.

—No me hagas eso, Flanagan.

—Yo no hago nada. Supongo... supongo que hay muchas chicas con las que podría hacer el amor sin ningún compromiso, y pasármela bien y que ellas se lo pasaran bien, como quien hace gimnasia... Pero no es el caso. Puedes hacer lo que quieras, quédate con Koert y yo me conformaré, porque no me queda otro remedio.

—Flanagan, yo no he dicho que me quiera quedar con Koert...

Francamente, no lo había dicho, pero lo había pensado. Tal vez la intuición de Flanagan se lo daba a entender sin necesidad de que pronunciara las palabras.

—¿Entonces? —preguntó, con voz esperanzada.

—No lo sé. Es que estoy hecha un lío. Tú me gustas mucho... pero él también... y además no sé si...

«Tú me gustas mucho, pero él también.» Era verdad y a la vez no lo era. Era verdad que ambos me gustaban, pero no del mismo modo. Koert me gustaba más... O mejor dicho, globalmente, o sea, todo en él me resultaba interesante y estimulante y me producía una emoción muy profunda. Como si su presencia hiciera circular un torrente de luz por mis venas, como si mis ojos estuvieran más limpios y vieran más claro. Eso, con Flanagan no me llegaba a pasar.

No sabía cómo salir airosa de la situación. Cómo dejar las cosas claras con él, sin herirlo. De repente, Nines me vino a la cabeza.

—Además... compromiso quiere decir exclusividad... ¿Qué harás con Nines?

Flanagan inclinó la cabeza.

—Supongo que hay que elegir.

Inclinando la cabeza, Flanagan parecía un perrito delante de un hueso. Realmente, era un chico encantador, divertido, buena persona...

—Además, ahora se me hace difícil hablar y decidir... —se me escapó, notando que las ganas de estar físicamente más cerca de él me ganaban de golpe y por sorpresa.

—¿Por qué?

—Porque estás aquí y tengo ganas de acercarme más a ti...

Flanagan rectificó la posición de la cabeza. Abrió y cerró los ojos.

—¡Uf! ¡Ay, Carlota! Tal vez sería mejor que me fuera...

Lo decía, pero no parecía que lo pensara. De hecho, tenía las manos en el cierre del impermeable y se lo estaba bajando. Me imaginé que le faltaba muy poco para quitárselo y quedarse.

—Quédate.

—No —protestó, acabando de bajarse la cremallera—. No quiero interferir en tu vida.

Entonces se levantó del sofá para irse.

Yo me levanté de golpe y, desde detrás de él, dije:

—¡Flanagan!

Flanagan se volvió. No sé qué pasó. Fue como si cayera en un remolino rapidísimo que me tuviera que llevar a una dimensión desconocida. Pero de desconocida no tenía nada, porque eran los brazos de Flanagan y los labios de Flanagan y la saliva de Flanagan y los besos de Flanagan... Y el remolino nos llevó hasta mi habitación, y encima de mi colchón, que había ido a parar al suelo.

—Te quiero —me dijo Flanagan, justo en pleno viaje astral.

Y a pesar del placer, me sentí muy triste y me puse a llorar. También yo lo quería. Y me gustaba. Y me hacía sentir muy bien cuando hacíamos el amor... ¿Y por qué la vida era tan complicada? Eso nunca nos lo había dicho nadie en las clases de educación sexual.

Aún estuvimos un buen rato sin hablar, como balanceándonos en nuestra hamaca suspendida en medio del universo. Flanagan me había pasado la mano por detrás del cuello y me acariciaba suavemente la mejilla.

De repente, recuperé la conciencia terrenal: quiero decir que me di cuenta de que estábamos en casa de mamá y de que seguramente eran más de las ocho y ella ya no tardaría en llegar.

—Se ha hecho muy tarde. Nos tenemos que vestir, mamá puede volver.

—Y ahora... ¿qué? —preguntó Flanagan mientras nos vestíamos.

¡Lo sabía! Sabía que me preguntaría algo por el estilo. Me armé de valor.

—Me lo he pasado muy bien. Estoy muy bien contigo.

—¿Y eso quiere decir que...?

En aquel momento sonó el teléfono. Fui a contestar pensando que seguramente sería mamá y que, quizá, no era la primera vez que intentaba hablar conmigo.

¡Era Koert! Intenté hablar con voz muy neutra para que Flanagan, que había salido de la habitación detrás de mí, no se lo oliera.

—*Not now, later...*

Flanagan hizo un gesto de despedida con la mano y se fue sin decir ni una palabra, sin darme tiempo de colgar.

Capítulo 18
ENFERMEDADES DE TRANSMISIÓN SEXUAL

26 de marzo

Antes de irme a clase, le mando un mensaje electrónico a Octavia para saber si es cierto que los hombres tienen más necesidades sexuales que las mujeres.

Luego, me voy volando porque llego tarde y entro en la clase de Badia una milésima de segundo antes de que cierre la puerta y cuando ya está gritando:

—¡Callados!

Poco a poco, todo el mundo va bajando el tono de voz hasta que, por obra y gracia de la mirada furibunda de Badia, acabamos por quedarnos completamente en silencio.

—Bueno —dice el profe, aprobando el silencio sepulcral que mantenemos—, hoy les he traído una noticia del periódico, que leeremos y comentaremos.

Le da el recorte de periódico a Carlos y le pide que lo lea en voz alta.

Cuando lleva un minuto leyendo, a mí ya se me han puesto todos los pelos de punta. ¡Vaya! Es terrible, la epidemia del sida.

Dice que todos los días en el mundo mueren de sida ocho mil personas, o sea, se produce una muerte cada diez segundos. Y, lo que aún es peor, todos los días hay catorce mil nuevos contagios.

—Es decir —aclara Badia interrumpiendo la lectura—, la desproporción entre los contagios y las muertes indica que la enfermedad sigue propagándose a mucha velocidad, lo cual quiere decir que la gente no está consciente de la peligrosidad de tener relaciones sexuales sin protección.

¡Gulp! Yo misma incurrí en una conducta de riesgo, o sea, una relación sexual sin protección, y sólo durante un nanosegundo pensé que me podía pasar a mí.

—Estas cifras indican que la gente no se protege para evitar contagiarse de sida. —Nos mira uno a uno con seriedad y añade—: ¿Y eso por qué? Pues por tres razones básicas. Una es la falta de información, que no es el caso en nuestro país, ya que se han hecho bastantes campañas avisando de la peligrosidad de esta enfermedad. La segunda es la relajación en las conductas de prevención.

—¿Qué quiere decir eso? —pregunta Elisenda.

—Quiere decir que, aunque hace un tiempo todo el mundo estaba alerta respecto a la necesidad de utilizar los preservativos, actualmente mucha gente, sobre todo los jóvenes, han llegado a pensar que el sida es una enfermedad grave y crónica pero que, al fin y al cabo, se puede ir sobrellevando con medicamentos y, por lo tanto, se ha bajado la guardia, se emplean menos los preservativos y se producen más contagios. Aparte —sigue, después de una pequeña pausa— de que a menudo los jóvenes piensan lo de «eso es algo que puede pasarle a los demás, pero no a mí».

Exacto, me digo, ésa es la primera idea que me viene a la cabeza cuando pienso en el contacto sexual que tuve con Flanagan sin protección. Pero ya me doy cuenta de que pensar así es una locura.

—Es lo mismo que les pasa con los accidentes de moto o de coche. No es necesario ponerse casco, no es necesario abrocharse el cinturón, puedo acelerar mucho, puedo rebasar temerariamente... Creen que no les pasará nada, que sólo se mueren los demás. Pero los demás también son ustedes. ¿Recuerdan a Álvaro Villanueva?

Sí, nos acordamos todos por la cara que ponemos. Ya no está con nosotros; se mató con su moto hace unos meses.

—¿Y se acuerdan de Eva?

¿Cómo podríamos olvidarla? Aún seguimos yendo a verla alguna vez. Está en una silla de ruedas y nunca podrá volver a andar.

—¿Y de Ramón?

De él, no solamente me acuerdo sino que todavía, de vez en cuando, nos vemos, porque somos amigos. Él ha tenido más suerte, porque la única secuela que le ha quedado del accidente de moto es la cara completamente desfigurada. Es menos grave, pero tampoco es nada agradable tener un aspecto monstruoso.

—Pues lo mismo pasa con el sida: ustedes pueden ser uno de esos catorce mil contagios diarios. Y la tercera razón de los contagios es que mucha gente portadora del virus del sida y que, por tanto, puede infectar a otras personas, evita saberlo, evita hacerse la prueba del sida, ya que tiene miedo de que, si se demuestra que es portadora del virus, la sociedad le hará notar su rechazo.

Sí, tiene razón. Aún recuerdo el caso de Isidro, un niño

que llegó a la escuela en segundo de primaria y era portador del virus. Sufrió el rechazo de mucha gente, especialmente de padres de la escuela que no querían que sus hijos tuvieran contacto con él porque tenían miedo de que se contagiaran. Pobre chico, ¡lo pasaba fatal!

—Hoy, como pueden imaginar, dedicaremos la clase de ciencias naturales al sida, que es una enfermedad de transmisión sexual (una ETS), o sea, que se contagia por contacto sexual.

—Está claro —dice Federico, como si dijera que es natural que así sea—, está mal vista por la sociedad porque se asocia al sexo.

—¿Y qué? —dice Badia—. El sexo forma parte de nuestra vida, es una manifestación más de nuestra vida. ¿Qué tiene de malo eso?

—Nada —dice Federico, un poco dubitativamente—, pero las enfermedades que se contagian por el sexo...

—Las enfermedades que se contagian a partir del contacto sexual no son distintas de las que adquieres cuando, por ejemplo, un griposo te pega el virus de la gripe. ¿Sabes?, ni las unas ni las otras son vergonzosas. El único comportamiento que no es admisible es tener una enfermedad de transmisión sexual y escondérselo a tu pareja. Eso sí que es una conducta reprobable.

—¡Qué miedo! —dice Elisenda—. ¿Y si tienes relaciones sexuales con alguien que tiene el sida y tú no lo sabes?

—Me parece que yo no me acostaré nunca con nadie, así no tendré la posibilidad de que me contagien nada —dice Janira.

—No, ésa no es la solución. Al revés: si empiezas a tener miedo de las relaciones sexuales, estás también desarrollando una enfermedad. Casi tan terrible y tan difícil de curar como algunas ETS.

—Pues ¿qué hay que hacer?

—Usar preservativo —responde Carlos.

—Exacto. —Badia está de acuerdo—. Ésa es la primera precaución. El preservativo los protege del sida y de las demás enfermedades de transmisión sexual, de las que ya hablaremos otro día.

—¿Qué quiere decir sida?

—SIDA son las siglas del Síndrome de Inmunodeficiencia Adquirida, que es la enfermedad, y el virus que lo transmite es el VIH, o sea, el Virus de la Inmunodeficiencia Humana. Este virus se encuentra en las secreciones sexuales (semen y flujo vaginal) y en la sangre de las personas que han sido infectadas.

—Y este virus ¿qué hace en el cuerpo?

—Es un virus que destruye las defensas naturales del cuerpo humano y provoca que la persona no pueda luchar contra otras enfermedades que se le declaran. De modo que incluso un trastorno muy leve, como por ejemplo un resfriado, puede llegar a convertirse en una enfermedad muy grave, ya que el organismo no dispone de recursos para luchar contra ella.

—¿Eso te pasa el día siguiente de que te entre el virus en el cuerpo?

—No. La infección durante los primeros años no da síntomas, y puede pasar desapercibida ya que tiene un desarrollo muy lento. Pero durante todo ese tiempo en el que no se manifiesta, la persona ya tiene la capacidad de infectar a otros, porque es seropositiva o portadora del virus. Con el tiempo, cuando el sistema inmunológico se ha debilitado, la persona infectada empieza a sufrir distintos trastornos y enfermedades, que son lo que llamamos sida.

—¿Se puede curar?

Todos escuchamos un poco asustados. Es verdad que hemos oído hablar mucho del sida, pero no sé si alguna vez con tanta claridad.

—No. Es una enfermedad mortal. Actualmente aún no hay vacuna contra el sida, ni tampoco un medicamento para curarlo. En los países ricos, el coctel de medicamentos que se les da a las personas que ya lo han desarrollado, les prolonga la vida, pero no consigue evitar el desenlace, que es la muerte. Y en los países del tercer mundo, la enfermedad hace estragos. Por ejemplo, en África, a causa de la desinformación, de la ignorancia, se producen muchos nuevos casos diarios y por culpa de los precios tan caros de los medicamentos y de la poca solidaridad de los países ricos, raramente los enfermos pueden ser tratados. De modo que África va directa al desastre.

¡Terrible! Levanto la mano.

—¿Y no podemos hacer nada? ¿No podemos ayudarles de algún modo?

—Sí —responde Badia—. Individualmente, colaborando con aportaciones económicas con alguna ONG. Y colectivamente, haciendo presión sobre el gobierno para que ponga en marcha planes para ayudarlos.

¡Me lo apunto para hacerlo!

Badia sigue.

—A menudo la gente tiene ideas extrañas con respecto a la forma en que se contagia la enfermedad. El contagio puede ser sexual, parenteral (por transfusiones de sangre, compartiendo jeringas...) o vertical, es decir, de madre a hijo durante el embarazo, el parto o la lactancia. Por lo que se refiere al contacto sexual, primera cuestión importante: todo el mundo (sea joven o mayor) está expuesto a ella, si tiene conductas de riesgo, o sea, relaciones sexuales con una o distintas parejas ocasionales y sin tomar precauciones. Un error puede tenerlo todo el mundo, eso es verdad, y más en un terreno como el del sexo o el de los sentimientos, que se escapan a menudo a la razón. Pero una cosa es cometer un error y otra muy distinta es instalarse permanentemente en una conducta de riesgo.

—Yo creía que el sida lo cogían sobre todo los gays.

—Pues estabas equivocado. El sida puede contraerlo tanto una persona heterosexual como una persona homosexual, sea un gay o una lesbiana. Es más, actualmente se sabe que las mujeres son mucho más vulnerables al virus. Y lo es especialmente una mujer joven que tiene su primera relación sexual con un hombre infectado, ya que las paredes de su vagina pueden sufrir algunas pequeñas heridas a través de las cuales penetre el virus.

—¡Vaya! Entonces, si yo tengo una herida en un dedo y toco a alguien que tiene el virus, me puedo contagiar, ¿no?

—No. El virus sólo se transmite a través de la sangre y a través del semen, por lo tanto, no basta con que tú tengas una herida. La herida debe ser reciente y ha de entrar en contacto con el semen o la sangre del otro, porque así es como se contagia el virus.

—Yo creía que eran los drogadictos quienes tenían esa enfermedad.

—Sí, también la pueden tener si reutilizan una jeringuilla que ha usado un compañero drogadicto y portador del virus. Si tienen la precaución de usar jeringuillas nuevas, no tienen por qué infectarse. Lo que sucede es que la droga ya es un problema sanitario muy grave en sí mismo.

—O sea que eso del sida no es sólo un problema de jóvenes homosexuales y drogadictos... —dice alguien en el fondo del aula.

—No. Es un problema que afecta a jóvenes y a adultos. A drogadictos y a quienes no lo son, a homosexuales y a heterosexuales, a hombres y a mujeres... De hecho, como les digo, más a las mujeres que a los hombres. Se calcula que, entre una mujer que tiene una relación sexual con un hombre infectado y un hombre que la tiene con una mujer infectada, tiene veinte veces más probabilidades de infectarse la mujer que el hombre.

Se oye una especie de suspiro asustado que sale de las bocas de las chicas.

—Ya lo saben, chicas: ese mito que dice que una chica que lleva un preservativo encima es un poco puta es una tontería. Una chica que lleva un preservativo encima es una chica precavida y sensata. Tiene todo el derecho. Tiene el derecho (¡y la obligación!) de comprar preservativos y de exigir que los chicos los usen.

—Imaginemos que ya hemos tenido la relación sexual y que no nos hemos protegido... —digo yo.

Badia me corta para añadir:

—Eso puede pasar, evidentemente. No olvidemos que, en cuestiones de amor y de sexo, dos y dos no siempre son cuatro, y puede que las buenas intenciones se vayan por un tubo.

—Eso —sigo yo—. Pero entonces, ¿qué hay que hacer para estar segura de que no estás infectada?

—Hay que ir al médico y pedirle un análisis que confirmará si has tenido contacto o no con el virus del sida.

—¿Y ya está? —dice Mireya—. Pues así sólo hay que pedirle a tu pareja antes de tener relaciones sexuales que se haga ese análisis.

—No. No basta. Para saber si te has infectado tienes que repetir el análisis unos seis meses después del último contacto sexual. Entonces puedes estar seguro de si eres seropositivo o no, o sea, si tienes el virus o no. Por lo que se refiere a pedirle a tu pareja un análisis, sólo lo puedes hacer si se trata de una pareja fija. Mientras tanto, usa siempre los preservativos. Ésta es la única solución para evitar que el sida se propague, y también es la mejor solución contra otras ETS.

Y Badia da por terminada la clase, mientras le pide a Mónica que cuelgue una estadística sobre la enfermedad en el mural de la clase.

Me acerco a leerla.

ESTADÍSTICA 3

En el año 2008, en el mundo:
— había un total de 33, 400,000 de personas infectadas con el virus del sida.
— se habían infectado de sida 2, 700,000 de personas a lo largo del año.
— habían muerto de sida 2, 000,000 de personas a lo largo del año.

En el año 2008 todos los días, en el mundo:
— se habían infectado 1,720 jóvenes menores de 15 años.

— se habían infectado 5,300 personas de entre 15 y 24 años.
— se habían infectado 4,900 personas mayores de 25 años.

En el año 2008, entre los 0 y los 15 años:
— había 2,100,000 niños y niñas que tenían el virus del sida.
— hubo 430,000 nuevas infecciones de niños a lo largo del año.
— murieron 280,000 niños de sida a lo largo del año.

Después de leer todo eso, estoy hecha polvo. Nunca más —lo digo con toda la solemnidad de que soy capaz— volveré a tener relaciones sexuales sin protección.

Mireya se me acerca sin que la oiga.

—Increíble, ¿no?

—¿Tú sabías todo eso?

—Tenía alguna idea, pero me parece que no lo suficientemente clara. En cambio, después de las explicaciones de Badia, ya no me la volveré a jugar nunca más. —Entonces, me mira con cara de pilla y me pregunta—: ¿Piensas contarme qué pasó ayer entre tú y Flanagan?

27 de marzo

Hoy Berta viene a casa. Nos hemos propuesto hacer un informe sobre el resto de ETS y pasárselo a Mireya y a Elisenda. Empezamos a buscar información en la enciclopedia, pero no entendemos gran cosa. Hablan de bacterias, de protozoos y de artrópodos...

—¿Tú lo entiendes?

—Nada de nada.

—¿Y si navegamos por internet y sacamos información de alguna página de sexualidad?

No podemos: Marcos está pegado a la computadora y no tiene ninguna intención de dejarla.

—¡Ya lo tengo! Iremos a casa de Laura.

Subimos volando. Y nos abre la puerta ella misma.

—Venimos porque queremos que nos cuentes todo lo que sepas sobre enfermedades de transmisión sexual —le digo casi sin aliento.

—¿El sida? —pregunta ella, mientras nos hace pasar a su habitación.

—No. El sida es la única enfermedad de la que nos han hablado a fondo.

—Queremos información de las demás.

Laura se echa a reír.

La miro, sorprendida. No entiendo qué le hace tanta gracia.

—Justamente ayer fui al ginecólogo pensando que tenía una enfermedad de transmisión sexual.

—¿Ah, sí? ¿Cuál? —digo yo, interesadísima, sentándome en su cama al lado de Berta.

Nos disponemos a tomar nota.

—Creía que tenía un herpes.

—¿Un herpes es una ETS? Yo he tenido alguna vez, por culpa de la fiebre, pero me sale en el labio. En el labio de la boca, quiero decir, ¿eh?

—Pues viene a ser lo mismo pero sale en los genitales y se transmite con el contacto sexual.

—¿Y por qué lo pensabas?

—Lo pensaba porque sentía mucha comezón en la vulva (la comezón es un síntoma de que algo no está bien,

¿saben?) y, además, tenía una especie de granitos cuyo aspecto era parecido al del herpes.

—¿Y?

—Por suerte, el ginecólogo me dijo que no me preocupara, que no era un herpes sino una alergia provocada por un producto que había empezado a utilizar: un desodorante vaginal.

—¿Un desodorante vaginal?

—Sí. Me dijo que no usara más esos productos porque podían tener consecuencias indeseadas, como la de la alergia. Me recomendó que me lavara siempre con agua y un jabón neutro y punto.

—Y de haber sido un herpes, ¿qué?

—Fatal, porque es una ETS producida por un virus que, a pesar de los tratamientos, reaparece de vez en cuando. Un poco como los herpes de la boca. Cuando tienes estrés o fiebre o la regla... Lo peor es que se contagia muy fácilmente, por lo tanto se lo puedes contagiar a tus parejas sexuales con facilidad...

—Y entonces, ¿qué hay que hacer?

—Avisar de que lo tienes. Y usar preservativo.

—¿Y duele tanto como el de los labios?

—Más: da comezón, duele al orinar, produce molestias y malestar.

Berta y yo nos miramos: aunque no sea una enfermedad mortal como el sida, no debe de ser nada agradable.

—Por cierto —dice Laura—, deben tener cuidado con la ropa que se ponen. Por ejemplo, Berta, esos jeans que llevas son demasiado ajustados...

—¡Bah! Pareces mi padre...

—No, si no te lo digo por razones morales sino por razones de salud. La ropa demasiado ajustada o la ropa de tejidos artificiales como el nailon, puede provocar una candidiasis, que es una enfermedad que a menudo se transmite por contacto sexual...

—Y que también te la puede provocar la ropa interior, por lo que se ve.

—Exacto. Es mejor usar ropa interior de algodón. Y los pantalones no demasiado estrechos. También puede ser provocada por los antibióticos. Las cándidas son una especie de hongos...

—¿Como los de los pies?

—Parecidos. Provocan escozor y sensación de calor en la vulva, y secreciones blancas a través de la vagina.

Cuando Laura termina de contarnos todo lo que sabe sobre enfermedades de transmisión sexual, Berta y yo preparamos el informe:

INFORME 12
Algunas enfermedades de transmisión sexual:
Por virus:
— El sida.
— El herpes genital.
— La hepatitis B, que da fiebre y mucho cansancio.
— El papiloma virus humano, una especie de verrugas que salen en la vagina o en el cuello del útero. Es importante diagnosticarlo a tiempo porque a la larga puede degenerar en un cáncer de cuello del útero.
Por bacterias:
— Las clamidias, que provocan dolores en el bajo vientre y al ir a orinar. Si no se trata a tiempo, la infección se extiende a las trompas.
— La gonorrea; que provoca síntomas parecidos a los de las clamidias.

—La sífilis, que antiguamente era una enfermedad muy grave. En la actualidad, se puede curar, pero es preciso diagnosticarla a tiempo (y da pocas señales), ya que unos años más tarde puede causar daños importantes en el cerebro.

Por hongos:

—Las cándidas, que producen un aumento del flujo vaginal, que se vuelve espeso y blanco y, a veces, va acompañado de mucho escozor.

Por insectos:

—Las ladillas, unos parásitos parecidos a los piojos, que se instalan en la zona del pubis.

—¿Existe alguna forma de saber que estás al comienzo de una enfermedad sexual? —pregunta Berta antes de irnos—, porque parece dispuesta a sacarle todo el jugo a Laura.

—Sí. Es importante aprender a conocer el propio cuerpo y escucharlo para saber cuándo está teniendo algún problema.

—De acuerdo, pero ¿cómo lo notas?

—Generalmente, tienes sensación de escozor o de calor en los genitales. O puede salirte una pequeña llaga indolora en la vulva e, incluso, en la boca. Puedes sentir dolor en el bajo vientre o molestias o dolor cuando tienes relaciones sexuales. Puedes tener secreciones vaginales de color blanco o verdoso, de olor desagradable. Puedes tener molestias al orinar.

—¿Y qué debes hacer si sospechas que tienes una ETS?

—Dejar de tener relaciones sexuales e ir volando al médico.

—¿Y hay alguna forma de evitar las ETS? —pregunto yo, que prefiero no tener que ir a ningún sitio ni hacer un tratamiento para curarme, sino no tenerlas.

—La solución es usar preservativo.

Cuando bajamos hacia mi casa, Berta me dice:

—¿Te has fijado en que los preservativos son muy importantes?

—¡Vitales!

29 de marzo

Luci se ha enterado de que hemos tratado el tema del sida con Badia.

—Ahora quiero que me platiquen todo lo que han entendido.

Entre todos conseguimos hacerle un resumen bastante coherente de lo que nos explicó el profe en la clase de ciencias naturales.

—Veo que lo han entendido muy bien —dice Luci al acabar nuestras explicaciones—. Ahora, me gustaría que analizáramos algunos tabúes, porque alrededor del sida hay muchos.

Durante mucho rato discutimos en relación con ideas —muchas de ellas equivocadas— respecto a esta enfermedad. Luci nos pide que lo expongamos en el mural.

INFORME 13

• El sida no es una enfermedad que afecte sólo a los gays, a las lesbianas, a los drogadictos o a las prostitutas. El sida es una enfermedad que puede afectar a todo el mundo, y más fácilmente a las mujeres.

• El sida no es un castigo por tener ciertos comportamientos sexuales.

• El sida no es una enfermedad hereditaria.

• Los mosquitos no pueden contagiar el sida.

• Los tampones no pueden contagiar el sida.

• Bañarse en una piscina pública o en un jacuzzi no puede contagiar el sida.

• Convivir con alguien que tiene el sida no te pone en peligro de contraer la enfermedad; sólo es preciso respetar algunas normas de higiene.

Al llegar a casa tengo la respuesta al mensaje que le mandé el viernes a Octavia:

Asunto: las necesidades sexuales de los hombres y de las mujeres.

Texto: Querida Carlota:

La respuesta no me parece fácil. Si te fijas en los libros o les preguntas a los médicos (no tengo aún opinión por lo que respecta a las médicas), te dirán que sí, que los hombres tienen más necesidades sexuales que las mujeres. Concretamente, mi amigo Dominique, psiquiatra, dice que muchos de sus pacientes masculinos se quejan de que sus mujeres tienen pocas ganas de hacer el amor. En cambio, debo fiarme de lo que hablo con mis amigas y de lo que ellas me cuentan de las suyas, diría que las mujeres tienen un impulso sexual tan intenso como el de los hombres.

¿Cómo se entiende esta diferencia entre lo que dicen los libros o lo que dice la práctica médica y lo que dice la experiencia de tantas mujeres? Yo diría que puede haber dos explicaciones.

La primera, tal vez hay mujeres (las parejas de los hombres que se quejan) que tienen pocas ganas. No olvidemos que se ha reprimido siempre la sexualidad de las mujeres. No olvidemos que a menudo los hombres han castigado a las mujeres que manifestaban interés sexual tildándolas de putas, de vaginas voraces. ¿Qué esperan, entonces, esos hombres? ¿Que de repente cambien de actitud cuando se les ha hecho un lavado de cerebro?

La segunda es que tal vez muchas de las mujeres que parecen tener poco interés hacia las relaciones sexuales, lo que les pase sea que éstas no les convenzan tal como las mantienen con sus parejas. Quizá los hombres también tendrían que hacer un esfuerzo por saber cómo les gusta hacer el amor a las mujeres. Y ellas tendrían que hacerlo para hablar del tema con ellos, decirles qué les gusta y qué no. Tal vez así conseguirían mantener relaciones sexuales satisfactorias.

Espero que te haya servido de algo lo que te he dicho, Octavia

Por la noche, Octavia me manda una nueva regla de oro:

NO ES UNA REGLA DE ORO DE LA SEXUALIDAD, PERO LO ES DE LA VIDA

Tengo un conocido que dice: «A los hombres no nos gustan las mujeres que manifiestan excesivo interés sexual».

Tengo otro conocido que me dice: «Pon cara de tonta, a los hombres les gustan más las tontas».

Tengo otro conocido que me dice: «¡Ay!, que difícil debes de ser, qué carácter debes de tener, si hablas con tanta contundencia».

Tengo otro conocido que para referirse a una mujer por la que siente mucha admiración siempre dice: «Es prudente y discreta».

Mi consejo, Carlota: manifiéstate tal como eres. Los hombres que se asusten de ti porque tienes interés sexual, porque eres inteligente, porque te expresas con firmeza, en definitiva, porque eres una mujer que no les tiene miedo, huirán... Y será una suerte para ti, porque eso establecerá una selección natural fantástica y te encontrarás sólo con los hombres que a ti te convienen: aquellos a los que no les das miedo.

Desde siempre los hombres han tenido miedo de las mujeres que no les tenían miedo. Por eso han convertido en figuras negativas a las mujeres que no se les someten. Por eso hay tantas brujas en la historia de la humanidad, pero no hay nunca ningún brujo. Por eso existe el mito de la vagina voraz, una vagina capaz de cortarles, está claro, ¡pobrecitos!, el pene. Por eso tienen tan mala fama las feministas (no te olvides de que gracias a ellas las mujeres hemos llegado hasta donde hemos llegado y podemos votar y podemos estudiar y tenemos salarios aún alejados de los de los hombres, pero no tanto como antes).

Tanto las brujas, como las vaginas voraces, como las feministas son mujeres con coraje, mujeres que no se someten. Y los hombres no se lo perdonan.

Capítulo 19
DISFUNCIONES SEXUALES

30 de marzo

Esta tarde, Marcos y yo estamos en casa de mamá. Como ya hemos hecho las paces, estamos juntos en la cocina tomando chocolate caliente. Cuando ya casi nos lo hemos terminado, se presenta la abuela, sin avisar.

—Hola, niños.

—Hola, abuela.

—¿Qué haces aquí?

—Pasaba por aquí...

¡Gulp! Eso me recuerda a otra persona.

—... y he venido a visitarlos.

—¿Pasabas por aquí? Pues tú no vives cerca.

A ver si ahora me contesta, también, que «venía aquí y por eso pasaba por aquí».

—No, pero mi ginecóloga tiene el consultorio en esta calle.

¡La ginecóloga! Se me enciende una lucecita: interrogaré a la abuela. A Marcos, se le enciende una lucecita distinta porque, de repente, nos abandona y desaparece dentro de su habitación para seguir escuchando música a todo decibelio.

Arrastro a la abuela hasta la sala. Una vez allí, hago que se quite la chaqueta y nos sentamos en el sofá. Yo, dispuesta a arrancarle confesiones para mi diario. Ella... ¡quién sabe!

—Abuela, ¿aún vas a la ginecóloga?

La abuela me mira con aire de sorprendida.

—¿Aún? —dice, recalcando mucho la palabra—. Pues claro que sí. ¿Quieres decir que me consideras demasiado vieja para ir?

Afirmo con la cabeza.

—Pues te equivocas. Que ya no pueda tener hijos no significa que me haya quedado sin genitales o sin aparato reproductor, ni tampoco sin sexualidad. Necesito, por lo tanto, que una vez al año me hagan una revisión.

—¿Una vez al año?

—Sí, niña —dice ella, que tiene una cierta tendencia a llamarme «niña»—. Y a ti, no te falta mucho para que tengas que incorporar esa rutina a tu vida.

—¿Quieres decir que pronto tendré que empezar a ir una vez al año?

—Exactamente.

Frunzo el entrecejo. No me hace ninguna gracia.

—¿Y qué te hace la ginecóloga cuando te visita?

—La primera vez, como cualquier otro médico, confeccionará un expediente tuyo en el que apuntará datos, como la fecha de nacimiento, enfermedades u operaciones quirúrgicas por las que has pasado, enfermedades que sufre tu familia, cómo son tus reglas, etc.

—Hasta aquí no parece nada preocupante.

—Entonces, te pedirá que te desnudes y te eches en una

litera con las piernas separadas, en alto y apoyadas, por la parte de la rodilla, en una especie de estribos.

—¡Qué horror!

La abuela me mira con media sonrisa en la boca.

—Cariño, no es para tanto. Tal vez no sea la actividad que yo elegiría para pasar la tarde, pero tampoco es tan terrible. El médico o la médica están haciendo su trabajo, y tú te ocupas de la salud de tu cuerpo, que es una responsabilidad que tienes. Sigamos: no es una postura cómoda, pero permite que el especialista vea bien tus genitales.

Asiento con la cabeza, sin poder dejar de lamentar lo que a mí me parece un espectáculo indigno.

—Entonces, el especialista introduce en la vagina el espéculo, que es un utensilio con la forma aproximada de un pico de pato: alargado, cilíndrico y con capacidad para abrirse a lo largo.

—¡Ay! —exclamo, con miedo.

—Mira —dice ella—, cuanto más relajada estás, menos te duele. O sea, no duele si procuras relajar los músculos, pero si te contraes, el espéculo te molestará. Tienes que respirar profundamente e intentar distraerte pensando en otras cosas. El espéculo entra por la vagina hasta el cuello del útero. Una vez allí, el especialista lo abre para observar tu interior y comprobar que no haya nada anormal. A menudo lo aprovecha para coger algunas células semidesprendidas de la vagina. Esas células se depositan encima de un soporte de cristal y se analizan. Para analizarlas, se tiñen y se miran con un microscopio. Eso no lo hace la persona que te explora, sino que lo hacen en un laboratorio y te mandan el resultado más tarde. Esa prueba se llama citología o prueba de Papanicolau.

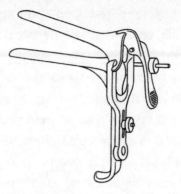

—¿Y para qué sirve?

—Puede dar distintas informaciones: información hormonal, información referida a las posibles infecciones o, la más importante, la que hace referencia a las lesiones precancerosas. Son lesiones que, tratadas a tiempo, resultan fáciles de curar, pero, si no, se convierten en un cáncer.

—¿Por ello es preciso ir cada año al ginecólogo?

—Exactamente —contesta la abuela—. Pero también tienes que sacar cita cuando tienes cualquiera de estos problemas: si hace ya años que tienes la regla, pero sigue siendo muy irregular; si tienes mucho dolor cuando tienes la regla; si pierdes sangre en un momento que no corresponde a la regla; si repentinamente tienes mucho más flujo de lo que es normal en ti; si sientes comezón en los genitales; si te ha salido un bultito en los genitales o en los pechos... A pesar de que a veces salen bultitos en los pechos cuando te viene la regla y desaparecen después. Por eso es importante que aprendas a autoexplorártelos.

—¿Autoexplorarme?

—Sí, tienes que aprender a palpártelos y a hacerlo de forma regular, porque si los conoces bien podrás detectar a tiempo cualquier cambio. Piensa que la mejor manera de prevenir el cáncer de pecho es aprender a observarlos. Pero el especialista también te los explora cuando estás en la consulta.

—¿O sea que no se había acabado?

—No. Y además de la exploración de los pechos, que es la última que hará el especialista, aún queda un tacto vaginal.

—¿Qué quiere decir?

—Quiere decir que introduce un dedo en la vagina mientras con la otra mano presiona la barriga y palpa el útero para comprobar que no haya ningún problema.

—Muy divertido, ya lo veo —digo yo, haciendo una mueca.

—No, no es divertido, pero es necesario... y tampoco es ningún drama.

Entonces aparece Marcos con cara de aburrimiento.

—¿Quieren jugar a las cartas?

Por la noche, cuando mamá deja libre la computadora y se sienta con Marcos a ayudarle a repasar para el examen de ciencias sociales de mañana, yo me coloco ante la pantalla y me conecto. Le mando un mensaje a Octavia. Espero un rato para ver si tengo suerte y me responde en seguida. La tengo: recibo la respuesta dos minutos más tarde. Tampoco es tan raro; Octavia es escritora y siempre está con la nariz pegada a la computadora, de modo que oye cuando le entran los mensajes en la bandeja del correo electrónico.

Mi mensaje decía:

Asunto: problemas sexuales y la ayuda del ginecólogo.
Texto: Hola, Octavia:
Esta tarde he estado hablando con la abuela sobre la necesidad de una visita anual al ginecólogo (¡uf!, ¡ay!). Y me ha dicho que también tienes que ir cuando tienes algún problema, como una regla demasiado abundante o dolorosa o un bultito en el pecho.
Lo que me gustaría saber es si un ginecólogo te puede ser de ayuda en otro tipo de problemas. Por ejemplo, si piensas que eres homosexual y no sabes cómo decírselo a tus padres ni sabes cómo hacerle para que tus compañeros de escuela —algunos— no se burlen de ti. Creo que ése es el problema de Gabi, un chico de mi clase. Me gustaría hablar con él, pero no me atrevo por miedo a herirlo o a equivocarme. Yo creo que alguien tendría que ayudarle, pero no sé si una ginecóloga podría serle útil, porque me parece que sólo trata a chicas o a mujeres. ¿A ti qué te parece?
Un beso,
Carlota

El mensaje de Octavia decía:

Asunto: de problemas sexuales.
Texto: Querida Carlota:
Efectivamente, el ginecólogo no es el médico adecuado para tu amigo. Ginecólogo es una palabra que proviene de las palabras griegas: *gyné*, que significaba «mujer», y *logos*, que significaba «estudio».
De hecho, si tu amigo es gay, como te imaginas, no necesita ningún médico, porque no tiene un problema sexual: sentirse atraído por las personas del mismo sexo no es un problema. El problema es que en nuestra sociedad aún hay mucha gente que no lo admite fácilmente y, por lo tanto, los gays y las lesbianas suelen

sufrir un cierto rechazo. A medida que la gente haga pública su homosexualidad, cada vez será mejor aceptada. Cuando un o una homosexual hace pública su homosexualidad, se dice que ha salido del clóset, o sea que ya no se esconde.

No se puede forzar a nadie a salir del clóset. Suponiendo que lo sea, Gabi tendrá que dar los pasos necesarios hasta que se sienta lo bastante fuerte para contarlo. Tal vez, mientras tanto y para ayudarlo a hacer frente a esta situación difícil en una época —la adolescencia—, que ya lo es de por sí, podría buscar ayuda. Lo mejor, claro está, sería hablarlo con sus padres, pero eso no siempre es posible. Tal vez Gabi tenga a algún adulto hacia el que sienta confianza y puede hablarlo con él. Si no, podría echar mano de un psicólogo, ¿no crees? En fin, en cualquier caso, tendrás que esperar a que dé él primer paso y te lo cuente.

Más besos,
Octavia

31 de marzo

Mireya dice que quiere hablar conmigo. ¡Y justamente de una cuestión sexual!

—Pero no estoy segura de que quiera que lo pongas en tu diario, ¿eh?

—Ningún problema. Si tú no quieres, no escribiré nada.

Por la tarde, al salir de clase, nos vamos a un parque. A uno distinto del que teníamos Flanagan y yo. ¡Agh! No sé nada de él desde aquella despedida a la francesa. ¿Seguimos siendo amigos o no?

Nos sentamos en uno de los bancos. El buen tiempo invita a estar al aire libre.

—Lo he estado pensando —dice para comenzar— y creo que sí que lo puedes poner en tu diario.

(¡Por eso lo escribo ahora!)

Me alegro. Mi diario avanza a buen paso.

Como me doy cuenta de que a Mireya le cuesta arrancar, la dejo en paz, no la presiono. Ya se lanzará cuando quiera. Es lo mismo que tengo que hacer con Gabi.

Escucho el alboroto de los niños que juegan y me dejo acariciar por el sol, que aún es muy suave y no es el sol peligroso del verano, del que te tienes que proteger.

—Pues... —empieza Mireya—. ¿Recuerdas a Pedro?

Tendría que decirle que no lo recuerdo, porque no lo he visto nunca. Pero me ha hablado tantas y tantas veces de él que es como si lo conociera de toda la vida. Es un chico de la pandilla del verano y a ella le encanta, pero me parece que él no le hace mucho caso, a lo mejor porque es tres años mayor que ella.

—Este fin de semana fui al pueblo. Fuimos con la familia para limpiar un poco la casa, porque a partir de ahora subiremos todos los viernes.

Muevo la cabeza, por demostrarle que la sigo.

—Mamá me mandó al súper a comprar, ¿y quién crees que tenía su bici en la entrada?

—Pedro —dije, sin miedo a equivocarme.

—Sí.

—¿Y qué?

Me cuenta que le temblaban las rodillas cuando pasó a su lado. Como saludo, solamente hizo un gesto con la cabeza. No podía hacer otra cosa, de lo atolondrada que se sentía. Se imaginó que él no contestaría nada porque, siendo de la pandilla de los mayores, la consideraría un microbio, de los que se pueden ignorar.

—El corazón me iba al galope —dice Mireya—. Y todavía se me aceleró más cuando él me gritó: «¡Oye, Mireya!, se me rompió la cadena de la bici».

Dice Mireya que se le acercó, sin decir nada, porque, de los nervios, tenía la boca tan seca que no podía hablar.

Entiendo perfectamente. El chico que te vuelve loca desde hace tres veranos, un chico tres años mayor, de repente, se digna a darse cuenta de tu existencia... ¡Guau!

—El corazón casi me explota cuando me propuso ayudarme a comprar si, a cambio, luego le dejaba subir conmigo en mi bici. En mi bici... que es un trasto del año del caldo.

Así lo hicieron. Él sentado en el asiento; ella sentada en la barra.

—¡Ni te lo imaginas! Era como estar en el cielo.

Claro que me lo imaginaba. Mi cerebro entendía; mi piel entendía; toda yo entendía...

Pararon en casa de Pedro, donde la bicicleta pasó a manos de Mireya y donde Pedro le dijo si quería ir a tomar una cerveza con él al club marítimo aquella noche.

—Le dije que sí, sin estar muy segura de las dificultades que tendría para salir de casa. Pero estaba decidida a acudir.

Por la noche, no tuvo ningún problema para esquivar la vigilancia familiar. Se sentaron en el fondo del local, en la zona más oscura. Muy pronto Pedro estuvo más pendiente de los labios y los pechos de Mireya que de cualquier otra cosa.

—Yo, ya te lo puedes imaginar, estaba como tonta —dice Mireya, casi poniéndose bizca—. Nunca, nunca, nadie me ha dado unos besos como aquéllos. Nunca nadie me había acariciado como él. Me sentía en la estratósfera.

¡Hummm! Me lo puedo imaginar...

—Como una boba, sólo esperaba el momento en que diría: «Me gustas mucho». Pero no, no me lo dijo. Yo, en cambio, habría sido capaz de decirle no sólo que me gustaba, sino incluso que lo quería...

¡Caray! ¡Qué decidida! Y me acuerdo de Flanagan: él también me lo dijo.

—Ahora que lo pienso, tal vez, tonta de mí, llegué a decírselo —dice Mireya, con la voz oscurecida.

Resumen: acabaron consiguiendo las llaves del coche de algún amigo de Pedro y se instalaron en el asiento trasero.

—Tenía miedo. No creas. Mucho. No estaba segura de querer... querer coger, porque eso era lo que él quería. Yo habría preferido dejarlo en caricias y besos, que era lo que yo quería.

Acabaron cogiendo, sí.

—Para entendernos: lo hice voluntariamente, pero sin tener muchas ganas.

¡Qué bobada!, pensé, horrorizada. Y decidí que a mí nunca me pasaría una cosa así.

—Nunca me habría imaginado que sería incapaz de decir que no.

¡Gulp! Si a ella le ha pasado, ¿tal vez yo también alguna vez me puedo encontrar en las mismas circunstancias? ¿Seré capaz de decir que no, si no lo veo claro?

—Estaba tan asustada que no me lo pasé nada bien —dice Mireya—. Es más, me dolió.

—¿Te dolió?

Me pareció muy extraño. Mireya había tenido ya otras relaciones sexuales. De todas nosotras, fue la primera en empezar. ¿Podía ser que el tal Pedro hubiera resultado un tipo violento?

—¿Por qué? ¿Por qué te lastimó? ¿Te pegó?

—No, mujer. ¡No fue eso! Fue que... No lo creerás porque parece imposible: mientras Pedro me estaba dando besos en el club marítimo, yo estaba muy húmeda.

—O sea, estabas muy lubricada.

—¡Exacto! Pero, de repente, nada de nada.

Por lo que se ve, cuando Pedro le introdujo el pene en la vagina, estaba tan seca que le hizo mucho daño.

—Eso quiere decir que no estabas excitada.

—Pero ¡lo había estado mucho! ¿Por qué de repente mi cuerpo dejó de estar excitado?

Era un misterio, efectivamente.

Decido mandarle un mensaje electrónico a Octavia.

Asunto: ¡de nuevo, problemas sexuales!
Texto: Querida Octavia:
Te quiero consultar a propósito de un problema sexual —ahora, sí— de una amiga. Justo cuando estaba a punto de hacer el amor con un chico tres años mayor que ella, que le gusta mucho, la lubricación le desapareció como por arte de magia. ¿Es normal? ¡Ah! También es verdad que, repentinamente, le dio mucho miedo y se habría querido echar atrás.
Besos,
Carlota

Me voy a la cama pensando que eso del sexo es una cuestión muy sencilla y muy complicada, todo a la vez. Por lo que se ve, es lo mejor del mundo si lo haces con alguien que te gusta mucho o lo peor si te fuerzan a ello.

Al día siguiente sigo sin tener respuesta de Octavia. Decido subir a ver a Laura. Tal vez tenga alguna experiencia parecida a la de Mireya y pueda aclararme las cosas. Tardo un poco en hacerle entender qué quiero; me cuesta encontrar las palabras. Al final, muerta de risa dice:

—¡Ah! Ahora te he entendido. Pues sí, tengo una experiencia como ésa. El año que estuve estudiando en Londres me enamoré como una loca de un compañero de la escuela. Él también estaba loco por mí.

—Fantástico.

—Sí, todo muy bien hasta la primera vez que nos fuimos juntos a la cama.

—¿Qué?

—Nada. O sea, de repente perdió la erección.

—¡Vaya! ¿Habías dejado de gustarle?

Laura sonríe disimuladamente.

—No. Me parece que le gustaba demasiado. O sea, tenía tantas ganas que se puso muy nervioso.

Pienso que, cuando llegue a casa, le mandaré otro mensaje a Octavia para contarle el fiasco del novio inglés de Laura.

1 de abril

Al día siguiente, muy temprano, me planto delante de la computadora. Tengo una respuesta de Octavia.

Asunto: no conviertas en un problema lo que no lo es.
Texto: Querida Carlota:
El sexo está entre las piernas y también dentro de la cabeza. Por eso nuestros pensamientos, y las emociones que estos pensamientos nos provocan, a veces, nos juegan una mala pasada. El chico corrió mucho, y tu

amiga no pudo seguir su ritmo, sintió miedo y eso hizo que le disminuyera el grado de excitación. Habría sido mejor que no hubiera tenido esa relación sexual.

El novio inglés se dejó atrapar, seguramente, por la ansiedad de hacerlo bien. Eso puede pasar. Tienes tantas ganas de «hacer buen papel» ante una pareja que te gusta mucho que no puedes hacer nada: si eres hombre, la erección desaparece; si eres mujer, puede desaparecer la lubricación.

O sea que, sólo pensando en una persona que te gusta mucho, te puedes humedecer. Y ellos tener una erección.

¡Ya ves lo poderoso que es el pensamiento!

Nada de todo eso, si no se produce con frecuencia, tiene por qué ser anormal. De hecho, lo más normal es que a todo el mundo le pase unas cuantas veces.

Para que cualquiera de las cuestiones que ahora te contaré sea una disfunción (un problema) sexual es preciso que se dé de modo continuo durante largo tiempo y, además, es preciso que la persona lo viva como un problema.

Las disfunciones sexuales pueden ser fruto de algún trastorno orgánico, de alguna cuestión psicológica o, incluso, cultural, en función de lo que te hayan enseñado sobre tu cuerpo.

Las disfunciones pueden aparecer en cualquiera de las distintas fases de la respuesta sexual:

— El deseo. Hay personas que lo sienten muy a menudo de forma intensa y hay personas que lo sienten de vez en cuando y de forma muy tenue. De un extremo al otro, todas las posibilidades pueden ser normales. En cambio, la persona que tiene el deseo sexual inhibido y nunca tiene ganas de tener relaciones sexuales o la persona que siempre tiene deseo y que no piensa en otra cosa más que en mantener relaciones sexuales quedan más apartadas de la normalidad.

— La excitación. Es posible que una persona experimente deseo, pero, de repente, pierda la excitación. Es el caso de tu amiga, que dejó de lubricar por miedo, y el del novio inglés, que perdió la erección debido a la ansiedad. Otro problema que se puede dar es la contracción involuntaria de los músculos de la vagina, de forma que la penetración del pene en ésta se hace imposible. Generalmente es debida al miedo de la penetración, ya sea por culpa de la educación represora recibida, por haber sufrido alguna agresión sexual, o por problemas con la pareja.

— El orgasmo. Puede que una persona sienta deseo y esté excitada, pero no consiga llegar al orgasmo. El peor enemigo del orgasmo es una educación sexual demasiado represiva, en la que te culpabilizan por sentir placer —y hay que decir que esa culpa se ha trasladado más a menudo a las mujeres que a los hombres, tal vez por ello es un problema más frecuente entre las mujeres, especialmente cuando no están a solas consigo mismas. También puede ser difícil llegar a tener un orgasmo cuando no te sientes cómodo con tu pareja, cuando no tienes suficiente confianza. O cuando te preocupas demasiado por tenerlo. Los chicos suelen tener el problema contrario: llegan al orgasmo demasiado rápido; es lo que se conoce como eyaculación precoz.

Sin embargo, cualquiera de las cuestiones que te he mencionado pueden considerarse una disfunción, o sea, una anomalía, solamente si se producen muy a menudo y en cualquier circunstancia, si la persona lo vive como un problema o si causa perturbaciones a terceras personas.

Lo más importante es sentirse a gusto física y emocionalmente con la pareja. Tendrás menos dificultades y, si es que tienes alguna, podrás hablarlo sin tapujos.

Es muy difícil que un acto tan íntimo como mantener relaciones sexuales con otro vaya bien si tu pareja:

— no te convence del todo físicamente: porque huele mal, porque va sucia, porque es desaliñado, porque lleva un perfume cuyo olor te molesta...

— no te gusta mucho: porque te trata con una cierta grosería o condescendencia o sólo demuestra ternura cuando quiere hacer el amor o es incapaz de hablar contigo...

Las relaciones sexuales tampoco funcionan bien si una persona tiene problemas consigo misma. Si no le gusta su cuerpo, si se siente poco atractiva...

Muchos besos,

Octavia

PS: ¡Por cierto! Aquí tienes otra regla de oro de la sexualidad.

REGLA DE ORO 6 DE LA SEXUALIDAD

• Cualquier relación sexual debe establecerse no solamente de modo voluntario, sino también deseado.

• El sexo no sólo está entre las piernas, sino también dentro de la cabeza: la vergüenza, la incomodidad, el miedo, la rabia, la ansiedad o la autoobservación pueden modificar tu respuesta sexual.

• No hay nada peor para el orgasmo que darte órdenes para llegar a él. Suéltate y punto.

Capítulo 20
ALGUNAS SOLUCIONES LLEGAN SOLAS

Se me acumulaban los dolores de cabeza. Por un lado, hacía ocho días que no tenía noticias de Flanagan y me preocupaba un poco, porque me parecía que habría sido mejor que de una vez aclaráramos la situación, pero no sabía cómo enfocarlo. Cuanto más avanzaba mi relación con Koert —se habían reactivado nuestros mensajes electrónicos y nuestras charlas con el Messenger— más me urgía a mí misma a decirle a Flanagan que lo dejáramos, que sabía que le hacía daño y que acabaríamos haciéndonoslo los dos. Por su parte, los exámenes trimestrales me tenían muy concentrada y me mantenían ocupadísima repasando temas y más temas. Y por si fuera poco, no dormía tan bien como siempre; no sabía si podía atribuirlo al momento de incertidumbre que vivía mi relación con Flanagan o a la proximidad de los exámenes. Me despertaba varias veces cada noche y daba vueltas y vueltas en la cama antes de poder conciliar el sueño de nuevo.

Finalmente, aquel viernes por la noche me decidí a llamarlo.

—Ah, Carlota... —dijo, con una voz que denotaba el interés con el que había estado esperando mi llamada.

No diré que lo imaginaba fosilizado al lado del teléfono todos aquellos días, pero sí me lo podía representar mirando el aparato con rabia sorda e implorándole una llamada mía. Seguramente estaría contento: la llamada por fin llegaba. Y yo aún me sentía más miserable. Sólo de pensar lo que le tenía que decir, se me partía el corazón...

—Oye...

—¿Sí?

Notaba que las manos me sudaban. Pobre chico; seguro que esperaba exactamente lo contrario de lo que tenía que decirle. Me sentía un gusano.

—Oye, no sé cómo... Me parece que... —Me lancé al agua—: Que no me aclaro. Que es mejor que terminemos, de momento.

—Ah.

Sonaba igual que si le hubiera pasado un camión por encima.

—Podemos ser amigos, ¿no? —dije, con mucho miedo a perderlo. No me habría gustado nada, en serio.

—Sí.

Qué poco entusiasmo.

—Flanagan, por favor, di algo.

—Estoy diciendo algo.

—Ya sabes a qué me refiero. No dices más que monosílabos.

—Que sí, que yo no puedo hacer nada.

Sentía un desánimo enorme.

—Ni yo tampoco, de verdad. No puedo seguir adelante pensando que...

—Ya lo entiendo.

—¿Qué entiendes?

—Que terminamos, por el momento.

Sí, está claro, ésa era la cruda realidad: que habíamos terminado. Se habían acabado las caricias y los besos de tornillo y todo lo demás.

—Podemos seguir siendo amigos, Flanagan. No te quiero perder como amigo. ¿Podemos serlo?

Vaciló unos segundos. Me temí que fuera a decirme que no.

—No lo sé. No sé si me veo capaz de ser tu amigo, tal como me siento ahora. Deja que lo piense. Ya te llamaré.

Ahora era yo quien se sentía como si un camión le hubiera pasado por encima. Me dolía tanto perderlo como amigo, tanto... Tan mal que habría podido gritar: NO, Flanagan, no puedo ni pensar que no te volveré a ver. Si quieres seremos más que amigos, pero no te vayas.

No grité ni dije nada. Menos mal que no lo hice. Menos mal que fui capaz de controlarme, porque no habría tenido ningún sentido: ahora sí, ahora no. Debía ser que no. No teníamos ninguna otra alternativa.

—Un beso, Flanagan.

—Cuídate.

—Tú también.

Colgué hecha polvo. Me hacía sentir fatal verlo tan bajo de ánimos, y haber tenido que dar lo nuestro por terminado y, sobre todo, me dolía pensar que tal vez dejaríamos de ser amigos para siempre.

Marcos pasó por mi lado. No sé qué cara tendría yo, pero me preguntó qué me pasaba.

—No, nada.

—Pues no parece.

Me fui a mi cuarto arrastrando los pies y el corazón. No era la primera vez que cortaba una historia con un chico, pero en esta ocasión había resultado más doloroso que en las otras. ¿Por qué motivo? Recordaba, por ejemplo, cuando le dije a Jorge que teníamos que terminar. No le expliqué por qué —él tampoco me lo preguntó—; fue porque me gustaba otro chico, Marcelo. Luego, fue Marcelo el que, unos meses más tarde, me dijo que terminábamos. En ambos casos sentí pena, pero no como la que sentía ahora.

Curiosamente, con Flanagan no habíamos dicho que saliéramos juntos, sino todo lo contrario: habíamos dejado muy claro que no teníamos ningún compromiso. Resultaba evidente que ambos nos cubríamos las espaldas: yo, porque existía Koert a lo lejos o tal vez precisamente porque me había peleado con él y estaba un poco fastidiada de los chicos. Y Flanagan porque existía Nines. Y, de hecho, yo volvía a tener a Koert y suponía que él podría volver a salir con Nines.

Entonces, ¿por qué los dos estábamos tan mal? No podía responder por él, pero sí por mí: la diferencia estaba en el hecho de haber tenido relaciones sexuales. Estaba segura. Es decir, que tú podías decidir que no te vinculabas a una persona con la que te relacionaras sexualmente, pero finalmente, sí te vinculabas. O sea que el sexo crea sentimiento entre las dos personas, al menos si no se trata de una relación ocasional... Y tal vez dependía de que te hubieras entendido más o menos bien con el otro. Seguramente, comunicarse sexualmente, compartir la intimidad y disfrutar juntos el placer, hace que dos personas se acerquen y se unan. Ésa era una lección que había aprendido con Flanagan.

Nunca me olvidaría de Flanagan. Había sido el primer chico con el que había tenido un vínculo sexual y eso era realmente importante.

—Teléfono, Carlota —anunció Marcos asomando la cabeza por la puerta de mi cuarto.

¿Y ahora quién podía ser? ¿Sería Flanagan, que lo había pensado mejor?

Corrí por el pasillo.

—¿Carlota?

—Sí... ¿Eres Gabi?

—Sí.

Ni en mil años habría sido capaz de adivinar que al otro lado de la línea telefónica encontraría a Gabi. Gabi que, según decía, necesitaba hablar conmigo. Nunca hasta entonces me había llamado a casa.

—¿Estarás ocupada mañana por la tarde?

—No. Estoy libre.

Le di la dirección de casa de mamá.

¿Eran imaginaciones mías o Gabi quería hacerme su confidente para decirme lo que era un secreto a voces: que le gustaban los chicos y no las chicas? Al día siguiente lo sabría.

Aquella noche, otra vez dormí mal. Soñé con Flanagan, con Koert y con Gabi. Me desperté sudada, sin poder recordar del sueño nada más que la sensación de malestar difuso e inconcreto que me había dejado.

Y, por lo visto, los dolores de cabeza se iban sumando los unos a los otros, porque, al llegar a casa de mamá, Marcos y yo nos encontramos con una sorpresa mayúscula que, de entrada, venía a revolucionarnos la vida.

—Hoy vendrá Toni a almorzar —nos avisó mamá.

Toni es un amigo de ella. Según dice se trata de un amigo especial. A diferencia de papá, mamá nunca habla de novios, sino de amigos especiales. Que Toni viniera a almorzar no era extraño: a menudo lo hace. Lo que resultó sorprendente fue lo que añadió mamá:

—Hemos pensando que podríamos ir de vacaciones de Semana Santa todos juntos, a ver qué tal nos entendemos.

Marcos y yo nos miramos, los dos con el presentimiento de algo no muy bueno.

—Será una «prueba de convivencia» —dijo Marcos en voz baja.

¡Agh! Estaba claro que Toni había subido de categoría. De amigo especial, había pasado a posible futura pareja de convivencia o, por decirlo de forma más comprensible, a posible futuro marido.

—¿Les gustaría que viviéramos juntos? —preguntó mamá.

¡Yo tenía razón! Habría preferido no tenerla.

—Sí —dijo Marcos—, si me lleva a ver partidos de baloncesto cuando papá no pueda, tal vez sí.

—¡Marcos...! —dijo mamá, con voz reprobadora—. No quiero ni volver a oírte un comentario como ése.

Marcos hizo un gesto con la cabeza, como si le diera la razón, y me miró a mí. Pero yo empezaba a tener la mente en otro lugar. Concretamente, en Holanda.

—¿Y ya saben adónde iremos de vacaciones?

—No, aún no —dijo mamá—. A la hora del almuerzo lo decidiremos entre todos.

Mientras mamá se iba a la cocina para acabar de cocinar el arroz negro, que despedía un aroma como para chuparse los dedos, jalé a Marcos de la manga.

—Marcos, ¿quieres que te deje leer mi diario rojo?

Marcos me miró abriendo los ojos como si fueran platos de sopa. Por su expresión de sorpresa, se me hizo evidente que, después de la escena con Koert, había perdido la esperanza de que se lo dejara leer.

—¿Lo harías por mí, hermana galáctica? ¿Me dejarías leer tu diario para contribuir a mi educación sexual?

—Estoy dispuesta a hacerlo, hermanito. Sólo quiero un favor a cambio.

La cara de Marcos se transformó.

—Ya me extrañaba que fuera tan fácil obtener el permiso para hacer un cursillo acelerado de sexualidad...

Le conté mi plan. Y lo aceptó.

Así que, cuando los cuatro ya nos habíamos terminado el arroz y teníamos los dientes y las encías negras y mamá le dijo a Marcos que fuera a buscar el papillote de frutas, aproveché el momento de paz y somnolencia para preguntar si no teníamos que hablar del destino de nuestro viaje conjunto.

—Humm. Sí —dijo Toni, que estaba dispuesto a hacer concesiones para ganarse nuestro favor—. ¿Adónde les gustaría ir?

Marcos, que aparecía en aquel momento con los cuatro papillotes en una bandeja, dijo:

—A Amsterdam.

Yo me entretuve en desatar los extremos del papillote para liberar la fruta de dentro, blanda como puré. No quería que sospecharan que tenía algún interés particular.

—¿A Amsterdam? —dijo Toni—. Pues ¿sabes que no es mala idea? Es una ciudad que me gusta mucho. Con los canales, con el museo Van Gogh...

—Y con el Rijksmuseum, con obras de Rembrandt y de Vermeer... —dijo mamá, soñadora. Y, luego, cambió la expresión y se dirigió a mí—: Por cierto, ¿no es en Amsterdam donde vive tu amigo ese, el nadador?

¡Uf! No se le escapaba nada.

—Pues sí...

Marcos me dio una palmadita por debajo de la mesa.

Yo seguí soplando el mango caliente antes de metérmelo en la boca con el tenedor.

—Qué bien —dijo mamá, sin ninguna segunda intención—. Podrás verlo y a lo mejor podrá servirnos de guía por la ciudad.

Di un salto de alegría.

—O sea que, ¿decidido? ¿Vamos a Amsterdam?

Toni y mamá se miraron.

—A Amsterdam —dijeron a la vez.

Me levanté para darle un beso a mamá. Estaba que no cabía en mí de ganas de comunicarle la noticia a Koert. Pero no pude hasta por la noche, porque la sobremesa se prolongó tanto que coincidió con la llegada de Gabi.

—¿Quieres que vayamos a dar una vuelta? —le pregunté, pensando que tal vez estaría más cómodo lejos de oídos adultos.

Dijo que sí.

—¿Vamos al Qué-sueño-tan-dulce? —me preguntó.

Le dije que no, a pesar de que nos quedaba muy cerca. Aún tenía demasiado fresco el recuerdo de la tarde que pasé allí con Flanagan.

Ante una Coca-Cola me dijo:

—Ya sabes lo que te tengo que decir, ¿no?

¿Qué tenía que decir: que sí o que no? Porque en realidad saberlo, lo que se dice saberlo, no lo sabía. ¿Y si me equivocaba? ¿Y si me quería decir cualquier otra cosa? O sea que, muy prudentemente, me limité a preguntar:

—¿Qué?

Gabi cogió aire muy profundamente y, cuando lo sacó, aprovechó para decir:

—Que soy gay.

—¡Ah!

No era una respuesta inteligente; al menos, seguro que no era la que él esperaba. Le toqué el brazo y le sonreí.

—Me lo imaginaba.

Me pareció que se ponía a la defensiva. Por el gesto que hizo y por el tono con el que me habló.

—¿Por qué te lo imaginabas? ¿Crees que soy afeminado?

—No. Creo que no.

Realmente, yo no veía ninguna diferencia entre él y los demás chicos de la clase. Ni se movía diferente, ni hablaba diferente, ni se vestía diferente... Si acaso, era más tierno que la mayoría de chicos y, tal vez por esa razón, los imbéciles homófobos de clase se metían con él. Pero, si lo pensaba bien, no era el único chico de la clase que demostraba ternura. Por ejemplo, Marcelo era un chico delicado y tierno y, en cambio, no era gay, ¡me constaba!

—¿Lo dices de verdad?

—Totalmente de verdad.

Le pregunté si podía ayudarle de algún modo y me dijo que escucharlo ya era un tipo de ayuda muy importante. Era la segunda vez que se atrevía a decírselo a alguien.

—Hasta ahora sólo se lo había dicho a mi hermana.

—¿Y cómo reaccionó?

—Con sorpresa. Se quedó muy parada, pero luego ha sido un descanso poder explicarle todas mis historias.

Gabi sólo pedía eso: un oído atento y un hombro en el que poder apoyarse. ¡No me sorprendía! Si a mí, que no tenía que hacer frente a la incomprensión o al rechazo de otras personas, no me resultaba nada fácil organizar mi vida amorosa o sexual, ¿cómo sería para él?

Charlamos toda la tarde hasta que nos dieron las nueve y tuvimos que despedirnos de prisa y corriendo, después de que él hubiera admitido que seguramente podía decírselo a otra gente de clase.

—A Luci, y a Mireya y... ¡Y basta! Y siempre y cuando se comprometan a tener la boca cerrada. —Me miró y yo asentí con la cabeza, porque entendía su miedo—. No tengo ganas de tener que aguantar bromas, insultos, ridiculizaciones o, en el mejor de los casos, que me perdonen la vida y me digan cosas como: «te respeto, pero no soporto a los gays». Yo no necesito que me digan que me respetan; sólo necesito que me traten como a un igual.

Pensé que tenía toda la razón.

—Pero esperaré a volver de las vacaciones de Semana Santa —concluyó.

¡Semana Santa! ¡Vacaciones! ¡Tenía que comunicarme con Koert! Nos despedimos y corrí hasta llegar a casa de mamá.

Aún no hacía ni media hora que le había mandado el mensaje cuando Koert me llamó.

—*It's wonderful!*

Yo también estaba encantada: siete días en Amsterdam con él. ¡Qué suerte!

Cuando colgamos, me sentía feliz, y sólo tenía un pequeño estorbo en el cuerpo: el recuerdo de Flanagan. Me habría gustado tanto que pudiéramos ser amigos...

Capítulo 21
LA VIOLENCIA

5 de abril

Estoy en casa con Laura, que ha venido a devolverme un libro, cuando se presenta mi prima Mercedes.

—¿Se apuntan a jugar unas partidas de scrabble? —les digo.

Se apuntan. Laura nos da una paliza porque es mucho mejor que nosotras.

Luego, nos preparamos una merienda y nos sentamos en la cocina a comerla.

—¿Cómo van con los novios? —quiere saber Laura.

Sé que usa la palabra «novios» en un sentido muy amplio. No habla de un chico con el que tengamos un gran compromiso y con quien queramos vivir el resto de nuestra vida, sino de chicos con los que hayamos tenido una relación íntima de algún tipo.

—Bastante bien —contesto yo, pensando que en realidad tendría que decir «demasiado bien».

Mercedes se sonroja. ¡Uf! ¡Si no es más boba porque no se entrena!

—Yo no tengo novio. Hasta que no sea mayor no tendré —dice.

—¿Cómo de mayor? —quiere saber Laura.

—Como tú.

—¡Ah! —exclama Laura.

—¿No te parece bien? —pregunta.

—Ni bien ni mal. Cada cual lo hace como quiere —responde. Y, después de una pausa, añade—: Bueno, ahora un poco de educación sentimental: ¿han pensado alguna vez cómo les gustaría que fuera su pareja?

Mercedes y yo lo pensamos.

—A mí, me gustaría un chico que tuviera sentido del humor y con quien se pudiera hablar —digo.

—No está mal —sonríe Laura.

—Pues yo —dice Mercedes— querría un chico que me protegiera.

—¿Que te protegiera? —preguntamos Laura y yo con los ojos como platos.

—No sé por qué les parece tan extraño... —replica ella—. Sí. Un chico que me proteja, que se preocupe por mí, que me defienda...

—¡Tuuut, tuuuuut! —grita Laura, poniéndose de pie—. Este barco se hunde. A las barcas de salvamento. Las mujeres y los niños primero...

Mercedes la mira con cara de pocos amigos.

—¿Te refieres a eso? —pregunta Laura—. ¿A un chico que te considere débil como un niño y que en un naufragio te haga saltar primero a las lanchas de salvamento?

—¿Y por qué no? —se enfada ella.

—Porque eso parte de un concepto de Tomás de Aquino que a la vez partió de un concepto de Aristóteles y que es una auténtica barbaridad. Según ese concepto, las mujeres, los niños y los locos pertenecían al mismo grupo, que, por supuesto, era un grupo distinto del de los hombres. Mujeres, niños y dementes pertenecían a un grupo inferior, está claro.

Mercedes y yo escuchamos sin decir nada.

—O sea que un chico que te trata como si fueras una niña y que te sobreprotege está estableciendo una relación que no es de paridad entre tú y él. Dicho de otra forma, si te sobreprotege es porque está convencido de que él está por encima de ti, que tú le perteneces, que tiene derechos sobre ti, de manera que en el momento en que pierda la cabeza, en lugar de protegerte, te golpeará.

Mercedes la mira con la boca abierta.

—¿Tú crees?

—Estoy segura. Más vale que intentes establecer una relación de igualdad en vez de ir buscando a un príncipe azul que se ocupe de ti. Porque el príncipe azul fácilmente se puede convertir en un maltratador.

—¿Te refieres a la violencia de género? —pregunto.

—¿De género? —pregunta Mercedes—. Mi padre dice que género en castellano no es correcto como en inglés; que hay que referirse al sexo.

—Le dices a tu padre que a las mujeres lo mismo nos da que exista o no la palabra en este sentido, que la necesitamos para que se comprenda que la dominación que sufrimos por parte de los hombres no tiene nada que ver con nuestro sexo sino con nuestro género, es decir, con lo que desde un punto de vista no fisiológico sino social y cultural somos las mujeres.

—Efectivamente.

—De acuerdo, se lo diré. Pero ¿por qué? ¿Por qué los chicos protectores son a menudo maltratadores?

—Porque son chicos educados en los valores de la sociedad patriarcal, que es la sociedad que da preponderancia al hombre por encima de la mujer. La sociedad patriarcal domina en el mundo entero y es el origen de los malos tratos a las mujeres.

—¿En el mundo entero? —pregunto, segura de que Laura se equivoca—. Me imagino que, por ejemplo, en Suecia y en Noruega, países mucho más adelantados que el nuestro, eso no pasa.

—Pues te equivocas. En los países escandinavos, donde efectivamente la mujer está más liberada, se producen más asesinatos de mujeres a manos de sus parejas que, por ejemplo, en España. Y en España se producen más asesinatos que en las sociedades islámicas...

—No lo entiendo, parece que tendría que ser al revés.

—Cuanto menos liberada está la mujer, más reglamentada la sumisión desde un punto de vista social y menos agresiones necesita la pareja: la mujer obedece porque no puede hacer otra cosa. Todo es culpa de los valores patriarcales, que, como les decía, imperan en el mundo entero. De hecho, fíjense que los asesinatos no suelen producirse del hombre hacia la mujer que vive con él, sino del hombre hacia la mujer cuando ésta ha decidido dejarle. Es el maltrato final: no soporta ser abandonado por un ser que le «debía» sumisión.

¡Vaya! Qué terrible, pienso.

—A lo largo del año 2003 murieron setenta mujeres a manos de sus parejas. El noventa y cinco por ciento estaban en trámites de separación o divorcio.

—O sea... —dice Mercedes.

Tengo la sensación de que está atenta a lo que dice Laura. Tal vez le sirva de algo.

—O sea que es fundamental que las mujeres tengamos conciencia del daño que nos hacen los roles tradicionales. En primer lugar, que entendamos que la independencia debe ser nuestro primer objetivo si queremos establecer relaciones de paridad con nuestra pareja.

—¿Independencia? —pregunta Mercedes.

—Sí, independencia o autonomía. Emocional, o sea, no tienen que enamorarse de una forma romántica e incondicional que las hará aceptar cualquier relación y las llevará a admirar al otro como si fuera un ser superior; el amor NO es nunca dependencia. Tienen que conseguir la independencia económica, por lo que es necesario que estudien y consigan un trabajo. Deben tener autonomía y ser capaces de resolver su vida: tomar decisiones, hacer frente a las situaciones que se presenten... También independencia cultural para tener opiniones sólidas.

—Ya lo veo: tenemos mucho trabajo por delante.

—Exacto. Y el principal será no transmitir los valores patriarcales a sus hijos e hijas. A los hijos les tienen que enseñar a involucrarse en las relaciones y a respetar a las mujeres. A las hijas, les tendrán que enseñar a ser independientes. Piensen que según la Organización Mundial de la Salud la violencia de género es la primera causa de reducción de esperanza de vida entre mujeres de quince a cuarenta y cuatro años, por encima de las guerras, los accidentes de tráfico o los distintos tipos de cáncer.

—¡Caray! —digo—. Tal vez deberíamos colgar un cartel

de la frente de los chicos donde estuviera escrito: «Tener novio o marido puede matar».

—¿Como si fueran un paquete de tabaco? —pregunta Mercedes.

Asiento con la cabeza.

Laura se ríe y añade:

—Ojo también con los chicos celosos. Los celos nunca son sinónimo de amor sino de control y dominación. De modo que si su novio empieza a controlarlas llamándolas al celular cada dos por tres...

—¡Lo mandamos a la porra! —digo.

—Volando —dice ella.

Entonces, nos deja acabándonos el bocadillo y se va a su casa a buscar un cuestionario que quiere pasarnos. Vuelve rápidamente y deposita un papel encima de la mesa.

—Ojo con los príncipes azules. Ojo con los novios protectores. Ojo con los novios celosos. Aquí tienen este cuestionario. Háganselo llegar a todas las chicas que les sea posible.

CUESTIONARIO 3

Para saber si una mujer es o puede ser víctima de violencia de género.

Tu pareja:

1. ¿Se comporta de modo sobreprotector contigo?

2. ¿Se enfada o tiene ataques de rabia súbitos?

3. ¿Se pone celoso y te acusa de tener relaciones con otras personas?

4. ¿Convierte cualquier pequeño incidente en un motivo de pelea o de discusión?

5. ¿Te impide ir donde quieras, cuando tú quieras y con quien tú quieras?

6. ¿Destruye o desecha objetos que para ti tienen valor sentimental?

7. ¿Intenta que te alejes de tus amistades o de tu familia?

8. ¿Te humilla ante los demás, te insulta o se refiere a ti con nombres ofensivos?

9. ¿Critica tu forma de vestir, tu apariencia o tu manera de actuar?

10. ¿Te amenaza con hacerte daño?

11. ¿Te pega, te muerde o te da patadas?

12. ¿Te obliga a tener relaciones sexuales contra tu voluntad?

Cuando acabamos de leerlo, Laura nos dice que en caso de responder afirmativamente, aunque sea sólo a una o dos preguntas, estamos sufriendo violencia de género y necesitamos ayuda.

SI ERES VÍCTIMA DE VIOLENCIA DE GÉNERO, LLAMA AL 900 19 10 10 Y PIDE AYUDA

—Que quede claro —añade—, la violencia de género no se refiere sólo a los malos tratos físicos. Los malos tratos psicológicos, o sea, que te insulten, te menosprecien, te impidan trabajar o estudiar, también son violencia. Y ésta es una violencia difícil de reconocer. En el caso de la violencia física, algunas de las maltratadas no la reconocen. En el caso de la psicológica, la mayoría de las maltratadas no la perciben. Los maltratadores no acostumbran ser conscientes de su comportamiento, ya que lo consideran «normal».

La miramos sin dar crédito.

—¿Quién puede considerar normal pegarle a su mujer? —digo.

—¿O matarla? —dice Mercedes.

—Los hombres que tienen metidos muy adentro del cerebro los valores de la sociedad patriarcal. Y, si no me creen, entren en algún chat sobre violencia de género, por ejemplo, en algún periódico; si puede ser elijan el que les parezca menos sospechoso de estar a favor de una sociedad convencional. Observen las respuestas de algunos hombres y quedarán horrorizadas.

7 de abril

Hoy la abuela está un poco alicaída y voy a su casa a hacerle compañía un rato.

—¿Te preparo una taza de leche caliente con miel? —le pregunto.

—Ay, sí, niña. Me harás un favor...

Le caliento la leche en una taza en el microondas y le añado una buena cucharada de miel.

—Aquí la tienes.

No tarda mucho en bebérsela. Es muy golosa.

—¿Cómo va tu diario rojo? —me pregunta, apoyándose en la almohada.

—Avanza, avanza, abuela.

—¿Te puedo ayudar en algo?

—Hummm —pienso—. ¿Tienes algún tema que tal vez se me haya olvidado tratar?

—¿Embarazo no deseado?

—Lo tengo.

—¿Placer?

—Está claro.

—¿Anticonceptivos?

—¡Por supuesto!

—¿Prostitución?

—No, eso no lo tengo. ¿Crees que lo tendría que incluir?

—No veo por qué no.

—Pues adelante.

—Mira, en la prostitución el cuerpo se convierte en una mercancía. Generalmente se trata del cuerpo de las mujeres o de menores, ya sean niños o niñas.

—¿Niños o niñas que hacen de putas?

—Niños o niñas que son obligados a prostituirse... Acércame aquella carpeta —me dice señalando la mesita que hay en uno de los lados de la habitación.

Se la doy. Se pone los lentes para leer. Abre la carpeta y saca una hoja.

—Cada año —lee— un millón de niños entran en la industria del sexo. Se calcula que el número de niños y niñas en el mundo que son obligados a prostituirse es de diez millones.

—¡Guau!

—En España, la prostitución infantil es de cinco mil niños. —La abuela me mira por encima de las gafas y añade—: De esos menores, un porcentaje muy elevado son niñas.

Se me ponen todos los pelos de punta.

—Las mujeres que se dedican a la prostitución también se han visto forzadas la mayor parte de veces. Incluso las han sacado de su país de origen con engaños y, una vez llegan al nuestro, las obligan a hacer de putas. Es lo que sucede con muchas mujeres de Latinoamérica o de los países de Europa del Este.

Me quedo helada. No lo sabía.

—También puede que sean de aquí y que se metan en ese mundo por culpa de la pobreza. Otras, acaban haciendo de putas porque han pasado por situaciones de abusos sexuales continuados durante muchos años. Y, por fin, tal vez haya unas cuantas que han llegado ahí voluntariamente (o, al menos, eso dicen). Pero, en cualquier caso, la prostitución es, para la mayoría de personas que la practican, un tipo de esclavitud.

—Lo entiendo, sí —digo. Y, después de reflexionar un poco, le pregunto—: ¿Qué diferencia hay entre un abuso sexual y una agresión sexual?

—Hummm. Ninguna, me parece a mí. Supongo que debe de ser una cuestión de matices o, tal vez, una cuestión legal. Sólo sé que generalmente abuso sexual se aplica a los contactos sexuales de cualquier tipo que mantiene una persona adulta con un niño, o bien entre un menor de dieciocho años y un niño, siempre y cuando la diferencia de edad sea notable. La persona mayor abusa de la menor engañándola o presionándola. —La abuela se me queda mirando con una actitud muy grave y añade—: Piensa que el cuerpo de una persona sólo le pertenece a ella. Nadie, nadie en el mundo (ni tu pareja, ni tu padre, ni el entrenador de baloncesto, ni un cura...) puede hacer algo que tú no quieras con tu cuerpo. Y, si alguna vez alguien lo intenta, tienes que denunciarlo en seguida.

Asiento con la cabeza.

—La agresión sexual —continúa la abuela dando el tema de los abusos por cerrado— diría que en general se usa para describir un contacto sexual entre dos adultos, uno de los cuales está obligado por la fuerza.

—Por ejemplo, ¿una violación? —pregunto.

—Una violación, pero también hay otras situaciones de agresión sexual, por ejemplo, que un hombre te obligue a contemplar su desnudez.

—¡Ah!—digo, porque sé a qué se refiere—. ¡Un exhibicionista!

—¿Te has encontrado con alguno?

Le digo que sí, que una vez que había ido a estudiar a casa de Mireya, que vive en una calle corta y solitaria que desemboca en una gran avenida, me encontré de frente con un hombre que se abrió la gabardina y me enseñó su sexo.

—La verdad, me dio miedo y asco.

—Cualquier situación sexual que tú no deseas da miedo y asco.

—Me fui corriendo.

—¿Se lo contaste a mamá?

—Sí. Y ella avisó a la madre de Mireya. No sé qué hicieron, pero nunca jamás nos lo hemos vuelto a encontrar.

—Otras agresiones sexuales son que alguien te obligue a ver cómo se masturba o a masturbarlo, o a ver películas pornográficas o a dejar que te tomen fotos de carácter sexual. En cualquier caso, lo tienes que denunciar.

Antes de irme, la abuela me da unas estadísticas.

En casa leo las estadísticas. Después le mando un mensaje electrónico a Octavia para que me diga qué hay que hacer en caso de violación.

ESTADÍSTICA 4

• 100 millones de menores tiene la red de prostitución infantil en el mundo.

• 1 millón ingresa cada año en el circuito.

• Una de cada tres mujeres en el mundo ha sufrido violencia de género o agresiones sexuales en algún momento de su vida.

• En México, 2,883,598 mujeres de 15 años en adelante son víctimas de violencia física y/o sexual por parte de su pareja.

8 de abril

Octavia ha contestado a mi mensaje con una explicación sobre lo que hay que hacer en caso de sufrir una violación. Reescribo sus recomendaciones de tal forma que obtengo un informe. Me parece que lo colgaré en el mural de la clase.

INFORME 14

Qué es preciso hacer en caso de violación:

Intenta mantener la calma, a pesar de que no es nada fácil. Si te tranquilizas, conseguirás aportar pruebas que serán de gran importancia y podrás poner una denuncia en mejores condiciones:

— No te laves. Los restos de semen del violador pueden servir para inculparlo cuando lo encuentren.

— No te cambies de ropa. Entre la ropa puede haber restos de semen o de cabellos del violador. Además, el estado de la ropa también demuestra a menudo que ha habido una violación.

— No toques ni cambies nada del lugar donde se haya producido la violación.

— Ve en seguida a un centro sanitario. Allí te harán un reconocimiento y tomarán muestras de todo. Además, avisarán a la policía y te ayudarán a poner la denuncia. Una vez hechos estos trámites para ayudar a detener al violador, seguramente tendrás que recibir ayuda psicológica porque has pasado por una experiencia muy destructiva.

Y recuérdalo siempre: tú has sido la víctima; no eres culpable de haber sido violada. No te dejes ganar por la vergüenza porque no debes sentirla. Da lo mismo si llevabas una falda muy corta o si ibas maquillada, ni depende de tu manera de andar o de moverte. Es el violador el que tiene una conducta inaceptable que constituye un delito. Sólo él debería sentirse avergonzado.

SI VIVES EN MÉXICO Y ERES VÍCTIMA DE LA VIOLENCIA, DIRÍGETE A:

• Línea Telefónica Vida Sin Violencia
Instituto Nacional de las Mujeres
01 800 911 25 11
Es un servicio confidencial, gratuito y nacional
Las 24 horas los 365 días del año

• Línea Joven del Instituto Mexicano de la Juventud. Segura, confiable y gratuita. 01 800 2280 092

• El Instituto Mexicano de la Juventud también te ofrece el servicio de la Clínica de Atención Psicológica para abordar problemas relacionados con la violencia en las relaciones de noviazgo. Para mayores informes, dirígete a:
Servicio de la Clínica de Atención Psicológica
Atención de lunes a viernes de 9 a 15 hrs.
Tel. 1500 1300 ext. 1470
Correo electrónico:
atencionpsicologica@imjuventud.gob.mx

Para acabar, Octavia me manda otra regla de oro de la sexualidad.

REGLA DE ORO 7 DE LA SEXUALIDAD

• Es imprescindible que las personas implicadas en la relación sexual la consientan libremente.

• No se puede forzar a nadie a mantener relaciones sexuales contra su voluntad, ya sea utilizando el poder que se tiene sobre la persona, ya sea utilizando el engaño y la coacción, ya sea con la agresión física.

Capítulo 22
LA EDUCACIÓN, LOS ROLES

9 de abril

Hoy Badia, a la hora de clase contesta a una pregunta que le hizo alguien a propósito de una noticia del periódico en la que se explica que una familia ha elegido el sexo del niño que tendrán.

—¿Eso se puede hacer?

—Desde hace un tiempo técnicamente es factible; sin embargo, éticamente puede no estar tan claro. De hecho, algunas legislaciones sólo lo permiten en el caso de la posibilidad de transmisión de una enfermedad ligada al sexo.

—¿Por ejemplo?

—Por ejemplo, la hemofilia.

—¿Qué es la hemofilia?

—Es una alteración de la coagulación de la sangre que puede tener unas consecuencias más o menos graves.

—¿Por qué?

—Cuando te cortas, sangras, ¿verdad? Pero un rato más tarde, dejas de hacerlo porque la sangre se coagula.

Si no se coagulara, podrías tener una hemorragia. Pues eso, más o menos, es lo que les pasa a los hemofílicos. Y, como es una enfermedad que transmiten las madres y generalmente heredan los hijos y no las hijas, para evitar la enfermedad se podría seleccionar un embrión de sexo femenino.

—Pero ¿cómo se puede seleccionar un embrión dentro de la barriga de la madre?

—No es dentro de la barriga donde se hace la selección. Se hace una fecundación in vitro, o sea, unos cuantos óvulos de la madre son fecundados fuera del útero con espermatozoides del padre. En cuanto los embriones comienzan a desarrollarse, eligen el que es un embrión femenino.

—¿Y cómo pueden saberlo, si a un embrión no se le ve aún el sexo?

Badia se echa a reír.

—Ni el sexo ni casi nada. Se sabe por la dotación genética. Si el espermatozoide que entró en el óvulo llevaba una carga de cromosomas X, al juntarse con la carga X que siempre lleva el óvulo dará lugar a XX, o sea, una niña. Si el espermatozoide lleva la carga Y, al juntarse con el óvulo, que siempre lleva la carga X, dará lugar a un XY, o sea, un niño.

—¡Ahora sé por qué soy hombre! —grita Jorge—. ¡Porque soy un XY!

—Qué va —responde Badia—. Tu identidad sexual, tu identificación con el grupo «hombres», pasa por bastantes más cosas que la pareja de cromosomas XY.

—¿Cuáles? —preguntamos unos cuantos.

—Pasa por los cromosomas, efectivamente, y también por las hormonas y por el aparato sexual y reproductor.

Pero no sólo por eso. Piensen que hay seres que vienen al mundo con genitales masculinos pero que «se sienten» como si fueran mujeres. Y al revés.

—¿En serio? —pregunta Elisenda.

—Por supuesto. Seguro que han oído hablar de los transexuales...

—Sí. Y yo creía que eran gente que hacía consas indecentes —dice Marcelo.

Badia suspira.

—De indecentes, nada. Son gente que nace con una mente femenina encerrada en un cuerpo masculino, o al revés. Son prisioneros de sus cuerpos.

—O sea, homosexuales —dice alguien.

—No —responde Badia—, los homosexuales son mujeres con cuerpo de mujer a las que les gustan las mujeres u hombres con cuerpo de hombre a los que les gustan los hombres. En cambio, los transexuales tienen un sexo físico distinto del sexo que ellos sienten en su cabeza. Con frecuencia, para adecuar su aspecto a su manera de sentir, pasan por operaciones y tratamientos hormonales largos, costosos y peligrosos. A menudo sufren un rechazo terrible por parte de la sociedad. Aún más fuerte que el que soportan los homosexuales. Por eso a menudo se los asocia con la prostitución o con los espectáculos pornográficos, porque el rechazo de la sociedad es tan fuerte que tienen que ganarse la vida como pueden.

—¡Qué injusticia! —gritamos.

—Efectivamente. También es preciso defender los derechos de los transexuales.

—¿Hay alguno que sea famoso?

—Sí, la más famosa es Bibi Andersen, una actriz que ha

trabajado en las películas de Pedro Almodóvar. Ahora se hace llamar Bibi Fernández.

Humm. Sé quién es y me parece una mujer guapísima. Caray, pensar que nació como hombre...

—Pero piensen que el sexo también tiene que ver con lo que nos han asignado al nacer.

—¿Qué quieres decir con eso?

—Quiere decir que nos irán educando de modo diferente según se nos considere niño o niña.

—¿Por ejemplo, cuando visten de rosa a las niñas y de azul a los niños?

—Exacto. Y también cuando hablan con un tono distinto a las niñas y a los niños, cuando le dicen a un niño que no tiene que llorar...

—... porque los hombres no lloran —termina Jorge, que en su casa oye esa frase a menudo.

—Y si lo aprenden, en el futuro no llorar les hará mucho daño, ya que se guardarán sus emociones.

—O cuando a las niñas no nos dejan sentarnos con las piernas separadas porque se ve mal...

—O cuando nos dicen que las tenemos que cruzar, porque es más elegante.

—O cuando impiden que los niños jueguen con muñecas porque es una actividad de niñas...

—Pues el hombre que quiera tener hijos conmigo, tendrá que ocuparse de ellos...

—O cuando no dejan que las niñas quieran investigar o manifiesten deseos de independencia. En cambio, se promueve que las niñas se preocupen por la ropa, por el pelo. Y los chicos, mientras tanto, pueden arriesgarse a subir a los árboles.

De pronto se detiene. Nos mira fijamente.

—Han visto que sentirse chico o chica es algo que también se aprende, a partir de las consignas que la sociedad nos va dando y que van modulando nuestra forma de estar en la Tierra.

—Creo que el problema está en lo que se considera ser hombre y ser mujer —digo yo, bastante molesta al darme cuenta de que hay muchos comportamientos de los llamados femeninos o masculinos que se nos meten en la cabeza desde que nacemos.

—Tienes razón. Los estereotipos de lo que tiene que ser un hombre o una mujer cambian mucho en función de las épocas. De hecho, un hombre y una mujer pueden hacer exactamente las mismas cosas, excepto...

—Excepto dar a luz; eso sólo puede hacerlo una mujer.

—Y excepto ser padre, que sólo puede hacerlo un hombre.

—Cierto. Por lo demás, un hombre y una mujer están preparados exactamente para hacer lo mismo. El único inconveniente es la educación que reciben de pequeños, que los hace ser diferentes de mayores.

—¡Pues tenemos que combatirlo! —digo. Y me acuerdo del foro ACEMI que pusimos en marcha con *El diario violeta de Carlota* y pienso que para *El diario rojo* tendremos que organizar un foro sobre sexualidad.[5]

—Sí, tenemos que combatirlo. Tenemos que aprender que ser masculino quiere decir no sólo ir a trabajar fuera de casa, sino también ocuparse de los niños y de los enfer-

---

5. Véase http://www.gemmalienas.com
   Para conectar con la autora: gemmalienas@gemmalienas.com

mos, y quiere decir también ser delicado y poder llorar si se necesita. Y ser femenina no quiere decir de ningún modo tener que casarse o tener hijos forzosamente; también puede ser muy femenina la mujer que dirige una gran empresa o que conduce un autobús.

Badia nos da trabajo para llevarlo a la próxima clase: apuntar los tabúes que encontremos sobre los roles femenino y masculino.

12 de abril

Esta tarde, aprovechando que hemos acabado los exámenes trimestrales y que nos sentimos muy relajados, decidimos ir toda una pandilla al Qué-sueño-tan-dulce. Empezamos hablando en un tono correcto; pero al cabo de un rato ya chillamos como animales.

Puri sale de detrás del mostrador y con las manos en la cintura nos dice:

—Si siguen gritando, los echo a punta de madrazos.

Es muy bien hablada, esta Puri...

Bajamos el tono de voz.

Pablo y Carlos hablan entre ellos. Cuchichean. Se la están pasando en grande. Me encantaría saber de qué hablan.

—¿Qué cuentan? —les pregunto.

—Éste —dice Carlos, señalando a Pablo—, que ha mandado a Cora a freír espárragos.

Lo miro, incrédula.

Cora es una jugadora de uno de los equipos de baloncesto con los que competimos.

—Ayer te vi besándote con ella.

—Naturalmente —dice Pablo levantando la voz más de la cuenta—. Me estaba despidiendo.

—Pero en qué quedamos, ¿te gusta o no te gusta Cora? Pablo se ríe.

—No. Pero como yo a ella sí, no le puso pero a un beso. ¡Qué suerte la mía!

—Eres un cabrón —dice Mireya, que también lo oyó.

—¿Ah, sí? ¿Y por qué?

—Pues porque la has hecho sufrir porque sí. Si ella sigue enamorada, está claro que lo quería...

—No es sólo eso, sino que el beso debió de darle esperanzas de que tal vez no querías romper.

—O sea, cabrón y maleducado —le digo.

—¡Oye, niña, no te pases! —protesta.

—Yo creo que tienen razón —interviene Carlos.

Ninguno de nosotros nos hemos dado cuenta, pero Luci ha entrado en el Qué-sueño-tan-dulce e interviene.

—Yo estoy de acuerdo con Carlota. Mira, Pablo, lo que hiciste es más o menos lo mismo que tener dos boletos para ir a ver una película fantástica, pasárselos por delante de las narices a un compañero y, luego, decirle que vas a verla con otro. O sea, una grosería.

—Una grosería con muy mala intención.

Pronto todo el grupo se suma a la conversación.

—Miren —dice Luci, como si aprovechara el rato del bar para hacer una tutoría—, bajo el punto de vista de la moral y a mi manera de entender, sólo hay dos cuestiones inmorales: correr el riesgo de tener un hijo que no han querido y hacerle daño a otra persona. El resto de cuestiones tienen que ver con la buena educación.

—¿Por ejemplo?

—Por ejemplo, una cuestión que hace referencia a los chicos y que se produce bastante a menudo. Cuando van detrás de una chica para tener una relación sexual con ella, si la chica dice que no (y todo el mundo tiene derecho a decir que no si no lo desea), la califican de apretada.

—Mujeeeeer, no siempre.

—Siempre no, pero de vez en cuando, sí.

Los chicos se ríen y admiten que tiene razón.

—Pues que una chica se niegue a tener relaciones sexuales cuando se lo proponen, no quiere decir necesariamente que no le interese el sexo, sino que no le interesa el sexo con quien se lo ha propuesto o que no le interesa en aquel momento...

—Es una manera de hablar —grita Jorge—. O sea, es más cómodo; duele menos decir que es una apretada que pensar que no le gustas.

—Pues es un comportamiento pésimo.

Jorge y algunos otros chicos mueven la cabeza diciendo que sí.

—Pero —sigue Luci— si una chica les dice que sí en seguida, porque ustedes le gustan, una vez que han tenido la relación, la califican de puta.

—Si se apunta así, por las buenas —dice Pablo.

—¿Como te apuntas tú cuando una chica te gusta mucho?

—¡Volando!

—¿Y ella por qué no tiene el mismo derecho que tú?

Nadie sabe qué decir.

—Es una cuestión de hipocresía por parte de la sociedad: los chicos son libres de tener relaciones sexuales cuando quieran y con quien quieran —nos mira con los ojos brillantes—, y encima, si presumen de ellas, hasta están bien vistos.

—Es verdad —digo yo, pensando que eso lo tendríamos que discutir con la gente de ACEMI que se interesa por *El diario violeta de Carlota*.

—Eso es una moral de dos velocidades: una rápida para los chicos y una lenta para las chicas. Las chicas, si dicen que no, son apretadas, si dicen que sí, putas y si hablan de ello, se las acusa de tener un pasado sexual.

—Qué injusticia —clamamos unas cuantas.

—Pues deben tenerlo en cuenta para ir cambiando la manera de actuar de la sociedad. Está en sus manos.

—¿Hay otras cuestiones de mala educación sexual?

—Sí. Piensen que, cuando dos personas están juntas en una situación íntima, las primeras veces siempre existe el miedo a lo que pensará el otro. Es muy importante no herir a la otra persona con comentarios como: «¡Qué pito tan pequeño!». O, por ejemplo: «¡Si casi no tienes pechos...!». O este otro: «No lo haces muy bien, mi novio anterior lo hacía mejor que tú...».

—Yo no diría nunca cosas como ésas.

—Pues hay gente que lo hace.

—¿Más ejemplos de grosería sexual?

—Después de un encuentro sexual es muy maleducado irse volando. Hay que quedarse al lado de la otra persona y darle las gracias por el buen rato que nos ha hecho pasar.

—¿Más?

—Buena educación quiere decir no excitar sexualmente a una persona si no estás dispuesta a tener relaciones sexuales con ella.

—Eso lo hacen las chicas, que son unas calientabraguetas.

—Hay chicas que lo hacen. Y también hay chicos que lo

hacen. Por ejemplo, Pablo se despidió de Cora con un beso y, seguramente, la dejó excitada.

Pablo pone cara de no haber pensado en eso.

—¡Eres un calientapantaletas, Pablo! —le digo.

—Es verdad, ¡hay chicos calientapantaletas!

—¿Y qué pasa cuando estás con otra persona y se han ido excitando y, de repente, te das cuenta de que el otro quiere llegar más lejos y tú no?

—Que se lo tienes que decir. Recuerda que nunca hay que hacer nada ni en contra de la voluntad del otro ni de la tuya, por lo tanto, es preciso que lo cortes en seguida.

—¿Más cuestiones de educación?

—No silbar a una chica por la calle o decirle qué opinan de su cuerpo.

—O sea, ¿prohibidos los piropos?

—¡Prohibidos! Otra cosa es que a una chica que conoces y que te gusta se lo digas educadamente y con cariño. Eso no duele. En cambio, que vayas por la calle y un hombre grite: «¡Eso es un cuerpo y no el de bomberos!». O que se pase la lengua por los labios mirándote de arriba abajo...

Carlos dice:

—A mí me molestaría que un grupo de chicas me lo hiciera por la calle.

—Es verdad, a mí también —admiten otros.

14 de abril

En clase de Badia hemos organizado una discusión con los tabúes que hemos encontrado respecto al rol femenino y al masculino. Y hemos elaborado un mural con los testimonios y los razonamientos que nos ha hecho Badia.

Testimonios 2

• Los niños no pueden jugar a las muñecas.

—Falso —dice Badia—. Para poder cuidar a los demás, tienes que entrenarte de pequeño jugando a las muñecas.

• Los trabajos de casa deben hacerlos las madres y las hijas.

—Falso también. Todo el que vive en una casa tiene que colaborar en el trabajo de tenerla limpia y ordenada.

• Los hombres y las mujeres pueden expresar abiertamente lo que sienten y lo que piensan.

—Verdadero. Es preciso que lo expresen abiertamente.

• Los gays son mucho más creativos que los heterosexuales.

—Falso. Hay gays muy creativos y hay gays que no son nada creativos. Y pasa lo mismo con los heterosexuales.

• Los hombres son poco sensibles.

—Falso. Como las mujeres, los hombres tienen la capacidad de emocionarse y entristecerse, de enfadarse y alegrarse. En algunas culturas, sin embargo, se les enseña a disimular sus emociones, a prescindir de ellas.

• Las mujeres son sumisas.

—Falso. En la mayoría de culturas se ha enseñado a las mujeres a ser sumisas porque se las prefiere así. Del mismo modo, cuando un hombre es sumiso, se dice de él que es poco hombre. El sometimiento es un rasgo de la personalidad que pueden tener tanto los hombres como las mujeres.

• Un hombre, si es muy hombre, tiene que estar siempre dispuesto a tener relaciones sexuales con una mujer.

—Falso. Un hombre tiene todo el derecho a decir que no quiere tener relaciones sexuales, exactamente igual que una mujer.

Aprovechando que es sábado por la tarde, subo a casa de Laura. Me ha dicho que me enseñará a secarme el pelo de una forma especial. Quiero probarlo.

—Pasa, Carlota, pasa —dice su madre—. Encontrarás a Laura en su cuarto. Se ha encerrado con una amiga para hacer no sé qué burradas.

Abro la puerta. La habitación tiene un aire estrafalario y desprende un olor muy raro.

—¡Bienvenida al templo, Carlota! —dice Laura, que se ha disfrazado con una especie de túnica. Lleva el pelo atado encima de la cabeza y se ha pintado los ojos exageradamente. Mueve las manos con lentitud, no sé si para hacer más teatro o porque, como lleva los dedos cargados de anillos, le pesan.

—Bienvenida al sacrificio —dice su amiga.

Se me ponen los pelos de punta. ¿Laura se dedica a la magia negra?

—Siéntate al lado de Clara.

Lo hago. Me fijo en lo que hay en el suelo, delante de nosotras. Es una caja de zapatos tapada, con un cenicero encima. Al lado del cenicero está la fotografía de un chico.

—Álex, mi novio —dice Clara.

—Nada de mi novio —respinga Laura, enfadada—. A ver si te lo metes en la cabeza: se fue, te dejó y tú tienes que olvidarlo.

Clara afirma con la cabeza, pero no se le ve muy convencida.

—¿Quieres pasarte una buena temporada sufriendo por un fantasma?

Clara dice que no, ahora más convencida.

—Pues lo primero que tenemos que hacer es que te lo quites de la cabeza.

—Es fácil decirlo, pero no es tan fácil hacerlo —digo yo, que sé lo que cuesta no pensar en alguien si te sientes enamorada.

—Tienes razón. No es fácil, pero con tu actitud y con tu comportamiento lo puedes hacer más sencillo o más complicado.

—¿Por ejemplo? —pregunto.

—Si miras la foto del chico veinte veces al día...

—O lees sus cartas día tras día...

—Para que eso no pase, para que empieces a quitártelo de la cabeza, lo mejor que puedes hacer es desprenderte de todos sus recuerdos.

—¡Ay!, qué pena, ¿no?

Laura niega con la cabeza.

—Verás, durante un largo tiempo no los podrás mirar porque, si lo haces, te hundirás en la miseria. Y cuando ya los puedas ver sin dolor, no te interesarán para nada. Por lo tanto, tíralos desde un principio.

Hummmm. No parece mala idea.

—Ahora, preparémonos para el ritual de hacer desaparecer a Álex de los pensamientos de Clara.

Y mientras canturrea una canción monótona, empieza a quemar la foto de Álex, bajo la mirada resignada de Clara.

Cuando ya no queda ni un pedazo de Álex, me doy cuenta de que Clara respira aliviada. Tal vez el ritual funcione.

—Ahora, bailemos —dice Laura.

Y, como locas, nos lanzamos a seguir el ritmo del CD que ha puesto.

Un rato más tarde, sudadas, nos sentamos en el suelo.

—Ahora les haré un regalo —dice Laura, mientras saca de un cajón unos papeles escritos con tinta verde y nos da uno a cada una.

ESTUDIO MONOGRÁFICO 3
Si tu pareja, tu amor, te ha dejado:
— Tienes dos posibilidades: pensar que no vales nada y deprimirte o pensar que el otro no ha sabido ver tus virtudes y enfadarte. Elige la segunda posibilidad; es mucho más positiva.
— Si piensas en situaciones tristes, acabarás llorando. Piensa, por lo tanto, en situaciones alegres, divertidas, excitantes...
— No pienses que no puedes vivir sin él/ella, porque no es verdad. Todos nosotros somos personas independientes, capaces de vivir sin otra persona y, además, de vivir felices.
— Si te encierras en pensamientos tristes y dolorosos, te hundirás más y más. Di: «Ya basta», detén tu mente y dedícate a pensar en otras cosas.

Cuando vuelvo a casa, reconozco que me he divertido mucho a la vez que he aprendido. ¡Viva Laura! Decido escribir una regla de oro de la sexualidad.

REGLA DE ORO 8 DE LA SEXUALIDAD
• La buena educación quiere decir que no puede haber unas normas permisivas para los chicos y otras más restrictivas para las chicas. Chicos y chicas tienen el mismo derecho a desarrollar su sexualidad.
• No ofendas nunca a tu pareja sexual, aunque sea una pareja ocasional. El respeto y el afecto siempre son importantes.

EPÍLOGO

Ahora sí que, excepto mi amistad estropeada con Flanagan, el resto iba por buen camino. Había pasado los exámenes trimestrales con buenos resultados. Con mamá y Toni íbamos preparando el viaje a Amsterdam. Y Marcos estaba más que bien predispuesto hacia mí, porque ya había empezado a leer mi diario sobre la sexualidad e, incluso, ya se había atrevido a hacerme una observación.

—Es interesante —me dijo—, lástima...

Hizo una pausa para picarme la curiosidad. Y piqué.

—Lástima, ¿qué?

—Lástima que sólo sea un diario de sexo sobre las cuestiones que afectan a las chicas.

—Te interesan, ¿eh? —le hice notar—. Te interesan para saber qué mecanismos tenemos las chicas, cómo funcionamos... Seguro que te ayudará en tus relaciones en el futuro.

—Que sí, que ya sé a qué te refieres, pero ¿y yo qué?

No contesté nada.

—O sea, ¿cómo sabemos los chicos las cuestiones que se refieren a nuestra sexualidad?

Tenía razón. Habría podido decirle que para resolver aquel aspecto debía leer *El diario rojo de Flanagan*. Pero no podía decírselo porque no sabía si Flanagan había seguido o lo había mandado a la porra, junto con nuestra amistad. Además, tampoco sabía si habría estado dispuesto a dejárselo leer a alguien.

Y, de repente, el cielo se abrió encima de mi cabeza, y lo vi clarísimo. Llamaría a Flanagan con la excusa del diario e intentaría restablecer la amistad.

—¿Flanagan?

Hubo una pequeña pausa que me puso nerviosa. ¿Me mandaría por un tubo?

—No diga nada, ya sé de qué se trata —dijo Flanagan con voz muy seria.

La mano que sostenía el teléfono se me aflojó. Quería colgar, pero no lo hice.

—Tiene un loro malhablado y quiere que averigüe quién es el sinvergüenza que le ha enseñado a decir palabrotas.

Me morí de risa.

No había que preguntárselo, me parecía, pero lo hice:

—Flanagan, ¿amigos?

—Amigos, por supuesto.

Y me prometió pasarme el diario rojo para que Marcos pudiera leerlo.

Agradecimientos

A Montserrat Flavià, por su revisión desde el punto de vista psicológico y sexológico.

A Esperança Martín, por su revisión desde el punto de vista médico.

A Rosa Ros, por su revisión desde el punto de vista ginecológico y de su experiencia en la atención a jóvenes.

A Octavi Quintana, a Mireia Lienas y a Laura Lienas, por sus aportaciones.

e-mail: gemmalienas@gemmalienas.com
http: www.gemmalienas.com